D1721449

Der neue
Roman
Schneekluth

Francis Clifford

DasDoppel motiv

Der neue
Roman
Schneekluth

CIP-Kurztitelaufnahme der Deutschen Bibliothek

Clifford, Francis
Das Doppelmotiv: Roman. — 1. Auflage
München: Schneekluth, 1977.
   Einheitssacht.: The Grosvenor Square Goodbye ‹dt.›
   ISBN 3-7951-3006-9

Aus dem Englischen übersetzt von Helga Amrain
Die Originalausgabe erschien unter dem Titel
THE GROSVENOR SQUARE GOODBYE

ISBN 3-7951-3006-9
© 1977 für die deutsche Ausgabe
© 1974 by Lakeside Productions Ltd.
by Franz Schneekluth Verlag KG, München
Gesamtherstellung: Salzer - Ueberreuter, Wien
Printed in Austria 1977

Wenn wir Gewißheit voraussetzen,
gehen wir ins Ungewisse.
Doch wenn wir mit dem Ungewissen beginnen
und uns geduldig daran halten,
erlangen wir Gewißheit.

Francis Bacon (1561–1626)

NACHT

23 Uhr 59

Dannahay blickte von der Meldung auf, nickte wie jemand, der scharf nachdachte, und sagte dann zu Knollenberg: »Schau, daß du ihn erwischst, Charles.«

»Okay.«

»Wirst sehen, heut' nacht schaukeln wir das Ding.«

»Okay.«

»Du, das ist mein Ernst«, sagte Dannahay. »Absolut.«

Mitternacht

Sie hatten sich weiß Gott schon oft gestritten, aber noch nie so wie jetzt.

»Hau doch ab!«

Es hatte Wut und Tränen und Theater gegeben, aber noch nie war es so schlimm gewesen.

»Herrgott noch mal, hau doch endlich ab!«

Wie oft schon? Hundertmal? Tausendmal? Fünfzehn Jahre lang. Aber zum erstenmal so barbarisch und so gemein.

»Miststück!« brüllte er zurück und stürzte mit irrem Blick hinaus ins Dunkel der wartenden Nacht. Die Tür schmiß er hinter sich zu.

Das ganze Haus erzitterte. Renata Lander hörte nicht, wie er zornig davonging. Verzweifelt preßte sie die Hände an den Kopf, alles war weit weg, nur das Krachen der Tür war ihr noch so laut im Ohr wie im Augenblick des Zuschlagens. In der scheußlichen Stille, die dann herrschte, konnte sie es noch immer hören, dröhnend löste es all die Erinnerungen aus an die Jahre mit ihm, an die Zeiten seit damals, als es mit ihnen angefangen hatte, und wo sie inzwischen gelandet waren.

Ogottogottogott.

Als ein neues Geräusch sogar bis zu ihr durchdrang, drehte sie sich um. Blaß und verschreckt stand Noel in seinem karierten Pyjama auf dem Treppenabsatz.

»Was war denn?«

»Dein Vater ist weggegangen.«

Er blinzelte sie an. Vierzehn Jahre war er alt und manchmal schon richtig erwachsen. Aber jetzt war er bloß ein Kind, wie er so dastand mit naivem und unsicherem Blick und noch völlig unverbildet von der harten Schule, die auch auf ihn wartete. »Vorher«, beharrte er mit beginnendem Stimmbruch. »Was war davor?«

»Du mußt es doch gehört haben.«

»Nichts habe ich gehört.«

»Wir haben Krach gehabt«, sagte sie. Ihr war unendlich übel, und es wäre ihr verdammt lieber gewesen, wenn er nicht aufgetaucht wäre. »Die ganze Gegend muß es laut und deutlich mitgekriegt haben.«

»Weil du ihn wieder in Wut gebracht Hast?«

»Wir haben uns gegenseitig in Wut gebracht.«

»Warum?« Unverständnis mischte sich mit tiefem Leid. »Warum macht ihr das denn?«

»Geh bloß wieder«, stöhnte sie, und das hörte sich sehr fremd an. »Stell mir nicht so blödsinnige Fragen.«

Zu spät begriff sie, was sie ihm antat. Aber sie war so tief in ihren eigenen Jammer verstrickt, daß es für Noel nicht mehr reichte. Irgendwo schien es ihr zu dämmern, als er die Treppe wieder hinaufging, aber sie rührte sich nicht; es war ihr unmöglich. Wie versteinert blieb sie auf der Stelle, und langsam verschwamm das Zimmer, als ihr Tränen in die Augen stiegen.

Der Teufel soll dich holen, Harry . . .

Sie hatte keine Ahnung, wie lange sie so dastand. Sie hatte kein Zeitgefühl mehr. Das heftige Zuknallen der Tür dröhnte ihr noch immer im Kopf, und jeder einzelne vernichtende Ausdruck, mit dem sie sich gegenseitig zerfetzt hatten, schwang mit, jedes gemeine Wort, jede wütende Miene und die ganze Litanei von Einzelheiten, angefangen vom ersten giftigen Zufallstreffer, der eigentlich schon ein Wink gewesen war, bis zu dem flammenden Blick, den er ihr zugeworfen hatte, als er die Tür aufriß und fortging.

»Hau doch ab!« Sie hatte es ja gewollt. »Herrgott noch mal, hau doch endlich ab!«

Sie konnte sich nicht erinnern, ob sie die Lichter ausgemacht oder sonst irgend etwas getan hatte, bevor sie ins Bett gegangen war. Sie zitterte am ganzen Körper, und ihre Beine waren wie aus Blei. Noel hatte seine Tür angelehnt gelassen. Sie machte sie ein wenig weiter auf und redete auf das zusammengekuschelte Häufchen ein.

»Tut mir leid, Noel.«

Keine Antwort, obwohl er noch wach sein mußte. Und was anderes brachte sie nicht über die Lippen. Ausgepumpt schleppte sie sich über den Flur ins große Schlafzimmer. Immer noch zitternd und wie betäubt zog sie sich aus und warf sich ins Bett. Zwischen den Laken kauerte sie sich zusammen.

Irgendwann später hörte sie Harry drunten umhergehen. Sie hatte noch nicht geschlafen, war aber nahe daran, als ihr klar wurde, daß er wieder im Haus war.

Kurz nach halb eins war das. Die Spannung stieg wieder in ihr hoch und auch der Zorn. Aber sie dachte: Völlig sinnlos. Ich schlafe. Und damit basta. Ich will und werde schlafen.

Sie wartete. Jetzt mußte er jeden Moment die Treppe heraufkommen. Aber er kam nicht. Statt dessen ging er wieder fort. Gott sei Dank nicht so wie das letztemal, also hatte er sich etwas abgekühlt. Aber er war doch wieder fortgegangen, wenn auch auf ganz leisen Sohlen.

Den wärst du glücklich los, dachte sie trotzig. Dann hau doch ab.

Ihre zitternde Erregung legte sich ein wenig. Die Müdigkeit erfaßte sie jetzt wie eine Welle. Und doch zerfurchte sich ihre Stirn noch in der Dunkelheit, als sie ihr Gesicht ins Kissen preßte und still und lautlos weinte.

So schlimm war es noch nie gewesen, noch wie . . . o Gott, was hatte sie ihm alles an den Kopf geworfen!

o Uhr 28

Gespannt wartete Eddie Raven in der Lieferantengasse hinter dem Restaurant *Sin Nombre* und fragte sich, was ihm der Mann wohl geben würde.

Vor zwanzig Minuten hatte er die Abfallkörbe in der U-Bahnstation Bondstreet nach weggeworfenen Zeitungen durchstochert, um sich für die Nacht entsprechend einzudecken. Die Kälte war um diese Jahreszeit gar nicht so schlimm, aber die Feuchtigkeit. Der Tau war beschissen.

»Nur eben irgendwas«, hatte er den Mann mit seiner Reißnagelstimme gebeten und mit Erleichterung den mitleidigen Blick aufgefangen, bei dem man im allgemeinen mit dem Anhauen erfolgreich war.

Bevor er beim *Sin Nombre* gelandet war, hatte er es schon dreimal probiert und jedesmal Pech gehabt – einmal hatte es Flüche gehagelt, das andere Mal war er davongejagt worden, und schließlich hatte er auch noch Prügel bezogen. Sein Stolz gehörte irgendeiner diffusen und fernen Vergangenheit an, und er wußte ganz genau, was ihn auf seinen Runden erwartete. Solange er jedoch am Schluß nicht leer ausging, konnten sie ihm gestohlen bleiben.

»Nur irgendwas, ganz gleich was.«

Weder war er so alt, wie er aussah, noch so massig und unförmig. Unter seinen verlausten Klamotten war sein madenweißes Gestell nichts weiter als ein elendes Knochengerüst. Sein Stoppelbart ließ ihn weit älter als seine Fünfzig erscheinen. Das Leben hatte ihn schon lange geschafft, seine rotgeäderten Augen hatten einen völlig toten Blick. Da stand er nun in der Düsternis der Liefergasse parallel zur North Audley Street, ein Bündel Zeitungen unter dem Arm, und fummelte an der Schnur, die er um den äußersten, knopflosen, mantelähnlichen Fetzen geschlungen hatte, als wäre er ein Paket. Auf dem Kopf hatte er einen speckigen Deckel.

»Da«, sagte der Mann, als er zurückkam, und seine Stimme klang danach, daß er es schon bedauerte.

»Die kannst du haben.« Zwei Flaschen. Zwei Flaschen roten Marokkaner. Eddie Raven schnappte sie schnell wie ein Habicht. Mannomann!

»Danke, Mister.«

Er latschte triumphierend hinter dem Shelleyhotel in Richtung Grosvenor Square davon. *Zwei* Flaschen! Einfach so. Nicht einmal eine Neigensammlung, niemandes Überbleibsel!

Beim viertenmal hatte es hingehauen, verflixt gut hingehauen . . .

Ein Taxi kam aus der Upper Brook Street und fuhr dicht an ihm vorbei, als er auf das Roosevelt-Denkmal zuging. Selig schimpfte er hinterher und schwang die beiden Flaschen. Die Vorfreude besänftigte den dumpfen Schmerz in seinen Eingeweiden.

Über der amerikanischen Botschaft stieg eine gelbe Mondsichel auf. Mühsam kletterte Eddie Raven über die niedrige Einfassung um den Brunnen neben dem Denkmal und legte sich der Länge lang an den Sockel des Steins, in den so fein säuberlich FREI VOM VERLANGEN eingraviert war. Dann stützte er sich auf den schichtweise abwattierten Ellbogen und machte sich mit dem Korkenzieher ans Werk, den er eines Sonntags im Hyde Park gefunden und der ihm seither auf seiner Suche nach dem Vergessen gute Dienste geleistet hatte.

o Uhr 52

Polizeiwachtmeister Peter Yorke bog mit seinem Einsatzwagen am Marble Arch Richtung Süden ab und ließ sich über den Vogel aus, den er letzte Nacht singen gehört hatte. Tim Dysart, der Mann am Sprech-funkgerät neben ihm, blieb unerschütterlich skeptisch.

»Erste Maiwoche soll das gewesen sein?«

»Na und? Haut doch hin.«

»Viel zu früh.«

»Vielleicht hat der eben die Spielregeln nicht ge-kannt.«

»Am Berkeley Square war's aber nicht?«

»Ich sag' doch: Hampstead.«

»So'n Quatsch«, kommentierte Dysart.

»Mensch, ich hab's aber richtig mitgekriegt. Kannst's mir glauben.«

»Bist'n Experte, was? Du hörst wohl auch noch das Gras wachsen, wie?«

»Ich bin bloß nicht taub, das ist alles.«

Der Ältere rülpste leise. »Verfluchter Magen!«

Auf der Park Lane herrschte nur wenig Verkehr. Sie gondelten in Normalgeschwindigkeit dahin und ach-teten im Augenblick überhaupt nicht auf andere. Dann aber preschte auf der Überholspur ein weißer Aston Martin heran und zischte mit gut hundert Sachen vorbei. Scharf zog Yorke die Luft ein, als hätte man bei ihm einen offenen Nerv berührt. Er scherte aus, drehte voll auf und stellte das Blaulicht an.

»Wetten, daß wir da wieder so'n verflixten Ölscheich vor uns haben«, meinte Dysart, »mit piekfeiner Di-plomatennummer als Mister Narrenfrei?«

»Das verkraftet mein Blutdruck nicht.«

»Na, komm schon.«

Das *Dorchester* flitzte vorbei. Sie hatten die Ampeln schon passiert, jetzt ging es am *Playboy* und am *Hilton* vorbei, für das Martinshorn war immer noch Zeit.

»Der spinnt – egal, wer's ist.«

»Bitte kein Scheich und kein Schwarzer und auch kein narrenfreier Diplomat. Ich hätt' so gern einen ehrlichen, garantiert englischen Verrückten, der zuviel intus hat und keine Schwierigkeiten macht«, erklärte Yorke kurz und bündig und holte allmählich auf.

»Exakt«, meinte Dysart mit einem Blick auf die steigende Tachonadel. »Da bin ich dabei.«

»Ist doch richtig nett, wenn du auch mal meiner Meinung bist.«

1 Uhr 13

»Zigarette?«

Träge rollte Gabrielle Wilding ihren Kopf auf dem Kissen hin und her.

Richard Ireland grinste. »Rauchst du denn nie danach?«

»Du wirst es nicht für möglich halten – aber den Spruch kenne ich schon.« Das Mädchen gähnte und strich sich eine blonde Strähne aus dem Gesicht. »Außerdem solltest du so langsam wissen, was ich mache und was nicht.«

»Eins weiß ich jedenfalls. Und das machst du fabelhaft«, meinte er.

Sie lagen nackt auf einem Bett in Zimmer 501 im Hotel *Shelley*. Fast eine volle Stunde hatte diesmal das »Davor« gedauert. Ireland zündete sich eine Zigarette an und blies den Rauch in einem dünnen Strahl zur Decke. An der Wand hingen drei Nolan-Drucke, die

16

alle Leda und den Schwan in Variationen zum Thema hatten. Der Lichtdimmer war fast ausgedreht, der Mädchenkörper schimmerte wie Elfenbein. Sie hatte kleine Brüste und war zartgliedrig. Gelöst lag sie jetzt da, ihre Augen waren satt und träge.

»Und morgen? Wie wird das mit morgen?« fragte sie mit belegter Stimme.

»Wann morgen? Meinst du heute oder wirklich morgen?«

»Du weißt schon.«

»Keine Eile«, beruhigte er sie. »Die brauchen mich im Studio erst am frühen Nachmittag.«

»Und dann?«

»Wir werden schon wieder was finden.«

»Ich denke, die brauchen dich nur fürs Synchron?«

»Genau.« Er nickte. »Das Studio ist kein Problem.«

Sie schwieg einen Augenblick, überlegte und sah dem Rauch im Schummerlicht nach. Von irgendwoher quietschten Reifen in eine Kurve und machten die Stille noch stärker bewußt.

»Was hast du eigentlich erzählt? Was machst du derzeit?« wollte sie wissen.

»Außenaufnahmen rund um die Uhr.«

»Ohne große Fragen?«

»Diesmal nicht.«

Von seiner Zigarette fiel Glut auf sie. Sie quietschte ein bißchen und krümmte sich, während sie die Funken von sich klopfte. Als sie ihn dabei in einer Drehung berührte, erwachte wieder Begehren in ihm. Er fing sie leise lachend ein, hielt sie fest und legte sich halb über sie, um die Kippe im Aschenbecher neben dem Bett auszudrücken.

Ungläubig meinte sie: »Das ist doch nicht dein Ernst?«

»Doch, mein voller.«

»Aber es ist doch erst . . . «

»Halt die Klappe, Kleine. Du plapperst zuviel.«

Sie drehte ihren Mund von seinem weg. »Szene eins –
die fünfte!« kicherte sie und gluckste mit der Zunge
das Geräusch der Szenenklappe in sein rechtes Ohr.

1 Uhr 20

Charles Knollenberg saß im Fond eines gemieteten,
königsblauen Volvo 144 und hielt die Kamera schußbereit auf den Knien. Das linke Seitenfenster war
ganz heruntergekurbelt und der Wagen direkt am
Bordstein in der Mount Street geparkt, knapp dreißig
Meter vom Eingang des *Vagabond-Club* entfernt.

Er war allein. Als er vor beinahe einer Stunde gekommen war, hatte er sorgfältig eingeparkt, so daß die
Rücksitze schön im Schatten lagen. Seither hatte er
nicht geraucht und sich überhaupt kaum gerührt. Die
Blendschutzjalousie an der Heckscheibe war herun-
tergelassen, und die ganze Zeit über waren Menschen
auf dem Gehweg fast auf Tuchfühlung herangekommen und vorbeigegangen, ohne ihn zu bemerken.

»Ich möchte es mal so sagen,« hatte ihm Dannahay
eingeschärft. »Am besten erstarrst du zum Standbild,
wenn's so weit ist.«

Auf seinen Knien hielt er eine Hasselblad mit Teleob-
jektiv, eine Schnellschußkamera mit einer Spezialkas-
sette für noch schnellere Aufnahmen. Er saß da und
ließ die diskret vornehme Kiefernholztür des *Vaga-*

bond keine Sekunde aus den Augen, die er jedesmal, wenn jemand herauskam, leicht zusammenkniff. Viermal jetzt schon, seit er hier angerückt war, aber der Mann, auf den er wartete, war nicht aufgetaucht. Beim fünftenmal allerdings war er da.

»Guten Abend, Sir«, sagte eine Stimme, als die Tür aufging. Sekunden später erschien »sein« Mann. Jetzt! Schalten und Reagieren war für Knollenberg eins. Die Kamera zuckte hoch, das Straßenlicht lag voll auf dem· Gesicht des Mannes, der den Bruchteil einer Sekunde zögerte, bevor er sich in Richtung Park Lane wandte. Die einzige Chance, fast nur ein Hauch von einer Chance – aber für Knollenberg reichte es, präzis wie ein kalter Jäger abzudrücken. Doch während er den Mann davongehen sah und noch eine volle Minute wartete, bevor er wegfuhr, war ihm nur allzu klar, daß Dannahay mit seinem Fang nicht zufrieden sein würde. Nicht die Bohne.

1 Uhr 29

Ralph Mulholland sah den schmalen Lichtstreifen unter der Tür zum Schlafzimmer seiner Frau und klopfte behutsam an.

»Mary Kay?«

»Hallo«, sagte sie und blickte ihn über die Brille hinweg an.

»Wie war's?«

»Na, ganz gut. Ich hab's noch mit einem Schluck bei Maxwell begossen. Daß du noch auf bist, hätt' ich nie gedacht.«

19

»Der Schmöker hier ist ungeheuer spannend.«

Mulholland gähnte und zerrte seinen Schlips auf. Er war 57 und hatte noch immer die Figur eines Rugby-Hintermanns. Mehr als die Hälfte seines Lebens war er mit dieser Frau verheiratet, und er hatte es nie bedauert.

»Und wie waren die Reden?« fragte Mary Kay.

»Gott sei Dank kurz, mit einer Ausnahme. Du weißt ja, wer. Kann man eigentlich alles gleich vergessen, meinen Sermon inklusive.« Er verzog das Gesicht. »Diese Woche habe ich schon zweimal Petersons affektiertem Gefasel zugehört, und ich seh' schon, daß es uns am Freitag bei den › Freunden Amerikas‹ noch mal erwischt.«

»Wem sagst du das!«

»Von Mary Tudor heißt es, sie wäre sicher gewesen, man würde nach ihrem Tod das Wort Calais auf ihr Herz geprägt finden. Bei mir ist's Sir Henry Peterson. Das ist mein Sargnagel.«

»Armer Ralph. Ich hatte gedacht, er wäre vielleicht heute abend etwas anders, so im reinen Männerverein.«

»Der doch nicht. Kein Busen in Sicht, aber er schien es gar nicht mitzukriegen. Blindlings salbadert dieser Mensch daher. Bleibt mir ein Rätsel, wie ihn der Premier erträgt. Der war übrigens nicht da. Hat sich mit Kehlkopfentzündung entschuldigt.«

»So ab und zu könnte dir das auch nicht schaden. Dann würde ich vielleicht ein bißchen mehr von dir sehen.«

»Wie wär's mit Freitag?« Mulholland grinste.

Mary Kay lächelte zurück. »Warum nicht?«

Probeweise fuhr er sich an den Hals und schaute bekümmert drein.

»Weißt du, ich glaube wirklich . . .«

»Der kluge Mann beugt eben vor – und so ziehst du dich aus der Affäre.«

Er beugte sich zu ihr und küßte sie. »Wer hätte gedacht, daß du tatsächlich eines Tages versuchst, die Pflichten und guten Vorsätze eines amerikanischen Botschafters zu untergraben?«

»Peterson sei mit dir!« sagte sie. »Schlaf gut, Ralph.«

»Das ist ein Bundesbeleidigungsdelikt. Ist dir das klar?«

»Hochstapler!«

»Gute Nacht, Mary Kay.«

1 Uhr 47

Im Traum probierte Noel Lander eine von seines Vaters Imitationen – die von Peter Lorre, seine gelungenste überhaupt. »Sehen Sie, lieber Freund, ich will nur die – sagen wir mal – Wiedererstattung eines bestimmten Gegenstandes in die Wege leiten, der so mysteriös auf Wanderschaft ging. Ein äußerst gehegtes Ding, dessen Wert – wie soll man sagen? – eher mit dem Ansehen des Eigentümers zu tun hat als mit dessen irdischen Gütern . . .«

Irgendwie ging Noel im Traum auf, daß es nur ein Traum war. Aus unerfindlichem, aber auch völlig unbedeutendem Grund waren sie vor dem Lycée Française in der Brompton Road gegenüber dem Naturhistorischen Museum und ziemlich allein. Sein Vater klatschte anerkennend und meinte:

21

»Nicht schlecht, gar nicht schlecht.«

»Findest du?«

»Du solltest es mal mit der jüngeren Garde probieren. Das wär' doch eher deine Kragenweite. Ich kann's nur mit den Filmklassikern – Bogart, Sanders, Cagney und deren Sorte.«

»Genau die mag ich aber auch.«

»Du sitzt zuviel vor der Glotze, das ist dein Problem. Bloß aufgewärmte Flimmerkiste.«

Vielleicht war es das hohle Dröhnen, das ihn das Ganze als irreal kapieren ließ.

»He, ihr!« hörte Noel sich sagen. »Hier spuck' ich die Töne, und zwar zu meinen Konditionen –«

»Edward G.«

»Auf Anhieb.«

»Den mußt du schon im Repertoire behalten, bis du richtig aus dem Stimmbruch bist.«

Und damit war der Traum zu Ende, ins Nichts davongeflogen, und Noel zuckte wie ein Hund im Schlaf.

1 Uhr 50

»Was ist denn, Roberto?« fragte Helen Olivares ihren Mann.

Er saß am Bettrand in der Manager-Suite im Hotel *Shelley* und hielt sich schmerzgekrümmt das Gesicht.

»Sag doch, was los ist?« drängte sie ihn. Sie war plötzlich hellwach und auf das Schlimmste gefaßt.

»Zahnweh«, brummte er gequält.

»Schlimm?«

»Von nichts werde ich nicht aufgewacht sein!«

Sie ging nicht darauf ein. »Hast du schon was genommen? «

»Nein.«

»Warum denn nicht?« Sie machte Licht. »Wie lange hängst du denn schon so 'rum?«

Er zuckte die Schultern in seiner typisch spanischen Manier.

»Zehn Minuten vielleicht«, meinte er.

»Und da hast du noch nichts dagegen unternommen?«

»Hab' ich doch schon gesagt.«

»Guter Gott«, stöhnte Helen Olivares auf. »Und du willst ein ganzes Hotel schaukeln?«

Ärgerlich fuhr sie aus dem Bett, und eine Unzahl von Lockenwicklern wippte unter ihrem Haarnetz mit, als sie ins Bad ging. Im Handumdrehen war sie wieder da und hielt ihm inzwischen doch mitleidig ein Glas hin.

»Hier, schluck das.«

Er legte den Kopf zurück und schnitt Leidensgrimassen, als würde man ihn amputieren.

»Wo tut's denn weh?«

Er zeigte etwas vage.

»Oben? Unten?«

»Unten.«

»Bis morgen früh wirst du's wohl oder übel aushalten müssen«, meinte sie. »Zahnärzte tanzen nicht mitten in der Nacht an, und selbst wenn sie's täten, würde der alte Gilbert todsicher einen Grund finden, auch da wieder aus der Reihe zu tanzen.«

Roberto Olivares wiegte sich hin und her. Seine schottische Ehefrau schlüpfte wieder unter die dezent gemusterte Decke und schaute auf die Uhr.

»In ungefähr einer halben Stunde läßt's nach.«

»Sicher.« So was von nüchtern, dachte er dumpf, verdammt kühl und nüchtern. Manchmal konnte er

23

seine Frau einfach nicht verstehen, aber auch keinen Funken. Obwohl eins feststand: Wenn es sie getroffen hätte, wäre es nicht anders – das war eigentlich das merkwürdige. »Sicher«, haute er ihr noch einmal hin, und seine tief theatralische Ader ließ ihn sich wirkungsvoll krümmen. »Was ist schon eine halbe Stunde?«

Hinter sich hörte er das Geraschel einer Zeitung. »Hier steht nichts davon drin«, erklärte sie.

»Wo?« fragte er verständnislos.

»Widder sehen morgen einem allgemein wenig ereignisreichen Tag entgegen«, las Helen Olivares vor. »Die Zeichen für Spiel und Risiko stehen nicht gerade günstig. Gegen Abend kann Ihr gesellschaftliches Leben eine überraschende Wende nehmen. Allerdings erst kommende Woche, wenn Jupiter ... «

Mit leidvoll geschlossenen Augen stöhnte ihr Ehemann leise in sich hinein. Unglaublich.

2 Uhr 02

Voller Unbehagen kam Renata Lander allmählich zu sich, sogar in ihren totenähnlichen Schlaf war das Bewußtsein gedrungen, daß sie noch immer allein im Bett war. Schlagartig war sie dann zur Besinnung gekommen und hatte auf das unberührte Kissen neben sich gestarrt. Eine dünne Mondsichel gab den einzigen Lichtschimmer. Sie setzte sich auf und schüttelte dabei ihr schulterlanges, dunkles Haar zurück. Dann tastete sie nach dem Schalter neben dem Bett und blinzelte, bis sich ihre Augen ans Licht gewöhnt hatten.

Merkwürdig . . . Sie legte ihre Arme um die hochgezogenen Knie und stützte ihr Kinn auf. Ihr Körper schlief eigentlich noch, nur ihr Verstand kam auf Touren. So spät schon?

Impulsiv schlug sie die Decke zurück und nahm den Morgenmatel. Bevor sie hinunterging, schaute sie kurz ins andere Schlafzimmer und sah, daß Noel wie ein Murmeltier schlief. Er lag da, als wäre er mitten im Laufen kopfüber hingestürzt. »Warum macht ihr das denn?« Seine verwirrte Miene und sein verstörter Ton fielen ihr jetzt mit aller Heftigkeit und Rührung wieder ein, denn trotz des eigenen Kummers hatte sie Inzwischen auch für Noels Kummer Mitgefühl, auch für seine Fragen und Zweifel Verständnis.

Irgendwie erwartete sie, Harry zusammengerollt auf der Chintzcouch im Wohnzimmer zu finden. Es wäre nicht das erste Mal; sie hatten das schon öfter exerziert – öfter als es gut für sie war. Aber nein. Das Licht brannte noch, doch Couch und Sessel waren unberührt, und ein stechender Schmerz durchfuhr sie, der nicht bloß von Enttäuschung kam. Sie ging quer hinüber in die Küche und fing an, Kaffee zu kochen. Irgenwie war sie eigentlich nicht ganz da, steckte noch viel mehr im gestern Geschehenen und war einfach nicht in der Lage, ihrer sich überstürzenden Gedanken Herr zu werden.

Manche Fragen sollten Kinder ihren Eltern nie stellen und vernünftige Antworten erwarten . . . Sie wartete, bis das Wasser kochte, machte sich dann einen dicken, schwarzen Kaffee und ging damit wieder ins

Wohnzimmer. Sie tat es selten, aber jetzt steckte sie sich eine Zigarette an und bekam zu allem Überdruß auch noch den Rauch in die Augen.

Harry, dachte sie. Ihr ganzer Zorn war verflogen. Um Himmels willen, jetzt reicht's doch!

2 Uhr 10

Dannahays Ansehen durchzog die gesamte FBI-Hierarchie, die ganze Stufenleiter von den Chefs herunter. Soviel stand fest, daran gab es nichts zu deuteln. Alles andere war allerdings nicht so unumstritten. Es war zum Beispiel Ansichtssache, wie ähnlich er McQueen war; und dann erzählte man sich unter anderem von ihm, daß er beim Schlafen immer die rechte Hand übers Telefon hielt. Ob das nun stimmte oder nicht, als Knollenberg ihn jedenfalls anrief, wurde der Hörer so prompt abgenommen, daß es nicht einmal zu einem zweiten Freizeichen reichte.

»Dannahay!« So glockenwach, als hätte er die ganze Zeit auf dem Sprung gesessen.

»Ich hab' ihn erwischt, John.«

»Prima.«

»Allerdings allein.«

»Oh, verflucht.«

»Der andere ist vorher raus.«

»In welchem Abstand?«

»Acht Minuten.«

»Mist.«

»Ich hab's ja nicht in der Hand, was jeder macht.«

»Hat er Wind von dir gekriegt?«

»Nicht 'ne Brise.«

»Der ist aalglatt, verstehst du. Eiskalter Typ. Läßt sich nichts anmerken.«

»Hat aber nicht mal seine Nase in meine Richtung gesteckt. Und dafür ist der Abzug bei der Beleuchtung und mit dieser Blende direkt noch Spitze.«

»Na gut«, meinte Dannahay. »Sind wir froh, daß wir überhaupt was haben. Bringst du's noch?«

»Nur wenn sich's gar nicht anders machen läßt.«

»Was hast du denn sonst vor?«

»Vielleicht doch'n bißchen schlafen, bevor ich aus den Latschen kippe«, erklärte Knollenberg leicht eingeschnappt.

»Is gut«, besänftigte ihn Dannahay. »Mach halblang. Morgen früh reicht auch noch. Geht's so um neun, hm?«

»Bin ich da, okay.«

2 Uhr 44

In dem kleinen Kabuff hinter der Portiersloge im Hotel *Shelley* drückte Jim Usher die zehnte Filterkippe seit Beginn seiner Nachtschicht aus und schaute flüchtig in die Frühausgabe eines der Boulevardblätter. Sein Bruder war Maschinensetzer, arbeitete in der Fleet Street und brachte aus Gefälligkeit immer einen Schwung druckfrischer Zeitungen beim *Shelley* vorbei, wenn er wieder auf dem Weg in seine vier Wände war.

Je länger Jim Usher diesen Sensationsjournalismus konsumierte, desto größer sah er die Kluft zwischen der wirklichen Welt und jener, die ihm hier schwarz auf weiß präsentiert wurde. Was für ein Quatsch war denn das schon wieder, hier zum Beispiel. Er hatte doch schließlich den Mann mit eigenen Ohren im Radio gehört. Und wenn das witzig und fröhlich-heiter gewesen sein soll, dann mußte sich jemand mal auf seinen Geisteszustand untersuchen lassen. Er schüttelte traurig den Kopf und blätterte um.

Manchmal freilich stimmten die Meldungen sogar mit dem Weltbild überein. Jeder Idiot wußte schließlich, daß der Frühling ausgebrochen war, wie das Bild vom St. James Park zeigte, mit all den Blumenbeeten voller dichtgedrängter Tulpen und den ganzen über und über blühenden Kastanienbäumen. So weit, so gut. Aber zu behaupten, Lenny Carmody hätte eine aggressive Linke, wenn ihn noch kein Mensch in seinem ganzen Leben damit hat arbeiten sehen, das war einfach erstunken und erlogen. Und noch unverschämter überhaupt war ein Bericht über Richard Ireland anläßlich einer neuen Fernsehserie, deren Titelheld er spielen sollte. Die Rubrik unter einem Bild mit seiner Frau Ruth hieß doch glatt: »Glück und Erfolg – Hand in Hand« – und das war um so blöder, wenn man bedachte, daß schon die Hälfte aller Leute, die allein er kannte, genau wußten, daß Ireland droben im fünften Stock gerade dabei war, sich mit einer Biene heftig zu entspannen. Und das weiß Gott nicht zum erstenmal. Und obendrein so unverschämt offenkundig, als wäre ein Inkognito schlechte Reklame.

Ein schwaches Geräusch ließ ihn aufmerksam werden. Er schaute aus dem Trennfenster seiner Loge in die völlig leere, hell erleuchtete Empfangshalle. Widerstrebend legte er die Zeitung beiseite, kam auf die steifgesessenen Beine und schlenderte hinter der Reception hervor. Und schon konnte er sich eigentlich auch nicht mehr genau an das Geräusch erinnern. Skeptisch blickte er über die Riesenfläche des gemusterten Teppichs hinüber zu dem Halbrund des Zeitungsstandes, der Geschenk- und der Kosmetikboutique und des Reisebüros. Dann drehte er sich auf dem Absatz um, ging an den Lifttüren mit der vornehmen Rosenholzverschalung und der weitgeschwungenen Treppenempore vorbei auf die wuchtige Glaswand zu, die in voller Länge von einer repräsentativen Blumenbank markiert war. In diese Wand eingelassen war das massive Doppelentrée zur North Audley Street mit den schweren, diskusähnlichen Bronzehandgriffen. Usher blieb davor stehen, stemmte die Arme in die Seiten und starrte hinaus auf die Strasse, die im gelblichen Schein der Natriumdampflampen dalag wie die bildhafte Widerspiegelung seiner eigenen trüben Betrachtungen.

Draußen war es genauso ruhig und reglos wie drinnen. Absolut nichts und niemand . . . Hm, machte er vor sich hin und schaute auf die Uhr. Noch gut drei Stunden, bis das Putzgeschwader kam. War wohl Einbildung gewesen.

2 Uhr 53
Die Feuchtigkeit ging einem ja durch und durch . . .
Unter seiner Lage von Zeitungen geriet Eddie Raven ärgerlich in Bewegung, allmählich trommelte ihn

Wassergeprassel aus seinem Nebelzustand. Mittendrin hielt er still, eine ganze Weile lang. Dann raunzte er unmutig, hob endlich den hageren Schädel aus den Zeitungen und starrte besorgt in die Gegend. Sein Mund war wie ausgedörrt, und in seinem Kopf arbeitete ein Rammpfahl, der ihm stoßweise immer wieder alles vor den Augen verschwimmen ließ. Er hatte keine Ahnung, wo er war, nicht die leiseste Erinnerung. Mit äußerster Mühe schaffte er es schließlich, sein Sehvermögen wenigstens zu einem schwankenden Zerrbild von seiner nächsten Umgebung zu zwingen. Und was er da vor sich sah, war wie ein Ungetüm von Flutwelle, das sich im Mondlicht aufbäumte.

Er schrie, rappelte sich in panischer Angst mühsam auf, und als er schon davonwanken wollte, schaute er sich noch einmal um – und war schlagartig hellwach.

»'n Brunnen, Herrgott! 'n Scheißbrunnen!«

Ungläubig schwankte er auf haltlosen Füßen hin und her und klammerte sich dann an die Steinumrandung.

Kaum daß der Alpdruck gewichen war, nahm er mit einem Schatten seines früheren Selbst die Situationskomik wahr.

Er gab ein kurzes Lachen von sich, eigentlich eher eine Art Krächzen. Und schon hatte ihn der Drehwurm wieder. Prompt setzte auch sein Sehvermögen erneut aus. Eine dumpfe Wut stieg in ihm auf. Er torkelte vorwärts und hielt seinen Kopf unters Wasser. Vor sich hinmurmelnd, schlurfte er dann zu seinen wild verstreuten Zeitungslagen und raffte sie schwerfällig zusammen. Dabei stachen ihm seine zwei Weinflaschen ins Auge. Er hielt sie ins Licht und peilte sie abwechselnd einäugig an, um sie dann wütend über die Rasenfläche vor dem Denkmal zu feuern.

Der Länge lang streckte er sich wieder aus und wickelte sich, so gut es eben ging, in die Zeitungen ein. Aber der Schlaf würde im zweiten Anlauf nicht so einfach kommen, das wußte er. Die Weinschwere hatte sich schon verflüchtigt, und ihm waren nur noch der einsetzende Katzenjammer und die alte Trostlosigkeit geblieben.

3 Uhr 06

Langsam kurvte Polizeiwachtmeister Yorke im Mini-Labyrinth des Shepherd Market umher. »So in ungefähr zwölf Stunden dürfte es schätzungsweise überstanden sein«, meinte er.

»Wieviel Brautjungfern habt ihr denn?«

»Drei.«

»Hast du noch nie Brautführer gespielt?«

»Nee.«

»Is alles halb so wild.«

»Das hör' ich allgemein.«

»Steh auf, mach den Mund auf und dann halt ihn wieder – so hat man mir's eingepaukt.«

»Wann hast du's denn durchgemacht?«

»Bei der eigenen Hochzeit«, erwiderte Dysart und produzierte endlich sein typisches Lächeln, das er die Nacht über bisher hatte vermissen lassen. »Ich hab' tatsächlich Jahre gebraucht, um's wieder wettzumachen.« Er machte fast eine Kunstpause. »Hab's etwas

31

verzwickt aufgezogen. Glaubst du, mir wäre eingefallen, wie meine Frau heißt. Krieg' mich auf die Beine, mach' auch noch den Mund auf und – zack, Ende! War glatt außer Kurs. Völlig daneben.«

»Jetzt langt's. Erzähl mir's nicht.«

»Du kannst gar nicht so danebenhauen. So was Verheerendes ist außer mir noch keinem passiert – vor allem seit der Erfindung von Hochzeitsempfängen nicht.« Eine Katze schoß aus dem Dunkel und verschwand wieder. »Na ja, und von da an konnte es ja nur noch aufwärts gehen. Wenn eine Ehe das übersteht, übersteht sie alles.«

»Das kannst du aber behaupten!«

Vor der Eckfassade eines kleinen Geschäfts an der nächsten Kurve hielt Yorke an. Türen und Fenster waren mit einem Spezialgitter gegen Diebstahl gesichert. Auf dem dunkelgrünen Firmenschild stand in Goldlettern: WAFFENHANDLUNG RUSSEL. Dysart stieg aus und kontrollierte die Schlösser. Der Strahl seiner Stablampe, die er hin und her schwenkte, streifte dabei Taubenköder, Feldstecher und Patronengürtel.

»Irgendeines schönen Nachts«, meinte er, als er wieder auf der Beifahrerseite einstieg, »wird einmal einer das kleine Ding hier auseinandernehmen.« Der Speck hüftabwärts zeigte deutlich, daß es ihm an Bewegung fehlte. »Und es würde mich gar nicht wundern, wenn's die IRA wäre.«

»Nur so'n Gefühl?«

»So was Ähnliches.«

Fast lautlos glitten sie am Curzon-Filmtheater vorbei und bogen nach links ab.

»Der Russell ist aber doch schon ganz schön vorsichtig«, sagte Yorke.

»Das schon«, stimmte ihm Dysart zu. »Aber du kennst das doch. Du kannst die Antenne für so was auch fortmeckern.«

»Und? Hast du gerade was aufgefangen?«

»Jein.«

»Hoffentlich 'ne falsche Welle«, meinte Yorke und legte den Gang ein. »Mensch, bloß heut' nacht nicht so was. Ich bin morgen mit Haut und Haar ausgebucht. Den Dienst hier will ich Punkt sieben quittieren.«

Per Funk kam eine dritte Stimme. »Adler eins, Adler eins – bitte kommen.«

»Mußt du die schlafenden Hunde wecken?« murmelte Dysart. Er nahm den Hörer und drückte die Sprechtaste. »An Alpha Zentrale. Hier Adler eins . . . «

3 Uhr 30

Richard Ireland traute seinen Augen nicht, als sich der Türknauf bewegte. Er sah, wie er langsam und vorsichtig erst zur einen, dann zur anderen Seite gedreht wurde, und war wie hypnotisiert davon. Reglos blieb er liegen. Das Deckenlicht brannte noch immer, und wenn es auch äußerst gedämpft war, so war doch ein Irrtum ausgeschlossen, denn er lag der Tür direkt gegenüber.

Zunächst einmal glaubte er dann doch, daß er sich geirrt, wahrscheinlich sogar geträumt haben mußte. Aber nein, zufällig war er hellwach . . . Der weißlackierte Metallgriff wurde mit entnervender Vorsicht gedreht und machte dabei ein schwach scharrendes Geräusch.

Schweiß begann auf seiner Stirn zu prickeln, kalter Angstschweiß. Er sah, daß verriegelt war und der Schlüssel im Schloß steckte; das Nummernschild baumelte herab.

So vergingen Sekunden. Endlich hörte das kratzende Drehgeräusch auf und die Klinke bewegte sich nicht mehr. Ireland hielt den Atem an. Jede Faser seines Körpers war starr vor Anspannung. Krampfhaft überlegte er, was er tun sollte – schreien, sich ans Telefon hängen, sich auf die Tür stürzen und den Unbekannten stellen? Doch schließlich unternahm er gar nichts, jedenfalls noch nicht. Er war einfach handlungsunfähig und konnte sich nicht einmal zu einer Bewegung aufraffen. Er rührte sich nicht von der Stelle und blieb schreckensstarr. Mit äußerster Anstrengung horchte er, den Blick starr auf die Tür gerichtet. Sein ganzes Ich war von peitschender Furcht erfaßt und sein Wille völlig gelähmt.

Ein paar Minuten dehnten sich zur endlos langen Zeitspanne. Nur Gabrielles Atem war zu hören. Endlich griff er zum Lichtschalter und tauchte den Raum in Dunkelheit, um damit wenigstens dem Gefühl des Beobachtetwerdens zu entrinnen. Es war ihm nur unter Aufbietung äußerster Kraft gelungen.

Gabrielle regte sich und fragte verschlafen: »Was ist denn?«

»Nichts, gar nichts.«

Wahrscheinlich hörte sie nicht einmal seine Antwort. Ireland wartete noch etwas, dann glitt er vorsichtig aus dem Bett und ging auf Zehenspitzen zur Tür. Er spürte eine flaue Schwäche in der Magengegend, während er mit dem Ohr direkt an der Tür stand und den Atem anhielt, um trotz seiner trommelnden Pulse noch etwas zu hören. Wer kam denn da mitten in der Nacht im *Shelley* zum Herumschnüffeln an Schlafzimmertüren? Eins war sicher: Er würde nicht aufmachen, um nachzusehen. Und genausowenig würde er den Nachtportier anrufen. Wahrscheinlich war es sogar der Portier auf seiner Runde, und er würde somit bloß einen Mordswirbel um nichts machen.

Er hielt sein rechtes Ohr fast unmittelbar an die Tür. Der ist weg, machte er sich vor, wer es auch gewesen sein mag. Er hatte sich an die Dunkelheit gewöhnt und konnte jetzt den Türknauf erkennen, der sich nicht mehr bewegte. Er verharrte noch etwas in der Kniebeuge, als müsse er sich auf einem schlaffen Drahtseil halten, dann richtete er sich auf und zog sich leise von der Tür zurück. Als er sich wieder neben das Mädchen legte und die Wärme spürte, merkte er, daß er zitterte. Es hielt auch noch eine ganze Weile an, und er war außerstande, sich zu beherrschen. Er war froh und dankbar, daß das Mädchen schlief und nicht mitbekommen hatte, wie ihn die Angst erwischt hatte – und noch immer beutelte.

So ziemlich das Gegenteil von seinem allgemeinen Image.

Shirley Basseys einschmeichelnde Stimme erklang im Haus an der Bruton Mews, ganz in ihrer typisch sanft dahinerzählenden Art. Irgendeine europäische Welle brachte den Song.

» . . impossible to live with you,

But J know

I could never live without you.

For whatever you do,

I never, never – «

Renata Lander machte schnell das Radio aus, denn plötzlich drangen die Worte in ihr Bewußtsein und trafen sie heftig an ihrer schmerzlichsten Stelle. Sie war bei ihrer dritten Tasse Kaffee; ein halbes Dutzend Zigaretten waren nachlässig im Unterteller ausgedrückt. Sie war von bleierner Müdigkeit erfüllt, aber sie konnte sich einfach nicht beruhigen. Sie zerrieb sich mit Gedanken an Vergangenes und an Kommendes und war in Verzweiflung hin und her gerissen.

Grübelte und saß über einer Flut von Ungewissem.

Ihr Foto auf dem Bücherbord war seit dem Tag, als sie es rahmen hatten lassen, kein bißchen vergilbt, um nichts verändert. Aber er hatte sich seitdem verändert. Sie sicher auch. Klar, keiner blieb stehen, jeder und alles änderte sich, und das nicht nur äußerlich. Fünfzehn Jahre waren eine lange Zeit und der Wandel eine unumstößliche Tatsache des Daseins. Er trank inzwischen mehr, besonders seit Ankara. Und redete dafür weniger, zumindest mit ihr. Er konnte in so rasende Wutausbrüche geraten, daß sie manchmal nahe daran war, sich vor ihm zu fürchten. So wie heute nacht . . . und neulich erst. Na gut, jetzt war eben alles anders. Sie hatten zwar beide von jeher ganz schön viel Sturm drauf gehabt, von allem Anfang an, aber wenn sie sich dann auf der Palme hatten, schlug alles schnell in Lachen um. Damals waren sie noch auf einer Welle gewesen.

Wieder steckte sie sich eine Zigarette an, völlig in sich versunken, und doch ganz Ohr für das Geräusch des Aufsperrens, auf das sie brannte, das sie ersehnte.

Liebe war dann am ehrlichsten, wenn die Umstände nicht mehr zählten. Schon vor geraumer Zeit hatte sie diese Wahrheit erkannt – sogar schon vor Ankara und dem Schlamassel mit Catherine Vanson. Er konnte zwar immer noch zärtlich und rücksichtsvoll sein und Kostproben seiner früheren Art geben, aber zu häufig während der letzten Monate hatte sich da etwas dazwischengeschoben, er hatte abgeblockt oder getrunken oder war in die Luft gegangen.

Warum nur? Seine Stellung war nach eigener Aussage prima. London ebenso. Ihm gefiel es hier. Da war auch keine andere. Er brauchte ihr das gar nicht erst zu sagen, sie wußte es. Woran lag es also? Jetzt waren Spannungen in der Luft, die es früher einfach nicht gegeben hatte. Einzig und allein mit Noel schien er sich noch entspannen zu können. Es war eine helle Freude, die beiden zusammen zu sehen, ihrem unbeschwerten Plaudern und Herumalbern zuzuhören und ihre sinnlosen kleinen Spiele zu beobachten. In dieser starken Bindung lag ihrer aller Chance und Hoffnung.

Wo in aller Welt konnte er um diese Zeit bloß stecken? Aus lauter Nervosität ging sie nach unten. Sie mußte sich verdammt noch mal davon abhalten, herumzutelefonieren; dann würde man sich ganz schön die Klatschmäuler über sie zerreißen. Und das hatte ihr ein für allemal gereicht, damals mit Catherine Vanson. Sie sah nach der Haustür und in die Garage, völlig sinnloserweise, denn er war ja ohne den Wagen verschwunden; aber sie sah trotzdem nach.

»Herrgott noch mal, hau doch endlich ab!«

Ihr eigener Aufschrei war ihr noch immer im Ohr.

Der Wagen war da, und er nicht drin – ein Gedanke, der ihr überhaupt erst gekommen war, als sie Licht machte. Blitzartig hatte sie die verschwommene Vorstellung durchzuckt – und sie hatte sich wie an einen Strohhalm daran geklammert –, er könnte, anstatt sich nach oben zu wagen, sich lieber ins Auto gelegt haben, als er wieder zurückgekommen war.

Was für ein törichter Gedanke überhaupt. Er hatte ja sein Jackett vom Wohnzimmersessel mitgenommen und obendrein noch die zehn Pfund aus der Küche mitgehen lassen, die sie für den Notfall dort aufbewahrten. Vor einer Stunde hatte sie festgestellt, daß das Geld verschwunden war, und sie hatte seither versucht, nicht darüber nachzudenken, was das bedeuten konnte.

Renata Landers Stirn umwölkte sich noch mehr, sie war der Panik nahe. Während sie die Treppe wieder hochging, sagte sie laut und inbrünstig vor sich hin: »Ich liebe dich, Harry – hörst du mich?«

4 Uhr 07

Der diensthabende Inspektor entschuldigte sich. »Tut mir wirklich leid, Sir.«

»Da kann man nichts machen. Falscher Alarm ist falscher Alarm.«

»Legen Sie sich noch mal hin?«

Chief Superintendent McConnell lockerte seine schwarze Krawatte wieder und wußte es noch nicht recht. Dann grinste er. »Wenn ich schon mal in meinen Klamotten stecke, bin ich auch den nächsten zwölf Stunden gewachsen.«

»In Ordnung Sir.«

McConnell verließ die Wachzentrale von Scotland Yard und ging den Flur zurück in sein Büro mit dem penibel aufgeräumten Schreibtisch und dem hastig verlassenen Feldbett. Er war ein Athlet, groß, breitschultrig und doch wendig und elastisch. Die schwarze Krawatte trug er zu Ehren eines Sergeants, den er jahrelang gekannt hatte und der vor drei Tagen bei der Verfolgung von Bankräubern ums Leben gekommen war. Aus einer Blechbüchse auf seinem Schreibtisch nahm er ein Pfefferminz und zerbiß es. Dann fing er an, einen Kondolenzbrief an die Frau des toten Beamten aufzusetzen. David McConnell lebte mit aller Intensität im Augenblick, jedes seiner Worte würde von tiefster Aufrichtigkeit sein.

Gewaltsamer Tod war immer ein Greuel. Ganz egal, wer da starb. Dreißig Jahre Dienst hatten weder seiner Überzeugung noch seinem Feingefühl etwas anhaben können. Eines Tages würde es eine Alternative zur Gewalt geben, obwohl das Gott weiß wann und wie sein würde. Es fehlte an Menschlichkeit und Güte. Das war es, was die Welt am allermeisten brauchte.

»Liebe Mrs. Stockwell«, begann er, unterbrach sich dann wieder und starrte aus den Lärmschutzfenstern.

Unglaublich, wie früh schon die Morgendämmerung anbrach. Noch nicht einmal Viertel nach vier, und doch dunstete es im Osten schon bleigrau wie Kanonenrauch herauf.

4 Uhr 20
»Aber ich sage Ihnen doch«, erklärte der Croupier, »genauso war's.«

Dannahay fuhr sich über die fuchsroten Bartstoppeln.

»Das ist ja unglaublich.«

»Er hat ganz schön abgesahnt.«

»Wieviel?«

»So sechs- bis siebenhundert.«

»Unglaublich«, stellte Dannahay noch einmal fest. »Die berühmten zwei Fliegen mit einer Klappe.«

Der Croupier hatte eins von jenen Gesichtern, die es wohl zu El Grecos Zeiten gegeben hatte – schmal, bleich und doch irgenwie ein Dutzendgesicht. Dannahay glaubte, noch nie so lange und dürre Finger gesehen zu haben. Einfach Spinnenbeine, nur daß sie Ringe trugen.

»Und wie lange war er da?«

»Vierzig Minuten.«

»Und der Libyer war auch die ganze Zeit am Tisch?«

»Nur am Schluß nicht. Der Libyer ging zuerst, genau wie bisher auch.«

Dannahay nickte. Vor ihm lagen die exakten handschriftlichen Aufzeichnungen der einzelnen Züge eines Spielers – auf welche Zahlen er nacheinander und wie hoch gesetzt hatte. Er blickte auf die beiden

Zahlenreihen, die eine verschlüsselte Botschaft enthielten, und pfiff leise durch die Zähne. Nicht schlecht – dann nebenbei noch sechs bis sieben Hunderter mitzunehmen! Es gab einfach keine Gerechtigkeit!

»Gegen Ende scheint er seine Einsätze mehr gestreut zu haben, stimmt's?«

»Genau.«

»War das seine Glückssträhne? Hat er da abgeräumt?«

Der Croupier schüttelte den Kopf. »Gewonnen hat er ziemlich früh. Zum Schluß spielt er immer dasselbe, Cheval und Carré, die ganze Reihe runter.«

»Ohne Rücksicht aufs Spiel?«

»Völlig ohne.«

Der Croupier war in Dannahays Wohnung. Unschlüssig stand er da, im leichten Regenmantel über dem Smoking, und wußte nicht, ob er nun gehen sollte oder nicht. Dannahay konnte sich nicht erinnern, jemals ein Zucken in diesem unbewegten Gesicht gesehen zu haben, kein einziges Mal.

»Vielen Dank jedenfalls«, sagte er nachdrücklich. Er war verflucht müde. »Das wär's wohl im Augenblick.«

»Wie oft soll ich jetzt noch so präzis auf sein Spiel achten?«

»Nicht mehr allzu oft. Möglicherweise nur noch die letzte Runde.«

Er ging zur Tür. Der Umschlag lag auf dem Sims im Flur, beim Hinausgehen nahm ihn der Croupier an sich.

»Gute Nacht«, sagte Dannahay zu ihm. »Ciao.«

Eddie Raven hatte recht gehabt: aus und vorbei war es
mit der Schlaferei. Jetzt waren es die Vögel, die aus
vollen Kehlen plärrten. Ihretwegen und wegen des
ganzen anderen Radaus war es überhaupt ein verdammt blöder Platz zum Pennen. Einmal und nie
wieder. Wenn man sich nicht untertags verzog, war
man vor dem Vogelspektakel ja nirgendwo sicher, vor
allem im Sommer, aber das allerletzte, was er sich
jemals wieder zur Gesellschaft wünschte, waren lau-
sige Brunnen.

Er saß auf den Sockelstufen des Roosevelt-Denkmals
und starrte bleischweren Auges über den Grosvenor
Square. Die Dunkelheit war noch längst nicht vorüber. Schräg gegenüber, an der indonesischen Botschaft, hatten sie ihre Fahne vergessen. Jetzt hing sie
wie ein schlaffer Lappen in der reglosen Luft.

Ungezählte Morgen waren heraufgedämmert und hatten Eddie Raven mit brennendem Schmerz in den
Eingeweiden und der ewig wiederkehrenden Frage
angetroffen: Wohin als nächstes, mit welcher Hoffnung? Er hob seinen Brummschädel und fand, daß
ihm der Himmel nicht gefiel. Sauerei, dachte er. Auch
noch Regen, das wär' der Gipfel. Er rappelte sich auf,
die Hände in Relikten von Fäustlingen und ähnlich
kaputtes Machwerk an den Füßen. Am nächsten
Baum suchte er durch all die Schichten von Lumpen-
zeug auf den Grund und pinkelte in saftem Bogen ins
Gras.

Danach war ihm kotzelend und gallebitter in der
Kehle, während er in Richtung Marble Arch davon-
torkelte. Da kannte er so ein, zwei Stellen, wo's mit

dem Anhauen gelegentlich gar nicht so schlecht war, wenn der Morgen erst einmal richtig in Fahrt kam. Bis dahin konnte er sich ein Plätzchen suchen. Einigermaßen trocken, ohne Scheißvögel und sonstigen Quatsch.

Am Grosvenor Square konnte der Verkehr schon eine echte Plage sein, jetzt allerdings herrschte noch Ruhe. Eddie Raven ging auf der Höhe der Zebrastreifen hinüber. Er war sich nicht ganz schlüssig, doch dann wandte er sich ostwärts zur North Audley Street. Der Himmel wurde jetzt jeden Augenblick sichtbar heller. Schräg gegenüber, ein paar Stockwerke hoch auf der Feuertreppe an der Seitenfront vom Hotel *Shelley,* blitzte eine Stichflamme auf – das war gleichzeitig das letzte, was Eddie Raven von dieser Welt sah.

Dann erwischte ihn die Kugel, fetzte mitten in ihn hinein, und alles explodierte ins letzte Vergessen.

DÄMMERUNG

Helen Olivares fuhr mitten aus dem Schlaf und saß kerzengerade im Bett. »Was war das?«

»Was war was?« konterte Roberto.

»Hast du nichts gehört?«

»Meinst du die Fehlzündung?«

Sie schwang sich aus dem Bett und ging ans nächste Fenster. Die Manager-Suite vom *Shelley* war im vierten Stock und die Aussicht beschränkt. Der Blick nach unten zeigte ihr lediglich das Service Areal des Hotels und schräg dahinter, etwas weiter westwärts, das Gewirr von engen Straßen.

»Was hast du denn sonst noch gehört?« wollte Roberto wissen.

»Ich weiß nicht recht.«

Die Straßenlampen schnitten helle, abgezirkelte Kerben ins trübe Grau der einsetzenden Dämmerung. Doch so weit ihr Blickfeld reichte, war alles still und stumm. Nichts rührte sich, kein Auto, keine Menschenseele.

»Als hätte es geknallt«, dachte sie laut und ihr Atem beschlug die Scheibe.

»Eine Fehlzündung eben.«

»Hast du es also doch gehört?«

»Ich hab' dir doch gesagt, daß ich es gehört habe«, beschwerte sich Roberto. »Ich bin schon seit einer Ewigkeit wach.«

Stirnrunzelnd drehte sie sich wieder dem Halbdunkel des Raums zu und sah, daß er auf einen Stapel von Kissen gebettet lag. Sie hatte seine Zahnschmerzen völlig vergessen.

»Noch nicht besser?«

»Jein.«

Ihre Nasenflügel bewegten sich leicht witternd. Mit wachsendem Staunen fragte sie: »Was hast du denn getrunken?«

»Bacardi.«

Sie schaltete die Nachttischlampe an und schaute ihn mit einem amüsierten Lächeln in der schläfrigen Miene prüfend an. »Du siehst ziemlich blau aus.«

Er zuckte die Achseln. »So hält man sich den Schmerz hübsch vom Leibe.«

»Klingt ganz nach Fernsehwerbung.« Sie gähnte und legte sich wieder neben ihn. »Meinst du wirklich, 's kann eine Fehlzündung gewesen sein?«

»Klar.«

»Mir ist es eher so vorgekommen, als wär's direkt im Zimmer gewesen. In unmittelbarer Nähe.«

»Mir nicht«, brummte Roberto.

»In deinem Zustand, mein Lieber, möchte ich bezweifeln, daß irgendwer deine Aussage für voll nehmen würde«, meinte sie.

»Dafür bin ich nicht wie ein aufgescheuchtes Huhn. Da kenne ich aber jemand.«

»Was du nicht sagst! Du wirst noch im Guinness-Buch der Weltrekorde landen.«

»Und weswegen?«

Sie legte sich zum Weiterschlafen auf die Seite. »Rasante Gedächtnisschwäche.«

4 Uhr 54

Ben Halifax war nie dahintergekommen, wem der Hund gehörte oder woher er überhaupt kam und wohin er sich dann wieder trollte. Es war eine treuäugige, braune Promenadenmischung, in der vor allem auch ein Riese von Neufundländer mitgemischt hatte. Schon seit fast zwei Jahren gesellte sich der Hund jedesmal zu ihm, sobald er mit seinem Milchlieferkarren in die Duke Street kam. Halifax nannte ihn einfach »Dicker«, und das struppige Riesengeschöpf trabte ihm aufrichtig ergeben bis zur Park Street und dann die volle Tour bis zum Carlos Place nach. Und das Ganze nur wegen der drei oder vier Brötchen, die er dann kriegte. Das war's. Halifax machte sich nichts vor, und doch hatte er ihm die wenigen Male, die der Dicke morgens nicht erschienen war, ausgesprochen gefehlt. Komisch so was.

»He, Dicker! «

Der Hund sprang in großen Sätzen neben ihm her und bekam das zweite Brötchen des Morgens zugeworfen. Ohne anzuhalten zuckelte Halifax auf den Grosvenor Square hinaus und begann im Uhrzeigersinn mit der Auslieferung. Er hatte fast eine volle Ladung Milchflaschen, die hinter ihm in Plastikträgern vor sich hinrüttelten. Die Elektrokarre surrte wimmernd in ihrer Höchstgeschwindigkeit dahin.

Früher einmal hatte Halifax sein Auftragsbuch bei jeder einzelnen Lieferung zu Rate ziehen müssen, aber die Zeiten waren vorbei. Bis auf ein oder zwei Änderungen pro Woche hatte er die ganze Tour im Kopf – Geschäfte, Privathäuser, Restaurants, Hotels und Botschaften; im Mayfair Viertel lag alles einträchtig dicht nebeneinander. Irgendeine Schnulze vor sich hinsingend fuhr er Richtung Upper Grosvenor Street. Wahrhaftig die beste Tageszeit, vorausgesetzt, das Wetter war einigermaßen. Es wuchsen einem keine grauen Haare wegen des Verkehrs, und das Eigenleben aller Dinge nahm langsam Gestalt und Farbe an. Jeder zweite, den er kannte, hielt ihn für plemplem, ausgerechnet diesen Job zu haben, aber damit hatten sie sich gewaltig vertan.

Der Dicke war nach rechts quer hinüber Richtung amerikanische Botschaft davongetrabt. Blöder Hund. Halifax schaute, wo der Hund abgeblieben war, und sah, daß er ein Mordswesen um irgend etwas machte, das auf der Fahrbahn lag. Normalerweise hätte Halifax sich nicht darum gekümmert; die Entfernung und das Zwielicht trugen auch nicht gerade dazu bei, daß er neugieriger würde. Aber dann tat das struppige Hundetier etwas, was er an ihm noch nie erlebt hatte. Der Dicke bellte. Nicht nur einmal, er hörte gar nicht mehr auf. Und so komisch, mit steil hochgereckter Schnauze, die Vorderläufe auf seinen Fund gelegt.

»Dicker!«

Das Bellen hörte nicht auf, ging nur zwischendrin in herzzerreißendes Winseln über. Halifax brachte seine Karre zum Stehen, spähte hinüber, konnte aber nichts ausmachen. Ein paar Sekunden lang zögerte er noch und kämpfte mit seiner Unschlüssigkeit. Da jaulte der Hund wieder zum Himmel, und seine Winsellaute kippten fast über. Jetzt war er entschlossen. Dummkopf, dachte er und kurvte die Karre in einen rechten Winkel. Nachher würde er den ganzen Platz umkreisen müssen, aber das machte nichts.

Zunächst hatte er keinen Schimmer, worüber sich der Dicke so aufregte. Noch nicht einmal als er bis auf zwanzig Meter herangekommen war, hätte er sagen können, was es war, obwohl das Ding größer war, als

er gedacht hatte. Dann, ganz plötzlich, lief es ihm
eiskalt über den Rücken, und jetzt glaubte er es zu
wissen.

Verdammt.

Gleich darauf war er seiner Sache sicher.

»Verdammt«, sagte er diesmal laut.

Er fuhr die Karre direkt an den Körper heran. Der
Hund hatte aufgehört zu bellen, aber nach wie vor
stand er Wache, mit angelegten Ohren, das Fell vor
Unbehagen gesträubt. Die Stille war unheimlich.
Halifax stieg ab und stützte sich in der Hocke auf ein
Knie. Er hatte ein zutiefst unangenehmes Gefühl, als
er das Bündel Mensch berührte.

»Hau ab, Dicker . . . hau schon endlich ab!«

Der Mensch vor ihm lag kopfüber da. Er drehte ihn
um. Das hagere, unrasierte Gesicht, das zum Vor-
schein kam, zeigte die ersten Merkmale ewiger Ruhe;
doch der üble Geruch und der Anblick von Blut trafen
Halifax unvorbereitet. Der Hund schnupperte sich
näher heran; Halifax schob ihn grob beiseite. Seine
Gedanken überstürzten sich in Verwirrung. Er stand
auf und schaute sich um, ohne zu wissen, wonach er
überhaupt Ausschau hielt; gepackt von Schock und
Ekel machte er sich klar, daß er Hilfe holen mußte.

Der Milchwagen stand zwischen ihm und dem Hotel
Shelley, was ihm wahrscheinlich das Leben rettete.
Splitternd gingen plötzlich Flaschen zu Bruch, und ein
Sturzbach von Milch ergoß sich aus seiner Ladung.
Instinktiv zuckte er zurück, und den Bruchteil einer
Sekunde später spürte er den Schuß. Wie von der
Tarantel gestochen fuhr er herum und gaffte fas-
sungslos zum Hotel hinüber. Fast gleichzeitig krachte

auch schon ein zweiter Schuß in das Fahrgestell seiner Lieferkarre, haarscharf an seinem Kopf vorbei.

Jetzt überfiel ihn Panik. Er rannte einfach los. Irgendwohin, ganz egal, nur weg hier. Und der Hund lief hinterdrein, und diesmal nicht für Brötchen, sondern offensichtlich voller Freude und Erwartung über das neue Spiel.

4 Uhr 58

Irgenwie war Jim Usher der Schuß entgangen, der Eddie Raven ins Jenseits befördert hatte. Die anderen Schüsse allerdings hörte er, während er gerade seinen ersten Morgentee eingoß. In dem abgeschirmten Raum seiner Portiersloge klangen sie zwar gedämpft, aber nah, ziemlich nah sogar. Er ging sofort zum Haupteingang, stieß die Glastür schwungvoll auf und trat ohne Zögern in die Morgenfrische hinaus.

Die North Audley Street hatte nichts Besonderes aufzuweisen, aber während er sich noch nach links und rechts umschaute, wurde schräg gegenüber im dritten Stock ein Fenster aufgerissen und ein Kopf herausgestreckt. Das war im Eckgebäude, im Haus der US-Navy; fast gleichzeitig leuchtete in zwei oder drei Fenstern hier und da ein Licht auf.

Einbildung war es diesmal also doch nicht gewesen.

»Alpha Zentrale an Adler eins . . . Alpha Zentrale an . . . «

Dysart nahm ab.

»Hier Adler eins. Bitte kommen.«

»Schüsse am Grosvenor Square gemeldet, nahe Kreuzung North Audley Street. Notruf vom Wachoffizier in US-Botschaft. Schießerei möglicherweise aus Hotel *Shelley* in North Audley... Bitte kommen...«

»Verstanden. Adler eins fährt Grosvenor Square. Ende.«

Sie fuhren am Buckingham Palast vorbei, der letzte Nachtstern wetteiferte noch mit dem anbrechenden Tag. Yorke trat den Gashebel voll durch; es drückte sie heftig auf ihre vier Buchstaben.

»North Audley is' Einbahn.«

»Bis vor kurzem hab' ich uns auch Einbahn heimwärts gesehen«, knurrte Yorke zurück.

»Man kann nie wissen.« Dysart verschluckte ein Aufstoßen. »Vielleicht spielt da nur einer 'rum.«

»Wetten wir?«

Irgendwo in der Ferne glaubte Usher, jemand laufen zu hören. Ansonsten war es totenstill. Rechts von ihm, etwa fünfzehn bis zwanzig Meter hinter den Einbahnstraßenschildern, die den Verkehr am Grosvenor Square regelten, sah er den Milchkarren von Halifax stehen. Es kam ihm reichlich komisch vor, daß er gerade dort stand, mitten auf der Fahrbahn, aber wenn er nicht schon ohnehin alarmiert gewesen wäre, hätte er wahrscheinlich angenommen, daß der Karren einfach eine Panne hatte. Jetzt ging er jedoch darauf zu, und im Vorbeigehen rief der Mann aus dem Navy-Gebäude zu ihm herunter.

»Hat sich's für Sie auch so angehört?«

Usher zuckte die Achseln und machte eine fragende

Gebärde, während er nicht gerade sehr eilig weiterging. Die Stimme des Amerikaners schnitt deutlich in die herrschende Stille – und gab ihm irgendwie Sicherheit. Das ganze Haus war voller Amerikaner: Ab Mitte 1942 hatte Eisenhower laut Gedenktafel seine Dienststelle hier im Haus der Navy bezogen, und inzwischen diente es als Hauptsitz der amerikanischen Seestreitkräfte in Europa.

Usher war schon ziemlich nah an die Lieferkarre herangekommen, als er die Milchlachen erblickte, aber Eddie Ravens Leiche sah er erst, als er auf gleicher Höhe war. Er konnte einfach nicht glauben, was er sah. Ihm schienen die Sinne zu versagen. In der Milch waren Gerinnsel von Blut, und ein beständiges langsames Tröpfeln kam vom hinteren Ende der Karre.

Schon mehr als zwei Jahrzehnte war Usher mit keiner Gewalttat mehr in Berührung gekommen. Einen Augenblick schien ihm sein Verstand einen Streich zu spielen, aber ein einziger Entsetzensblick gab ihm Gewißheit. Er starrte einen Toten an, der zudem noch nicht lange tot war, denn seine Augen waren noch offen, und das Blutrinnsal war noch hell und frisch.

»He, Sie, passen Sie auf! . . . Da knallt einer vom *Shelley.*«

Die Warnung kam aus Richtung Roosevelt-Denkmal und versetzte Usher in neuen Schrecken; er fühlte sich plötzlich exponiert. Instinktiv duckte er sich hinter den Karren und suchte durch die Lücken in der Ladung die ihm so wohlvertraute Hotelfassade so weit wie möglich ab.

»Irgend 'n irrer Schweinehund ballert von da oben 'runter.«

Im Eckgebäude waren inzwischen noch ein paar Lichter aufgeflammt und ein paar Männer im Eingang der amerikanischen Botschaft erschienen, was Ushers Gefühl von Ausgeliefertsein allerdings nur noch verstärkte. Allmählich nahmen die Dinge in der Dämmerung Gestalt an, die Milchlache in der Gosse wurde zur hellrosa Pfütze. Geschickt zog er sich leicht zurück, und trotz seiner dreiundsechzig Jahre kam der einstige Soldat in ihm durch und gab ihm angesichts der Situation die beste Entscheidung ein.

Wann immer er sich später diese paar Minuten wieder vergegenwärtigte, konnte er sich nur über seine Behendigkeit wundern. Mehr als die halbe Straßenbreite lag zwischen Karren und Umzäunungshecke der Grünanlage am Square. Er erreichte die Hecke mit sechs Riesensprüngen, setzte über sie hinweg und versank keuchend in einer tiefen Hocke. Er verharrte zehn dumpfe Herzschläge lang, dann bewegte er sich wieder, diesmal in voller Deckung, auf weichem Rasen, und das Gefühl von Gefahr ließ mit jedem seiner Schritte nach – doch das Gefühl von Unwirklichkeit ließ ihn nicht los.

»Wo sind Sie?« rief er seinem Warner zu. »Zum Teufel, wo stecken Sie?«

5 Uhr 07
»Da klopft jemand«, sagte Gabrielle Wilding.
»Hm?«
»Es klopft!«

Richard Ireland öffnete die Augen. »Wie spät ist es?«

»Kurz nach fünf.«

»Herrgott noch mal«, protestierte er. Dann hörte auch er das Klopfen und wurde unwillig. Schärfer als beabsichtigt fuhr er auf: »Zum Teufel, was ist denn los?«

»Drunten hat's irgendeine Art von Aufruhr gegeben.«

»Wo?«

»Weiß nicht genau. Keine Ahnung, was mich aufgeweckt hat, aber es war irgendwas. Ich kann aber nichts Außergewöhnliches sehen.«

Da war wieder das Klopfen – kein lautes Pochen, aber ein drängendes und forderndes Anklopfen. Gabrielle stand splitternackt am Fenster, weißhäutig und hellblond. Im äußersten Winkel ihres Blickfeldes stand da unten ein Milchkarren, der von hier oben wie ein Spielzeug wirkte.

»Mach doch auf«, sagte sie.

Er schaffte ein verschlafenes Grinsen. »Geh selber.«

»So wie ich bin?«

»Gönn denen doch auch was.«

»Komm, mach auf«, sagte sie entschieden und ging wieder ins Bett.

Ireland fuhr in seine Pyjamahose. »Ich komm ja schon«, erklärte er mit erhobener Stimme, um den Klopfenden zu beruhigen. Er hatte sich ganz in der Hand, von der nächtlichen Angst, die ihn befallen hatte, war kaum eine Spur hängengeblieben. Das aufkommende Tageslicht trug dazu bei, ebenso die Tatsache, daß er nicht allein war. Trotzdem flog ihn eine kurze Erinnerung an sein Schreckenserlebnis an, als er quer hinüber zur Tür ging.

Er schaute sich noch einmal um, ob Gabrielle inzwischen zugedeckt war. »Warum rufen die eigentlich nicht durchs Haustelefon 'rauf?«

»Vielleicht steht das Haus in Flammen.«

»Verdammt komisch.«

Er verkniff sich ein Gähnen, entriegelte den Knauf und öffnete die Tür vorsichtshalber kaum einen halben Meter breit. Dabei hörte er Gabrielle deutlich nach Luft schnappen. Und genau im selben Augenblick wurde die Tür weit aufgestoßen, und der Mann kam auch schon ins Zimmer geschossen, ein Riese von Kerl.

»Wer, zum Teufel – ?«

Ein Knie in die Leistengegend schickte Ireland kopfüber ins Aus. Er prallte gegen einen massiven Sessel, ein Schwall von Schweißgeruch stieg ihm in die Nase. Schmerzgepeinigt nahm er wahr, daß der Mann die Tür mit dem Fuß hinter sich zudonnerte und sich dann schwer dagegenlehnte.

»Hinsetzen!.«

In der rechten Hand hielt der Mann ein Gewehr, in der anderen einen flachen, schwarzen Kasten.

»Hinsetzen, hab' ich gesagt!«

Ireland gehorchte. Mit einer Stimme, die nichts mehr mit seiner eigenen zu tun hatte, stammelte er: »Ist das ein Jux? Soll das irgend ein Jux sein?«

»Halt die Schnauze.«

Ireland wiegte sich vor Schmerz, der ihm tief im Unterleib saß. Der Mann stellte den Kasten auf den Boden, hechtete zum Bad, warf einen kurzen Blick hinein und war auch schon wieder da. Dunkelhaarig, tiefliegende Augen – erst allmählich fing Ireland an, den Mann bewußt wahrzunehmen. Schwarzweiß kariertes Jackett, etwas zu breit in den Schultern, er schien ein wenig drin zu schwimmen. Wenn er sie anschaute, schien er sich jedes Detail ihrer Gesichter einzuprägen. Jetzt starrte er Gabrielle an.

»Bis wann habt ihr das Zimmer?«

»Nur eine Nacht.« Sie zitterte. »Nur heute Nacht.«

»Das heißt bis Mittag?«

Sie nickte.

»Hast du 'n Fetzen an?«

»Nein.«

»Dann mach dalli.« Es klang eiskalt und drohend. »Du und der auch.«

»Was haben Sie mit uns vor?« wagte Gabrielle zu fragen.

»Das wirst du schon merken.«

Ireland warf ihr einen irren Blick zu. Einer seiner Mundwinkel hatte sich selbständig gemacht und zuckte unkontrolliert.

»Irgendwelche Zicken«, erklärte der Mann, «egal von wem, und ihr seid alle zwei dran. Ich mach' kurzen Prozeß.«

5 Uhr 16

»Scheint 'n alter Wermutbruder zu sein, Sir. Völlig auf'm Hund. Ein Penner.«

Typisch Dysart. Der Wagen von Chief Superintendent McConnell stand Seite an Seite mit Adler eins vor dem Nebeneingang der amerikanischen Botschaft in der Upper Brook Street. Die beiden Blaulichtanlagen blendeten ihre lautlosen Alarmzeichen auf. Auch der Wachoffizier von der Botschaft stand dabei und der Diensthabende vom Haus der Navy, der als erster Alarm geschlagen hatte. Auf offener Straße, neben dem Milchkarren, ließ man Eddie Ravens Leiche noch immer liegen.

»Danke, meine Herren.« McConnell nickte allgemein in die Runde. »Wo ist der Mann, auf den geschossen wurde?«

»Das ist er, Sir«, erklärte Dysart. »Er heißt Halifax.«

Inzwischen war es taghell geworden, über den Himmel zogen bleigraue Wolken. Über verwaschenen Jeans trug Halifax eine weiße Jacke, auf deren Rücken der Name des Molkereiunternehmens prangte. Er rauchte nervös und fast pausenlos und räusperte sich in einem fort.

»Können Sie mit Bestimmtheit sagen, woher die Schüsse kamen?« fragte ihn McConnell.

»Schuß Nummer zwei vom *Shelley*.«

»Nummer eins nicht?«

»Da bin ich mir nicht sicher. Aber der zweite war todsicher vom *Shelley*. Da war einer auf der Feuerleiter oben.«

»Haben Sie ihn gesehen?«

»Bewegt hat sich da was, das hab' ich gesehen.« Das Hotel war einen Block weit entfernt und von hier aus nicht zu sehen, aber er deutete ungefähr in die Richtung. »Nach dem ersten Schuß war das. Ich hab' ja nur kurz hinaufgeschaut, aber da war einer oben, ganz bestimmt.«

»Im wievielten Stock?«

»Vierter oder fünfter vielleicht.«

Jetzt kam der Notarztwagen. McConnell haßte das unheilverkündende schrille Sirenengeheul. Er wandte sich an Dysart und wies auf die Milchkarre.

»Da geht mir keiner hin, so lange das hier noch unter Beschuß sein könnte. Als allererstes muß der Platz freigehalten werden, also Zufahrten abriegeln, Verkehr umdirigieren.«

»Ich mobilisier' die Kollegen vom Verkehr.«

»Aber die sollen schlagartig erscheinen. Jeden Augenblick kann hier mehr los sein, als wir je wieder in den Griff kriegen.«

McConnell hatte die Wachzentrale des Londoner Präsidiums mit einem Sergeant und einem Wachtmeister verlassen, dem halsbrecherischsten Fahrer, dem er je begegnet war, möglicherweise auch dem besten. Mit einem Kopfdeuten auf Usher fragte er den Streifenbeamten: »Ist das der Nachtportier?«

»Ja, Sir.«

»Fragen Sie mal, ob er uns von hinten her ins Hotel schleußen kann?«

»Jawohl.«

Und damit trennten sie sich vorerst, und McConnell hängte sich in seinem Dienstfahrzeug ans Funkgerät. Er brauchte Unterstützung, und zwar schnell. Und auch die Routine wollte erledigt sein.

5 Uhr 20

Renata Lander hörte den Notarztwagen am unteren Ende der Bruton Mews vorbeiheulen, aber es drang nur vage in ihr Bewußtsein. Sie war von ihren eigenen

Problemen voll in Anspruch genommen und tief in ihr Sinnieren eingesponnen.

Harrys Gewehrkasten war verschwunden.

Nicht nur das Jackett und das Geld. Jetzt auch noch der Gewehrkasten. Keine fünf Minuten war es her, daß sie es bemerkt hatte. Sie war einer plötzlichen Anwandlung gefolgt und hatte im Flurschrank nachgesehen, ob Harry außer dem Jackett auch noch seinen Regenmantel geholt hatte. Und sie war einigermaßen erleichtert gewesen bei der Feststellung, daß sein Mantel da war, doch fast gleichzeitig war ihr bewußt geworden, daß der Kasten verschwunden war. Immer bewahrte er ihn hier auf, nirgendwoanders, es war also völlig witzlos, das Haus danach zu durchsuchen. Und er holte ihn heraus, wenn er am Donnerstag abend in den Schützenclub am Lancaster Gate ging.

Seit zwei Uhr hatte sie nun nicht mehr geschlafen. Ungezählte Tassen Kaffee, noch mehr Glimmstengel und die Tortur ihrer bösartig selbstquälerischen Einbildungen. Völlig konfus wanderte sie ins Arbeitszimmer, machte die Vorhänge auf und starrte, der Auflösung nahe, den ganzen Pflasterweg der Mews hinauf und hinunter. Seit Stunden hatte sie sich mühsam vom Telefon ferngehalten, aber das war noch bevor sie ihre Entdeckung gemacht hatte.

Jackman war der Vereinsgeschäftsführer vom Schützenclub, Frank Jackman. Sie suchte ihn im Telefonbuch, wählte seine Nummer und legte sich mühevoll eine Entschuldigung zurecht, weshalb sie ihn um diese Zeit weckte.

Tut . . . tut . . .

Nicht um alles in der Welt hätte sie sich bremsen können. Sie kannte Jackman nicht einmal.

»Hallo.«

»Mr. Jackman?«

»Ja?«

»Entschuldigen Sie bitte, Mr. Jackman, daß ich Sie zu einer so unmöglichen Stunde störe ...«

»Wer spricht denn überhaupt?« kam es mürrisch, schleppend und vorwurfsvoll zurück.

»Hier ist Renata Lander, Mr. Jackman... Harry Landers Frau.«

»Harry Lander?«

»Ja, wie gesagt, entschuldigen Sie bitte, aber zufälligerweise entdecke ich, daß Harrys Gewehrkasten aus dem Haus verschwunden ist, hier in der Bruton Mews.« Sie hörte sich selber zu; was sie da vorbrachte, war hoffnungslos durchsichtig. »Und da Harry eine Nacht fort ist ...«

»Reden Sie von der Rauenthaler?«

»Er hat nur ein Gewehr, Mr. Jackman.«

»Ist es gestohlen worden? Geht's darum?«

»Das ... das weiß ich nicht. Ich überlegte nur, ob er es vielleicht im Club gelassen hat.«

»Im Club nicht, Mrs. Lander, keinesfalls.« Er räusperte sich. Im Hintergrund sagte eine Frauenstimme: »Allmächtiger! Was für eine verdammte Frechheit! Weißt du überhaupt, wie spät es ist?« Jackman hatte anscheinend die Hand über die Sprechmuschel gelegt, doch einen Augenblick später war er wieder zu hören. »Ich würde mich an Ihrer Stelle an die Polizei wenden, Mrs. Lander.«

»Ja ... ja ja.«

»Sie können wohl Ihren Mann nicht erreichen?«

»Nein«, antwortete sie, »erst später.«

»Und Sie haben gerade eben erst das Verschwinden des Gewehrs entdeckt?«

»Genau«, sagte sie, dachte: O Gott! und rettete sich in irgendeine alberne Ausflucht, warum sie so früh schon auf den Beinen war.

»Es tut mir wirklich wahnsinnig leid, Sie belästigt zu haben, Mr. Jackman.«

5 Uhr 22

Usher führte McConnell und den Kriminalbeamten auf Umwegen zum Service-Areal des *Shelley.* Im Schlenderschritt bewegten sie sich vorwärts und blieben dabei im Schutz und Schatten dazwischenliegender Gebäude. Es gab nur eine einzige ungeschützte Stelle, die sie passieren mußten, den Fairfield Walk, den jeder von ihnen einzeln querte, McConnell als letzter.

Jetzt war niemand auf der Feuerleiter – er hatte es genau geprüft, während er hinübergespurtet war.

Sie kamen durch einen der Lieferanteneingänge ins Hotel, verschwanden in der Wäschereianlage und gingen auf der anderen Seite am Kühlkeller entlang. Es war ein beinahe höhlenähnlicher Zugang mit Steinböden und trübem Licht, ihr Vordringen wurde von hohlem Widerhall begleitet. Irgendwo hörte ein Telefon auf zu klingeln.

»Ab wann tut sich denn hier was?«

»Wird ziemlich bald losgehen«, erwiderte Usher.

Die Küche war ebenso ausgestorben wie alles andere und von steriler Kälte. Usher wies ihnen den Weg weiter ins Restaurant, ging aber nun schon bedeutend zögernder und mit angehaltenem Atem, und McConnell kam an seine Seite.

»Wie viele Aufzüge?«

»Drei.«

»Treppenaufgang?«

»Ja, auch.«

»Wie viele Zugänge gibt es?«

»Vorder- und Hintereingang, aber auch die Feuertreppe.«

»Er könnte also möglicherweise überhaupt von da eingedrungen sein?«

»Ja«, erwiderte Usher. »Trotzdem denke ich, daß er mal hier drin war.«

»Wie wollen Sie das wissen?«

»Wissen nicht, jedenfalls nicht ganz sicher. Aber ich glaube, ich habe ihn gehört – mag so zwei Stunden her sein. Irgendwas hab' ich jedenfalls gehört. Na ja, irgend jemand.«

McConnell drang nicht weiter in ihn. Was jetzt war, war von Belang, nicht was zwei Stunden vorher war; einzig und allein das Jetzt zählte. Sie kamen in die Halle, wo ihr Schritt von dickflauschigem Velours geschluckt wurde, und registrierten Details: den Zeitungsstand, das Halbrund der Boutiquen, den weit aufschwingenden Treppenaufgang und die Lifts, die Reception, die Glaswand zur Straße, die makellos gepflegten Blumenarrangements, die Lüster.

»Kontrollieren Sie die Treppe bis zum ersten Stock.«

Der Sergeant nahm jeweils drei Stufen auf einmal,

verschwand dann, und als er wieder auftauchte, schüttelte er den Kopf.

»Posten halten«, ordnete McConnell an.

Er überlegte fieberhaft. Das Haus mußte von oben bis unten bewaffnet durchsucht werden. Es war zwar ein wahrer Ameisenhaufen, aber er konnte schlecht warten, bis die Sondereinheit des Überfallkommandos anrücken würde; die konnten immerhin noch gut fünfzehn Minuten brauchen.

»Wieviel Gäste hat das *Shelley* im Moment?«

»Hundertzwanzig vielleicht«, überlegte Usher. »Können auch hundertdreißig sein.«

Das Telefon in der Portiersloge begann zu läuten. Wie der Blitz hechtete Usher danach.

»Nachtportier.«

»Na, endlich!« beschwerte sich eine Frau wütend. »Ich ruf dauernd an, und keiner geht hin.«

»Verzeihen Sie, Madam.« McConnell gab ihm einen Wink, sie zu beschwichtigen. »Wissen Sie, Madam, ich wurde weggerufen.«

»Alles zusammen ist höchst unerquicklich. Jetzt reicht's mir aber mit den Störungen hier oben. Zuerst wird geknallt wie irre, dann ist da einer auf der Feuertreppe direkt neben unserem Fenster, und dann wird auch noch herumgebrüllt. Es ist ungeheuerlich, daß Sie Ihren Gästen derartigen Radau und solche Rücksichtslosigkeit zumuten! Und mit dieser Meinung bin ich nicht allein, möchte ich Ihnen sagen. Die Leute im Nebenzimmer fühlen sich ebenso gestört.«

»Welche Zimmernummer haben Sie, bitte?«

»237.«

»Ich werde der Sache nachgehen, Madam. Meine

Kollegen von der Tagschicht werden Ihnen dann wenigstens eine Erklärung geben. Inzwischen darf ich Sie um Entschuldigung bitten.«

Usher legte auf. Er hatte sich beherrschter gegeben, als er es für möglich gehalten hätte, denn Schock und panische Angst hatten noch immer ihre Nachwirkung auf ihn. So was liest man sonst nur.

»Wer ist der Hoteldirektor?« fragte McConnell.

»Das ist Mr. Olivares, Roberto Olivares.«

»Verbinden Sie mich mit ihm, schnell.« Und an seinen Beamten gewandt: »Trommeln Sie uns die Adler-eins-Kollegen herbei.«

5 Uhr 30

»Hier spricht die Polizei . . . Achtung, Achtung, dies ist eine Polizeidurchsage. Alle Bewohner von Gebäuden im Sichtkreis rund um das Hotel *Shelley* werden dringend davor gewarnt, sich in der Nähe von Fenstern aufzuhalten oder auf die Straße zu gehen.«

Metallisch hart kam die Stimme durch das Megafon und ließ die allgemeine Morgenstille erzittern.

»Wir wiederholen: Alle Anwohner im Sichtkreis vom Hotel *Shelley* werden dringendst aufgefordert, unter keinen Umständen in die Nähe von Fenstern zu kommen oder das Haus zu verlassen. Bei Nichtbeachtung dieser Warnung besteht Lebensgefahr . . . Nach Beendigung der Gefahr werden Sie unverzüglich informiert. Vorläufig sind folgende Straßen und Plätze für Verkehr und Durchgang gesperrt – Grosvenor Square, North Audley Street, Providence Court, Lees Place, Green Street und Fairfield Walk . . . «

Der Polizeiwagen fuhr langsam seine Tour ab.
»Achtung, Achtung . . . eine Polizeidurchsage . . . «

Helen Olivares hörte mit einem Ohr die Warnung,
mit dem anderen hörte sie McConnell zu. Nein, hatte
sie ihn gleich beschieden, Mr. Roberto Olivares sei
wegen Zahnschmerz nicht ansprechbar. Aber sie sei
seine Frau, und er wolle doch bitte ihr sagen, was es
zu sagen gebe.
Das war vor knapp einer Minute gewesen. Inzwischen
hatte sie die Fassung noch nicht verloren. »Was kann
ich Ihrer Meinung nach tun?« fragte sie.
»Im Augenblick nichts.«
»Ich komme hinunter.«
»Bleiben Sie, wo Sie sind. Es ging mir nur um die
Information, daß in Ihrem Haus bis auf weiteres ein
Polizeieinsatz stattfindet und daß ich das gesamte
Shelley Stockwerk für Stockwerk und Zimmer für
Zimmer durchsuchen lasse, sowie unsere Verstärkung
eingetroffen ist. Halten Sie also Ihre Leitung frei, falls
ich Sie brauche.«
»Sie brauchen mich jetzt«, erkärte sie.

Von Knollenbergs Wohnung in der Green Street aus
konnte man die obersten Stockwerke vom Hotel
Shelley sehen, und gleichzeitig wie ein paar hundert
andere Anwohner hörte auch Joan Knollenberg den
Polizeilautsprecher; er hatte sie aus dem Schlaf gerissen. Und das wollte etwas heißen, denn normalerweise konnte nichts ihren Schlaf stören – Donner-
schläge und Kindergetobe und sogar wenn Charlie
heimkam.

Verwundert stand sie auf und ging schnurstracks zum Fenster, wo ihr schlagartig bewußt wurde, daß sie da ja nicht sein sollte. Sie zog sich tiefer ins Schlafzimmer zurück.

»Charlie«, sagte sie. »Charlie!«

Sie warf einen Blick auf sein aschfahles Gesicht und fragte sich, wann er wohl eingetrudelt war. Blieb bis in die Puppen auf, ihr Charlie, und schuftete. Und wofür das Ganze? »Da hab' ich mir vielleicht eine Schinderei eingehandelt, Liebling!« – mehr hatte sie nie darüber erfahren. Jetzt mochte es ungefähr halb sechs sein, und ihr Charlie war völlig geschafft. Aus der geschützten Tiefe des Zimmers starrte sie auf die verbliebene Aussicht vom *Shelley* und überlegte schlafmützig, worum sich der ganze Wirbel wohl drehen könnte.

5 Uhr 34

Der Mann mit dem Gewehr starrte immer noch auf Ireland. Seine Augen wieselten dauernd hin und her, und er hatte ein Glotzen an sich, als würde er jede Winzigkeit aufnehmen wollen, bei Ireland ganz besonders.

»Wo habe ich Sie schon mal gehört?«

Ireland schluckte. Gehört . . . ?

»Wo?« beharrte der Mann. Es schien ihm wichtig.

»Im Fernsehen?«

»Sind 'n Schauspieler?«

»Ja.«

Wieso konnte das eine Rolle spielen? Inzwischen waren sie angezogen, hatten sich hastig in ihre Kleidung gestürzt. Der Mann hatte die Tür verriegelt, einen Stuhl in die Nische geschleppt und unmittelbar gegen die Wand gestellt. Es hatte ihn nicht im mindesten interessiert, als das Mädchen sich kurz nackt gezeigt hatte. Das Zimmer war L-förmig; er konnte sie von seinem Stuhl aus ständig im Auge behalten. Mit dem Gewehr über den Knien saß er da, und sie hockten, wie er es ihnen befohlen hatte, mit dem Rücken zueinander, jeder auf einer Seite des Bettes.

»He, ihr!« sagte er. »Nachher wird es hier eine Menge am Telefon zu quatschen geben.« Er fixierte Gabrielle. »Du machst das. Nur du, kapiert?«

Sie gab keine Antwort.

»Und auf 'n Piep genau, was ich dir sage, verstanden?«

Sie nickte.

»Nicht 'n Deut anders.«

Sie schluckte und nickte wieder. »Wie lang wird das hier denn dauern?«

»Kommt drauf an.«

»Worauf denn?«

»Auf andere.«

Sie drehte schnell den Kopf zur Seite. So konnte sie Ireland aus dem Augenwinkel sehen; er war aschfahl. Der Mann stand von seinem Stuhl auf und ging hinüber zum Fenster – ein großer Kerl mit etwas einwärts gedrehten Füßen und federndem Schritt, fast wie ein Squashprofi. Manchmal fing Gabrielle so etwas wie Verdutztsein an ihm auf, das sich übergangslos in seine Drohhaltung mengte. Er schwitzte. »Um sechs«, erklärte er, »bestellst du Kaffee aufs Zimmer.«

Sie antwortete nicht.

»Zwei Kaffee. Du teilst mit deinem Mann.«

»Er ist nicht mein Mann.« Sie hatte es sich in all dem Druck nicht verkneifen können, aber es verpuffte sowieso ohne Wirkung und Interesse.

»Gib mir die Zigaretten.«

Die Schachtel lag neben dem Bett, und Gabrielle griff danach. Es blieb ihr gar nichts anderes übrig, als seinen Anordnungen zu folgen, wenn sie sich auch verdammt inbrünstig wünschte, daß Ireland sie nicht so maßlos allein drin hängen ließ.

5 Uhr 37

Helen Olivares fuhr mit dem schneller gestellten Lift ins Parterre. Die Lockenwickler hatte sie noch immer im Haar, aber Hosen und eine Bluse angezogen und Roberto in aller Eile noch einen Zettel geschrieben. BLEIB WO DU BIST. GEH NICHT AN DIE TÜR, RUF VORHER ZENTRALE. H.

Mit leisem Surren öffneten sich die Fahrstuhltüren, und sie trat in die Halle.

»Stehenbleiben!«

Sie fuhr herum. Plötzlich alarmiert sah sie den Kripomann am Treppenaufgang, die Mündung seiner Pistole auf sich gerichtet. Im selben Augenblick bemerkte sie in ihrem äußersten Blickwinkel einen zweiten Mann.

»Wer sind Sie?« fuhr sie der an.

Sie erkannte seine Stimme. »Ich bin Helen Olivares. Wir haben eben telefoniert.«

»Sie sollten sich doch nicht von der Stelle rühren.«

»Die Telefonzentrale muß besetzt sein.«

»Das macht schon Ihr Nachtportier.«

»Mein Mann und ich sind für unsere Gäste verant-
wortlich, und wenn Sie hier eine genaue Zimmer-
durchsuchung veranstalten, dann ist es meine Pflicht,
die Gäste persönlich zu informieren.«

»Na gut«, räumte McConnell ein. Das konnte ja nicht
schaden. Donnerwetter, was für eine Frau . . . immerhin!

Yorke und Dysart waren jetzt hinzugekommen, und
die Minuten vergingen immer noch untätig, denn ihre
Besetzung war ja reichlich schwach. Aber jetzt mußte
der Anfang gemacht werden. Dysart wurde zur Kon-
trolle der Feuertreppe abkommandiert, Yorke und der
Kriminalmeister, der einzige Bewaffnete unter ihnen,
wurden in den fünften Stock geschickt mit der
Anweisung, die ganze Etage exakt zu durchkämmen.

Helen Olivares suchte fieberhaft in einer der Schubla-
den hinter dem Receptionsschalter. »Da muß doch
irgendwo eine Namensliste sein!«

Yorke und der Kriminalbeamte ließen sich davon
nicht zurückhalten. Die Lifttüren schlossen sich hinter
ihnen, und das Besetzt-Licht glühte rot auf.

»Wir veranstalten hier keine Audienzen streng nach
Etikette, Mrs. Olivares!« knurrte McConnell. »Fangen
Sie mit Ihren Erklärungen im fünften Stock an, aber
verbinden Sie mich zuerst noch mit Scotland Yard.«

5 Uhr 42

Im Aufzug warf Yorke dem anderen einen Blick unter Kollegen zu. »Na, was wird uns denn da erwarten?«

»Schätze, wir verschaffen uns nur Bewegung.«

»Im Ernst?«

»Was für 'n Hornochse wird denn erst einen abknallen und sich dann bieder an den Tatort hocken?«

»Aber was für 'n Hornochse ballert überhaupt so mir nichts dir nichts drauf los?« meinte Yorke skeptisch.

5 Uhr 43

Als das Telefon summte, erstarrten alle drei. Erst beim zweiten Summen machte der Mann mit dem Gewehr Gabrielle ein heftiges Zeichen.

»Los, abnehmen!« Er hatte das Gewehr jetzt fester als vorher in der Hand.

Sie rutschte am Bett entlang zum Telefon und hob ab.

»Zimmer 501?« begann Helen Olivares. »Guten Morgen. Die Hotelleitung bedauert aufrichtig, Sie um diese Zeit zu stören, aber in unmittelbarer Nachbarschaft hat sich ein Unglücksfall ereignet, und die Polizei hält eine unverzügliche Durchsuchung des *Shelley* für notwendig . . . Hallo, hallo?«

»Ja«, sagte Gabrielle, »ich höre.«

»Voraussichtlich wird die Polizei bereits in wenigen Minuten auf 501 sein. Bitte haben Sie die Liebenswürdigkeit, die Maßnahme voll zu unterstützen. Wir versichern Ihnen, daß diese Störung auf das absolute Mindestmaß beschränkt bleibt.«

Bereits beim zweiten Anruf hatte Helen Olivares eine

gewisse Routine entwickelt. Jetzt wurde aufgelegt, und auch Gabrielle hängte ein. Ihr Puls raste.

»Wer war das?« fuhr sie der Mann an.

»Die Hotelleitung.«

Er mußte einiges aufgeschnappt haben; schließlich war er keine drei Meter entfernt. Doch er starrte sie an, als hätte er nichts verstanden, und dieses drohende Starren war bedeutend schärfer als jede Frage.

»Die Polizei wird die Zimmer durchsuchen.«

Mit einem Satz war er auf den Füßen.

»Jetzt gleich«, sagte sie automatisch noch.

Er fuchtelte mit dem Gewehrlauf Richtung Bad. »Los, rein da!« herrschte er Ireland an. »Da hinein. Und dalli.«

Ireland kam seinen Tempovorstellungen nicht annähernd nach. Der Mann fluchte und drohte mit dem Gewehrkolben. »Los, beweg dich, verstanden!« Dann packte er Gabrielle am Arm und riß sie herum, um sie Aug in Aug zu haben.

»Hör zu.« Er machte einen knallharten Eindruck. Aus seinen Augen loderte ein Irrsinn, der sie im Innersten erstarren ließ. »Hör gut zu. Er und ich werden da drin sein, und wenn du aus der Reihe tanzt, ist er dran . . . Kapiert?«

Gabrielle nickte. Sein eiserner Griff hatte sie auf die Zehenspitzen gezwungen. Doch sie merkte, daß er noch nicht überzeugt war.

»Drunten liegt 'n Toter. Ich hab' also nichts zu verlieren.«

Sie brachte nur ein Flüstern zustande: »Was soll ich tun?«

»Schick sie weg, halt sie uns vom Hals.«

Jetzt war näher kommendes Klopfen zu hören. Den ganzen Gang der Reihe nach herunter. Alle drei standen wie erstarrt. Das Klopfen hatte aufgehört, man hörte gedämpfte Stimmen. Dann war Ruhe.

»Wenn sie hier sind, läßt du sie nicht 'rein«, sagte der Mann. »Hier ist alles okay. Total alles, verstanden? Erklär ihnen, daß alles in bester Ordnung ist.«

»Ja.«

Damit ließ er sie los und ging ins Bad. Die Tür blieb einen Spalt breit offen, und Gabrielle hörte, daß er auf Ireland einredete, konnte aber nicht verstehen, was er sagte. Es war ja auch gleichgültig. Was ging sie das an? Sie war wie betäubt. Todesangst hielt sie in den Klauen. Zitternd griff sie nach einer Zigarette, zündete sie an und blies den Rauch aus.

Eine winzige Zeitspanne dehnte sich ihr zur Ewigkeit; der Auflösung nahe dachte sie an das, was nicht geschehen durfte. *Hier ist alles okay. Erklär ihnen das. Total alles . . .*

Die Zeit, bis sie kamen, wurde zur Höllenqual. Sie schien nie ein Ende zu nehmen. Und doch fuhr sie zusammen, als sie sie dann hörte. So angespannt sie auch gewartet hatte, schien sie einen schrecklichen Augenblick lang völlig bewegungsunfähig, von grauenhaftem Schwanken gelähmt.

»Polizei . . . bitte aufmachen.«

Sie ging zur Tür und entriegelte sie. Zuerst sah sie Yorke und einen Sekundenbruchteil später den Kriminalbeamten. In ihrem Zustand von Überwachheit registrierte sie, wie unauffällig der aussah, wie ein Büromensch, mit rostrotem Pullover unter dem Jackett.

»Entschuldigen Sie die Störung«, erklärte Yorke, »aber wir durchsuchen das ganze Stockwerk. Sind Sie irgenwie belästigt worden?«

»Nein.«

»Haben Sie etwas Außergewöhnliches gehört?«

»Nein«, erwiderte sie.

»Sind Sie allein hier?«

»Nein.«

Er warf einen Blick an ihr vorbei auf das zerwühlte Bett. Schon begriffen, flammte es in seinen Augen auf; er hatte ihre Unentschlossenheit falsch gedeutet. Er nickte ihr zu, und auf seinem Gesicht erschien ein Anflug von Lächeln, aus dem sie schloß, daß alles gutgehen würde. Doch zu ihrem Entsetzen kam er einen Schritt näher.

»Wenn Sie gestatten, wir werden uns nur kurz umsehen.«

»Nein«, entfuhr es ihr. »Das geht nicht.«

»Dauert nicht lange.«

Panik erfaßte sie. »Nein!« Sie versperrte ihm den Weg, völlig außer sich und der Raserei nahe. Jetzt mußte sie Gründe vorbringen, weshalb sie nicht hereinkommen konnten. Aber keiner davon war stichhaltig, und sie merkte selbst, daß sie mit all ihrem Gefuchtel und all ihrer Verteidigung nur das rasant wachsende Interesse der Polizisten erregte.

»Tut mir leid, Miss«, beschied Yorke sie. »Aber wir haben Befehl, jedes Zimmer zu durchsuchen.«

In ihrem äußersten rechten Augenwinkel sah sie, daß die Tür zum Bad aufschwang.

»Nicht!« schrie sie, nun schon nicht mehr zu Yorke, und wirbelte dabei mit erhobenen Armen herum.

Der Schuß zerriß ihr fast die Trommelfelle. Yorke hielt sich selbst umklammert, taumelte rückwärts, fiel hin, rollte zur Seite. Wie in einer überscharfen Filmsequenz sah sie den anderen zurückzucken und tief in die Hocke gehen, die rechte Hand kam schußbereit hoch. Dann wurde die Tür auch schon von innen zugetreten und fiel krachend ins Schloß. Der Mann mit dem Gewehr stand an die Wand gepreßt dahinter.

Von draußen hörte man Stöhnen und schweres Davonschleifen. Drinnen herrschte Totenstille, ein, zwei Atemzüge lang, bevor sich der Schrei löste.

»Was haben Sie getan? Was, um Gottes willen?«

Gabrielle wich zurück, ein Stoßseufzer aus ihrer Kinderzeit stieg in ihr auf. »Mutter Gottes . . . «

Ireland mußte sich im Bad übergeben.

TAG

Der Sergeant griff Yorke unter die Achseln und zog ihn schleifend wie einen Sack. Die Türen entlang der ganzen Zimmerflucht gingen der Reihe nach auf, erschrockene Gesichter blickten heraus.

»Drinbleiben!«

Er bewegte sich rückwärts und ließ dabei das Zimmer 501 nicht aus den Augen, die Pistole noch immer im Anschlag. Aus einem der Zimmer kam ein Mann in zerknittertem, weißem Pyjama und griff hilfreich nach Yorkes Beinen, aber der Beamte herrschte ihn an: »Weg da!« Dann sagte er: »Holen Sie den Lift rauf!«

»Ist er tot?«

»Lift raufholen!«

Der Mann verschwand in den Hintergrund. Yorke stöhnte auf, er war schlaff wie ein Zementsack. Auf dem Teppich zeichnete sich eine verschmierte Blutspur ab, die Hände des anderen wurden warm und klebrig. Yorkes Uniformmütze lag offen nach oben auf dem Boden, es sah groteskerweise wie nach Geldsammeln aus. Die Blutspur begann genau an der Mütze; der Teppich war ganz getränkt davon.

»Mein Gott, mein Gott!« kreischte von einer Tür her eine aufgeschreckte Frau auf. »Was ist denn . . . «

»Zurück! Bleiben Sie drin!«

Er hatte das Treppenhaus erreicht. Der Mann im weißen Pyjama war noch immer nicht von der Bildfläche verschwunden.

»Kommt sofort . . . «

Er war glatzköpfig und dickbäuchig und hatte eine selbst in dieser Situation unübersehbar hängende

Unterlippe. Aus dem Aufzugschacht klang ein gedämpftes Rucken, und gleich darauf summten die Türen auf. Noch immer starrte der Sergeant auf die Tür von Zimmer 501. Wenn das Mädchen nicht gewesen wäre, hätte er eine Chance zum Schuß gehabt – eine Blitzsekunde lang zwar nur, aber immerhin. Doch da war das Mädchen . . .

»Fassen Sie jetzt mit an! Seine Beine. *Jetzt.*«

Sie schleppten Yorke hinein, und der Mann drückte mit der ganzen Handfläche auf die Erdgeschoßtaste. Die Türen glitten lautlos zu, der Lift setzte sich in Bewegung. Yorkes Blut floß und floß, aber Gott sei Dank stand der Notarztwagen fast vor der Tür.

»Wer hat denn geschossen?«

Der Beamte gab keine Antwort. Sein Blick hing prüfend an Yorkes Gesicht, er schien nicht zu hören.

»In welchem Zimmer ist es denn passiert?« bohrte der Mann im Schlafanzug weiter. »Ich habe 508.« Der hatte vielleicht Nerven! »Meine Frau und ich sind erst gestern abend angekommen.«

Die Knie federten mit, als der Aufzug stoppte. Die Türen glitten auf. McConnell stand mit ein paar anderen direkt davor, und hinter ihnen, verteilt über die Halle, ein ganzer Schwarm Kriminalbeamter in Zivil; das Sonderkommando war eingetroffen.

»Wo steckt der Kerl?«

»Auf 501, vorletztes Zimmer im Gang. Hält da ein Mädchen fest.«

»Haben Sie ihn zu Gesicht bekommen?«

»Nicht genau.«

Jemand hatte offenbar heruntertelefoniert. Man hob Yorke inzwischen vorsichtig hoch und brachte ihn eilig fort. Jetzt bemerkte der Beamte das Blut an seinen Händen und begann es mit langsam wieder einsetzender Normalreaktion abzuwischen. Der Mann im Pyjama schien nicht mitzubekommen, daß er Polizei vor sich hatte, und holte mit lebhaft unterstrichenem Wortschwall zu einer Darstellung des Geschehens aus.

»Sparen Sie sich das besser«, wurde er beschieden, und irgend jemand fügte hinzu: »Danke für die Hilfe.« Dann drängte sich ein anderer dicht an ihn heran, einer mit einem Recorder. »Mein Name ist Kent«, setzte er an, »Kent vom *Star*.« Und schon war er in seinem Element.

Sonderkommando hieß: ein Inspektor, zwei Sergeants und vierzig Einsatzpolizisten, alle bewaffnet. Sie waren in geschlossenen Polizeiwagen ausgerückt, und genau 36 Minuten nachdem McConnell sie angefordert hatte, beim Hotel *Shelley* eingetroffen. McConnell nickte jetzt seinem Scotland-Yard-Beamten zu und wandte sich dann an Inspektor Savage.

»Zunächst einmal muß das Stockwerk geräumt werden. Abtransport aller Gäste.«

»Klar.«

»Die von Zimmer 500 müssen via Feuertreppe runter. Das ist das Zimmer ganz am Ende. Alle anderen, angefangen von 502, per Treppe und Lift.«

»In Ordnung.« Savage war von hagerer, ungeheuer zäh durchtrainierter Gestalt und trug ein dünnes Lippenbärtchen, das McConnell jedesmal mindestens um ein Jahrzehnt veraltet anmutete.

»Und geben Sie ihnen maximale Deckung. Erst wenn

wir 501 ausreichend sicher isoliert haben, können wir uns mit dem Problem befassen, wie und wo wir euch am besten postieren.« McConnells Anordnungen kamen knapp und sachlich. »Sieht ziemlich nach längerer Einigelung aus.«

Savage drehte sich auf dem Absatz um und gab auch schon seine Befehle weiter. McConnell ging hinüber in die Telefonzentrale neben dem Empfang, zu Helen Olivares, der Frau mit den ewigen Wicklern im Haar.

»Wer wohnt in 501?« fragte er sie.

»Richard Ireland und eine Gabrielle Wilding«, sagte sie mit völlig ausdrucksloser Miene. So waren die Verhältnisse eben nun einmal.

»Ireland?« Erstaunen war ein Gefühlsaufwand, den er sich selten leistete. »Richard Ireland – der Film- und Fernsehmensch?«

»Genau der.«

Nachdenklich schob er die Lippen vor. Ireland? Erst irgend so ein Wermutbruder, der zufällig über den Platz tippelt – dann ein Polizist im Dienst?

»Geben Sie ihn mir.«

Sie zögerte.

»Stellen Sie mich auf 501 durch.«

Sein Blick schweifte über die Halle. Ein Aufzug war schon unterwegs nach oben, in den nächsten stiegen weitere Einsatzbeamte.

»501 antwortet nicht«, erklärte Helen Olivares.

»Probieren Sie's noch mal.« McConnell wartete. Dabei fiel ihm ein, wie schrecklich zugerichtet Yorke ausgesehen hatte. Unwillkürlich faßte er sich an die schwarze Krawatte. Nicht schon wieder. Das durfte doch nicht schon wieder sein!

»Augenblick bitte«, sagte Helen Olivares plötzlich. Mit dem Kopf machte sie ihm ein Zeichen, welchen Apparat er nehmen sollte. Er hob ab. »Wer spricht?« fragte er.

»Hier ist Gabrielle Wilding.« Es kam voller Panik und tonlos schwach wie in Flüstern.

»Ich bin Sicherheitsbeamter, Miss Wilding, und hätte gern mit Richard Ireland gesprochen.«

»Sie müssen mit mir vorlieb nehmen.«

Er ging nicht darauf ein. »Richard Ireland, bitte.«

Ein sonderbares Rauschen war nur noch in der Leitung. Entweder wartete sie sein Weitersprechen ab, oder sie erhielt Anweisungen; er konnte sich darüber nicht klarwerden. Erst als sie wieder sprach, fiel ihm ein, daß sie wahrscheinlich in der Zwischenzeit nach Worten gerungen hatte.

Im selben schwachen Flüsterton wie zuvor auch schon brachte sie hervor: »Richard Ireland kann nicht sprechen.«

McConnell zog sekundenschnell den Schluß. »Wieviel Personen sind Sie?«

Keine Antwort.

»Zwei? – Drei?«

Er ließ ihr verständnisvoll Zeit in ihrer schrecklichen Zwangslage.

»Hören Sie . . . «

Da wurde die Verbindung unterbrochen. Drei, entschied er. Mochte es nun stimmen oder nicht, für ihn waren es drei.

Im selben Augenblick, als Yorke angeschossen wurde, hatte Dysart eine gebrauchte Patronenhülse auf dem zweiten Absatz der Feuertreppe gefunden. Unschlüssig, wie weit er noch vordringen sollte, war er in jedes darüberliegende Stockwerk eingestiegen und hatte wenige Sekunden, nachdem Yorke mühsam in den Aufzug verfrachtet worden war, den fünften Stock erreicht.

Der Anblick der breiten Blutbahn und der am Boden liegenden Dienstmütze hatte ihn in dumpfer Wut eilends wieder hinunterklettern lassen, wo er gerade rechtzeitig ankam, um mit anzufassen, als Yorke in den bereitstehenden Notarztwagen gehoben wurde.

»Adler eins, bitte kommen.«

»Polizeimeister Yorke bei Einsatz in Hotel *Shelley* verwundet und derzeit per Notarzt auf dem Weg in St. George-Klinik. Funkwagen bleibt vorübergehend unbesetzt, bis ich Chief Superintendent McConnell berichtet habe. Sonderkommando ist am Tatort. Das ist jetzt also deren Bier.«

»Wie schlimm steht's mit Peter Yorke?«

»Hat mir nicht gefallen. Voll in die Brust, scheint's . . . glatt durchgeschlagen.«

Er ging wieder zum *Shelley* zurück, erst links, dann rechts und wieder rechts. Absperrbarrikaden waren inzwischen quer über Lees Place und Upper Brook Street aufgebaut, die Verkehrspolizei fuhr Streife, aus den Funkgeräten schnarrte es unablässig. Im Schutz eines bewaffneten Kriminalbeamten, der auch noch ein Gepäckstück schleppte, kam eine einzelne Frau die Feuertreppe herunter. Ein Teil des Tagespersonals

vom *Shelley* stand in Trauben um die Lieferrampen und an den Eingängen zu den Lager- und Wirtschafts-räumen. »Zimmerservice wie immer, außer dem fünf-ten«, schnappte Dysart im Vorbeigehen auf. »Ja, ja, wie immer. Ich weiß, Kollege, aber so will sie's . . . «
Dysart bahnte sich seinen Weg in die Hotelhalle, wo McConnell soeben dem Team der Mordkommission die nötigen Instruktionen zur Entfernung von Eddie Ravens Leiche erteilte.

»Da wir inzwischen wissen, wo der Schütze ist«, schloß er, »ist kein Risiko mehr vorhanden, also freie Bahn für Aufnahmen und die Routineuntersuchun-gen. Und laßt euch Zeit. Da draußen macht jetzt keiner mehr Jagd.«

Dysart kam hinzu und zeigte die leere Patronenhülse vor. »Das da hab' ich auf der Feuertreppe gefunden, Sir, zwischen zweitem und drittem Absatz.«

McConnell nahm sie ihm ab. Die Frage nach dem Täter beschäftigte ihn derzeit weit mehr als Tather-gang und Tatwaffe. In wenigen Minuten würde der fünfte Stock geräumt sein; die Aufzüge spuckten schon die ersten Evakuierten aus.

»Nur die eine? «

»Ich habe nicht jeden Quadratzentimeter abgesucht, und nachdem Polizeimeister Yorke angeschossen war, wollte ich ihm erst zu Hilfe kommen und bin zurück.«

»Ziemlich leichtes Ding.« Die Ballistiker würden sich dafür interessieren. »Die anderen sind wahrscheinlich verstreut. Die finden wir schon.«

»Sicher, Sir.«

»Der Zweite Staatsanwalt für Sie«, rief Helen Olivares von der Telefonvermittlung herüber.

»Komme sofort.« McConnell überlegte noch, bevor er zum Telefon griff. Seine Gedanken blitzten ihm nur noch in Stichworten durch den Kopf. Eine koordinierte Kommandozentrale mußte her, mit Funk und allen technischen Finessen. Der Laden ließ sich von hier aus unmöglich schmeißen. »Sonst nichts?« fragte er Dysart und hob die Hülse dabei in Augenhöhe.

»Nichts, Sir«, erwiderte Dysart. Aber dann fummelte er suchend in einer seiner Taschen. Der harte Schlag von Yorkes Unglück hatte ihn ganz aus dem Konzept gebracht. »'tschuldigung, das da war auch noch da.«
Zerstreut schaute McConnell auf das von Dysart hingehaltene Etwas – ein Gepäckanhänger mit Plexiglasschildchen, dessen Verschluß aufgegangen war. Und der Aufdruck des Anhängers lautete: H. R. LANDER, 14 BRUTON MEWS, LONDON W. 1.

6 Uhr oo

Roberto Olivares erwachte mit einem Schmerz, als wäre ihm der Kiefer gebrochen. Seine ganze linke Gesichtshälfte tobte.

»Helen?« Mit verschleiertem Blick schaute er auf die Stelle, wo er sie normalerweise um diese Zeit wußte.
»Helen?«
Er stützte sich auf einen Ellbogen, die Bacardi-Linderung war total verflogen.
Auuuu . . . »Helen?«
Jetzt erst sah er den Zettel, den sie ihm an den Wekker gelehnt hatte. Stöhnend nahm er ihn zur Kenntnis. Geh nicht an die Tür, ruf vorher Zentrale? Fabel-

hafte Zeit für neckische Scherze, dachte er befremdet, aber tat doch, was sie ihm empfohlen hatte.

»Was treibst du denn unten in der Zentrale?« Seine Stimme war um eine Halboktave höher als normal gerutscht. Helen setzte es ihm auseinander, aber er glaubte ihr einfach nicht. »Bist du verrückt ... Im *Shelley*? Jetzt? Hier im *Shelley*?«

»Präzis«, erklärte sie. »Auf 501. Das ganze Stockwerk ist evakuiert worden, und die Polizei ...«

»Evakuiert? Ja, wohin denn?«

»Schreibsalon, Fernsehraum und ... «

»Mein Gott!« japste Roberto.

»Zieh was an und komm 'runter.«

»Natürlich.«

Vorsichtig sondierte er die Lage mit der Zunge am tobenden Zahn und mußte damit schlagartig die Hoffnung aufgeben, daß er alles nur träumte. Ein Erinnerungsfetzen dämmerte ihm da plötzlich herauf und ließ ihn seine kaltblütige Frau vier Stockwerke unter ihm anzischen: »Was ist denn jetzt mit deinem Jupiter-Quatsch, von dem du mir heut' nacht vorgefaselt hast? Von wegen allgemein wenig ereignisreicher Tag und weiß der Teufel, was noch ... Bitte!« Und schon etwas gedämpfter fuhr er fort: »Diese Schießerei und der Kerl mit dem Gewehr ... «

Doch sie hatte schon eingehängt.

6 Uhr 11

Die dunkelhäutige Krankenschwester auf der Unfallstation injizierte Yorks Blutprobe ins Reagenzglas,

87

verschloß es luftdicht und eilte auch schon im Geschwindschritt davon, die Türen schwangen heftig hinter ihr drein.

»Sauerstoff im Auge behalten«, brummte der diensthabende Unfallarzt die ihm Assistierenden in der steril weißen Notdienststation an. »Nehmt doch verdammt noch mal die Flasche höher.«

Er stach die lange Venenkanüle in Yorkes linke Armbeuge und klebte sie unverrutschbar fest.

»Das war's.« Er nickte, und eine zweite Notdienstschwester schloß den Kochsalz-Traubenzucker-Tropf an.

Yorkes Gesicht sah wächsern aus. Er lag auf der linken Seite, bis zur Hüfte entkleidet. Leichter Blutschaum quoll ihm aus dem Mund. Die Kugel hatte ihm etwa sieben Zentimeter unterhalb des rechten Schlüsselbeins die Brust durchschlagen; die klaffende Austrittswunde war ein einziger Blutsturz.

Behutsam schloß der Arzt ein offenes Augenlid.

»Schwester.«

»Ja, Doktor.«

»Sagen Sie auf der OP-Station Bescheid, daß sie ihn holen – und die sollen sich beeilen.« Sein Tonfall änderte sich dann um eine Nuance, während er Yorke weiter im Auge behielt. »Mensch, die werden auch immer jünger, was?«

»Wer?«

»Die Polizisten, Herzchen, die Polizisten mein' ich.«

McConnell hatte zusammen mit Savage in der Mauernische am Treppenabsatz zum fünften Stock Posten bezogen. Drei von Savages Leuten, Spezialisten vom Überfallkommando in Zivil, sicherten den Flur; jetzt waren alle Zimmer bis auf das eine leer.

McConnell hob das Megafon an seinen Mund. »Hier spricht McConnell«, fing er genau vorschriftsmäßig an. »Hier ist die Polizei. Hören Sie, ich wende mich an jene Person in 501, die bewaffnet ist.« Er unterbrach sich kurz und befeuchtete die Lippen. »Das Hotel ist umstellt und hermetisch abgeriegelt. Es wird Ihnen dringend empfohlen, sich zu ergeben. Verlassen Sie das Zimmer mit erhobenen Händen. Wenn Sie dieser Anordnung Folge leisten, wird nicht auf Sie geschossen. Legen Sie die Waffe weg, kommen Sie mit erhobenen Händen heraus.«

Er empfand selbst die Zwecklosigkeit seines Aufrufs und setzte wieder ab. Mit jedem Wort tappte er im dunkeln und hätte weiß Gott viel darum gegeben, wenn er gewußt hätte, mit wem er es zu tun hatte. Mit Ireland nicht, nein; dessen war er sich ziemlich sicher. Aber wer immer es auch war, er hatte einfach kein Druckmittel gegen ihn in der Hand. Savage konnte auf Einsatz dringen, soviel er wollte, und doch würde einzig und allein die Zeit für sie arbeiten. Drohungen waren zwecklos und konnten einen gegenteiligen Effekt haben. Man brauchte einfach Zeit, Beharrlichkeit und gute Nerven. Aber in solchen Augenblicken sah die Zeitschinderei allein schon nach Niederlage aus.

»Hören Sie mir zu«, versuchte er es wieder, lediglich

mit einem Anflug von Befehlston in der Stimme. »Lassen Sie das Mädchen gehen. Öffnen Sie die Tür, lassen Sie sie frei. Was wollen Sie denn mit zwei da drin? Einer ist vollauf genug. Mehr als eine Geisel brauchen Sie nicht. Lassen Sie das Mädchen gehen, wer immer Sie sind . . . «

Noel Lander hatte nicht die blasseste Erinnerung an jenen Traum oder irgendeinen Traum, überhaupt keinerlei nennenswerte Gedanken im Kopf, außer der langsam dämmernden Einsicht, daß ihm ein neuer Tag bevorstand mit dem üblichen Dusche-Frühstück-Schule-Programm.

Mit schlafverschleiertem Blick betrachtete er seine Poster am Fuß des Bettes – eine Erde, die als schöne blauweiße Murmel in Finsternis schwebte; ein Zug Wildgänse, der in Pfeilformation über einer melancholischen Marsch in den Sonnenuntergang flog. Auf die andere Wand war ein Spruchband gepinnt: »Hier ist Ausland. Zuhause ist woanders.«

Die Poster waren ziemlich neu, aber das Spruchband war schon ein paar Jahre alt und stammte noch aus der Zeit, als sie alle in Ankara waren. Jimmy Baatz hatte es ihm aus Columbus in Ohio herübergeschickt – dem Ort der Welt, wo das war, was hier »Zuhause« hieß; früher einmal wenigstens. Jimmy würde wohl jetzt gerade beim Rasieren sein, überlegte Noel, und diese alltäglich wiederkehrende Feststellung kam ihm doch reichlich unglaublich vor, so als Auftakt an jedem x-beliebigen Morgen. Er dachte noch eine Weile an Jimmy und erinnerte sich an die Zeit, die sie miteinander verbracht hatten.

Es war eben anders gewesen. Nicht besser, nicht schlechter. Einfach anders . . . Vielleicht doch besser, wenn er sich's genau überlegte. Vor allem hatten sich Mutter und Vater damals nicht so viel gestritten.

Howard Kents Augen waren klein, schwarz und sensationslüstern. Und das nicht nur in derart spektakulären Situationen wie eben jetzt, sondern stets und immer. Sogar über einem Bier mit den Kollegen in der Stammkneipe der Klatschmäuler und Journalisten ging die Tür nicht ein einziges Mal auf, ohne daß in Kents Augen ein hoffnungsvoller Erwartungsfunke aufgeleuchtet wäre, daß sich da eben eine Story anbahnte, etwas Aufstöbernswertes, das sich großartig verbraten ließ. Und exklusiv natürlich, vor allen anderen die Story haben und reihum alles austricksen.

»Wie ich höre, sind Sie der Hoteldirektor, Mr. Olivares.«

»Das ist richtig.«

»Und die Schüsse – ich meine, die auf den Mann am Grosvenor Square –, die fielen von der Feuertreppe aus?«

»Ich denke, ja.«

»Haben Sie die Schüsse selbst gehört?«

»Meine Frau hat sie gehört.«

»Und wann?«

»Fragen Sie sie bitte selbst. Ich habe heftige Zahnschmerzen. Beim besten Willen kann ich Ihnen keine präzisen Angaben machen.«

»Wie viele Schüsse sind gefallen?«

»Fragen Sie bitte meine Frau.«

Und ob. Kents Augen glänzten. Darauf kannste Gift nehmen.

»Vielleicht können Sie mir aber sagen«, beharrte er und blieb Olivares quer durch die Halle auf den Fersen, »wer Gabrielle Wilding ist?«

»Woher soll ich das wissen?«

»Sie ist doch das Mädchen mit Richard Ireland auf 501, und sicher ...«

»Das weiß ich nicht«, fuhr ihm Olivares dazwischen, »und es interessiert mich auch nicht.«

Kent musterte ihn mit unverschämtem Blick. »Es ist immerhin Ihr Hotel, Mr. Olivares.«

»Und das Privatleben unserer Gäste ist deren Privatangelegenheit. – Würden Sie mich jetzt bitte allein lassen?« Und er zog eine Grimasse und betastete seinen Kiefer, als hätte er diese Art Schmerz für sich allein gepachtet. »Ich habe schon genügend Sorgen, auch ohne Sie«, winkte er Kent ab.

6 Uhr 17

»Stopf ihm 's Maul«, verlangte der Mann mit dem Gewehr plötzlich. An seiner Stirn schwoll zornig eine Ader. »Stell dem Schweinehund da draußen die Klappe ab!«

McConnells Stimme kam so dröhnend durch das Megafon, daß man meinen konnte, er wäre direkt vor der Tür. Es hämmerte unentrinnbar schallend auf sie ein. Gabrielle Wilding zögerte, starrte nur auf das Gewehr und dessen drohende Mündung.

»Verdammt noch mal, telefonier schon! Die sollen den Krach abstellen!«

Sie ging ans Telefon und rief Helen Olivares an.

»Halt den Hörer weg«, warnte der Mann sie. »Wenn die was zu sagen haben, will ich das hören. Hier läuft nichts Vertrauliches, verstanden?«

Er starrte sie wütend an mit diesem ewig gleichen zermürbenden Fixieren. Richard Ireland saß am unteren Bettrand, Schweißperlen standen ihm auf der Oberlippe. Seine Finger vollführten dauernd nervöse Zuckungen, doch ansonsten war er zur Salzsäule erstarrt.

»Geben Sie auf«, versuchte es McConnell nach sekundenlanger Unterbrechung wieder. »Irgendwann müssen Sie ja doch aufgeben. Ergeben Sie sich besser jetzt. Kommen Sie mit erhobenen Händen heraus . . . «

Der Mann fluchte und feuerte zähneknirschend und wutverzerrt einen Warnschuß ins Bad ab. Er schoß aus der Hüfte. Dem Mädchen fuhr es erst starr in die Glieder, dann zuckte sie zurück. Das wilde Glasgesplitter brachte Ireland in Panik auf die Füße. Totenstille herrschte jetzt, draußen und drinnen; Schock und lähmende Angst hämmerten in jedem Herzschlag mit, die Zeit schien stillzustehen.

Den entsetzensstarren Blick auf den Sergeant gerichtet, der den Anruf auf Tonband nahm, fragte Helen Olivares tief beklommen: »Hallo, hallo? Hallo?«

»Nichts passiert«, brachte das Mädchen heraus. Sie zitterte, der ätzende Pulvergestank brannte ihr in der Nase. »Uns ist nichts passiert.«

»Bestimmt?«

»Er verlangt, daß das Megafon hier abgestellt wird.« Es kostete sie ungeheure Kraft. »Es soll sofort aufhören, verstehen Sie . . ., bitte«, fügte sie flehentlich hinzu.

Der Sergeant am Tonband nickte und setzte einen Polizisten eilends in Bewegung. Oben im Zimmer deckte das Mädchen wie befohlen die Sprechmuschel ab und hörte zu. Am Flurende beriet sich McConnell mit Savage.

Dann war die Stimme des Mädchens wieder am Telefon. »Er läßt sagen, daß er jetzt keine Patrone mehr nur so verschießt.«

»Die Meldung ist schon unterwegs.« Erstaunlich, was für einen ruhigen Ton Helen Olivares schaffte. »Bitte glauben Sie mir, daß zu Ihrer Unterstützung alles Menschenmögliche getan wird. Machen Sie ihm das bitte klar, ja?«

Der Mann stach wie ein Habicht heran und trennte sie. Das Mädchen wich verunsichert und angespannt zurück und wußte nicht, in welcher Richtung er sie haben wollte. Er ging rückwärts zur Fensterseite hinüber, blieb mit dem Rücken hart an der Wand stehen, schob den Vorhang mit dem Gewehrlauf zur Seite und lugte hinaus. Das Zimmer ging nach Osten. Unten führte die North Audley Street vorbei; die Oxford Street lag links und Grosvenor Square rechts. Doch von hier aus war lediglich die North Audley Street einzusehen. Sie war wie leergefegt; es herrschte Grabesstille, als wäre die Pest ausgebrochen. Mitten im verwinkelten Dächergewirr gegenüber war das einzige Lebenszeichen auszumachen – zwei Scharf-schützen in voller Deckung winkten einander zu.

»Los – Vorhänge zu!«

Keiner rührte sich.

»He, du!« Der Mann machte Ireland ein ungeduldiges Handzeichen.

»Bist du taub?«

Er schaltete ein paar Lichter ein, nachdem das Zimmer im Dämmer versunken war. Die ganze Zeit über verfolgten sie jede seiner Bewegungen, ebenso wie er sie nicht aus den Augen ließ. Die Spannung wurde zum Greifen dicht. Der bloße Zufall hatte sie zusammengewürfelt, doch dieser Alptraum für sie war nur ein Teil des Ganzen, mit dem sie eigentlich nichts zu tun hatten. Aber es gab kein Entrinnen.

Ireland fand endlich die Sprache wieder. »Wer sind Sie? «

»Spiel nicht mit 'm Feuer!«

»Sie können uns doch hier nicht ewig festhalten!«

»Und warum nicht?«

Ireland wich dem Blick aus, er hatte diesem bohrenden Starren nichts entgegenzusetzen, gebrochen und ausgehöhlt wie er war.

»Warum nicht, hab' ich gefragt?«

Ireland schüttelte den Kopf. Er begegnete dem Blick von Gabrielle Wilding und scheute vor der Verachtung zurück, die ihm daraus entgegenflackerte. Der Mann ging mit schräg gehaltenem Kopf quer durch das Zimmer zur Tür. Vielleicht hatte er etwas gehört. Dann legte er Abstand zwischen sich und die Tür und blieb an der Wand. Diesmal wandte er sich wieder an das Mädchen, die gleiche merkwürdige Unheimlichkeit im fixierten Blick, als hätte er sie noch nie zuvor angeschaut.

»Bestell den Kaffee jetzt«, befahl er. »Und die sollen ihn auf drei Meter Abstand von der Tür servieren.«

Gabrielle Wilding nickte furchtsam, sie war der Panik nahe, flüchtig tauchte der Gedanke an ihre Mutter in einem Winkel ihres Bewußtseins auf. Sie würde es bald erfahren, wenn sie es nicht schon wußte.

»Den Kaffee schwarz.« Der Mann hielt sich keine Sekunde still.

»Und 'n Dutzend Packungen von dem Flockenzeug. Cornflakes, Crispies, so was. Und die größeren Pakkungen, die Familiendinger.« Sie runzelte die Stirn, und er schnaubte, als würde ihn das amüsieren. Es ging ihr unter die Haut.

6 Uhr 29

Fünf Stunden Schlaf reichten Mulholland; seit er als Junge aus dem Wachsen heraus gewesen war, hatte er nie mehr gebraucht. Kaum daß er aufgewacht war, tastete er im täglichen Reflex nach dem Radio und schaltete es ein. Mary Kay zog ihn gern mit jener Episode auf, als er einmal auf der Transatlantikroute in einer 747 aufgewacht war und automatisch mit suchendem Tasten die Schenkel der Frau im Nebensitz erkundet hatte. Aber Gewohnheiten waren kaum auszumerzen, und Ralph Mulholland war ein Gewohnheitsmensch. »Und dabei«, so setzte Mary Kay dieser Geschichte später noch eine Pointe auf, »hatte die Dame verflixt wenig dagegen einzuwenden.«

Mulholland drehte sich wieder zur Seite und lauschte nicht besonders intensiv den Schlußakkorden einer verswingten Version von *Moon River* – konnte ja ganz gut sein, wenn man so etwas mochte; nach seinem

Geschmack war es nicht. Das Stück verklang, und eine kurze, aber um so dichtere Stille trat ein. Zutiefst dankbar dachte er daran, daß seinem Wohnsitz der nervenzerfetzende Lärm des Londoner Verkehrs erspart blieb – und das sogar zu den Stoßzeiten. Jetzt, da es gleich sechs Uhr dreißig wurde, herrschte ländliche Stille, und ein Neuling hier hätte wohl kaum geglaubt, daß die Botschaft keine zehn Minuten vom Zentrum entfernt lag.

Es sei denn, daß man von jemand wie Grattan gefahren wurde. Dann konnte der Teufel weiß was passieren; man war sich nie sicher, wo man mit Grattan landen würde.

Das Zeitzeichen ertönte, die Nachrichten begannen. China hatte seine bisher umfangreichste Atomversuchsreihe gestartet, Spanien seine Währung abgewertet, ein chilenisches Flugzeug war in der Atacama-Wüste abgestürzt und hatte vierundsiebzig Menschenleben gefordert.

»Ein bisher noch nicht identifizierter Mann wurde in den frühen Morgenstunden am Londoner Grosvenor Square erschossen aufgefunden. Kurze Zeit darauf wurde ein mit der Aufklärung betrauter Polizist im nahe gelegenen Hotel *Shelley* schwer verletzt. Die Polizei hat das gesamte Hotel umstellt, in dem ein Bewaffneter zwei Geiseln in der Gewalt hat ...«

Mulholland zog eine seiner buschigen Augenbrauen unvermittelt wachsam hoch. Er griff zum Telefon und stellte das Radio leiser. Zehn Sekunden später hatte er den diensthabenden Wachoffizier der Botschaft am Apparat.

»Ich hab' gerade die Sechsuhrdreißig-Nachrichten im

BBC gehört. Was ist denn los?« Er hörte eine Weile zu, dann unterbrach er. »Irgend jemand von unseren Leuten in die Sache verwickelt?«

»Nein, Sir.«

»Das wollte ich nur wissen.«

»Die unmittelbaren Zufahrtsstraßen sind zur Zeit abgeriegelt. Sie werden deshalb eine andere Route nehmen müssen, Exzellenz. Bei unveränderter Lage würde ich Ihnen die Upper Grosvenor Street empfehlen.«

»Danke«, erwiderte Mulholland. »Ich nehme vor meiner Abfahrt noch mal Kontakt mit Ihnen auf.«

6 Uhr 42

Renata Lander lag wie ein Kind eingerollt auf dem Chintz-Sofa im Wohnzimmer. Noel war die Treppe heruntergekommen und am Aufgang stehengeblieben. Er registrierte, wie erschöpft sie aussah. Die Kippen häuften sich nur so im Aschenbecher, die Kaffeetasse war leer. Überall brannte Licht. Die Luft war schal und stickig vom abgestandenen Rauch.

Ihm war unbehaglich, als er seine Mutter so sah, und es erfaßte ihn so etwas wie Verzweiflung bei dem Versuch, die Rätsel von Liebe, Raserei und Leid zu ergründen. Es war nur ein ganz leises Geräusch, das er bei seinem Rückzug machte, und doch war es laut genug, sie zu wecken.

»Noel?« Sie saß mit einem Ruck aufrecht, eine dunkle Haarsträhne hing ihr ins Gesicht. »Wie spät ist es?«

»Geht so auf sieben zu, glaube ich.«

Sie schien zu zögern, als hätte sie Angst vor der Antwort. »Ist dein Vater da?«

»Nein«, sagte er. Aus ihren Augen wich alles Leben, in ihr erlosch etwas.

Man war dabei, Eddi Ravens Leiche zu entfernen. Alle Tatortaufnahmen waren gemacht worden und die Stelle samt Umgebung genauestens untersucht. Jetzt durfte Halifax seinen Karren wegfahren, der Rinnstein wurde saubergespritzt, und die Flaschenscherben und -splitter konnten fortgefegt werden.

»Arme alte Sau«, bemerkte der Polizeiarzt zum Teamleiter der Mordkommission.

»Bis der sich verschaut hat, war er schon hinüber.«

Die Sanitäter nahmen die Bahre auf. Trotz seiner Vielfachverpackung in Lumpen wog Eddie Raven alles in allem nicht sehr viel. Und sogar im Tod war um ihn noch die Aura von Strandgut, das Flair des Gescheiterten.

6 Uhr 44

Das Telefon summte in 501, und Gabrielle Wilding mußte abheben.

»Ja?«

»Die Cornflakes-Packungen sind deponiert«, teilte Helen Olivares mit. »Der Kaffee gleichfalls.«

Gabrielle befolgte ein Zeichen und legte auf, ihr war ungeheuer flau, ihre Nerven zum Zerreißen gespannt.

»Hör genau zu«, bellte sie der Mann an. »Als erstes machst du nur die Tür auf. Ja, du. Als zweites bringst du den Kaffee 'rein.«

Sie nickte.

»Und noch was. Du machst dann den ganzen Flockenzauber auf und streust das Zeug auf dem Gang aus. Richtig wie'n Teppich. Wenn es irgendeinem einfallen soll, sich heranzupirschen, dann will ich das vorher wissen.«

Sie nickte wieder.

»Und gnade deinem Typen da, wenn du ans Abhauen denkst!« Er machte eine wirkungsvolle Pause, überzeugt, daß sie voll in seinem Bann stand. »Du könntest abhauen, das weißt du. Nichts wird dich aufhalten.«

Mit unstet zuckendem Blick und halboffenem Mund starrte sie ihn an. Er sah wie ein Wahnsinniger aus.

»Du könntest, aber du wirst nicht!« Er machte eine Kopfbewegung zu Ireland. »Sag du ihr, daß sie zurückkommt.«

Ireland schien die Sprache verloren zu haben.

»Sag's ihr!«

Ireland schluckte. »Komm zurück«, gab er matt von sich.

»Los, noch mal.«

Demütigung war bis dahin für ihn ein Fremdwort gewesen. Furcht und Angst kamen nur in Drehbüchern vor. »Komm zurück«, wiederholte er.

Der Mann baute sich hinter Ireland auf und redete wieder auf das Mädchen ein. »Wenn ich sage ›Tür auf!‹, dann reißt du sie auf, und zwar weit auf, und dann bleibst du stehen. Du zählst bis fünf und gehst 'raus. Und denk schön an deinen Macker und mich.« Demonstrativ entsicherte er den Gewehrabzug, es gab ein metallisches Klicken. Gabrielle Wilding ging zur

Tür und entriegelte sie lautlos wie ein Mitverschwörer. Ein paar Sekunden vergingen.

»Jetzt.«

Sie riß die Tür ruckartig auf und blieb reglos stehen. In der Stille draußen lag die dichte Spannung von angehaltenem Atem. Gabrielle Wilding holte jetzt tief Luft und ging hinaus. Ihr Blick fiel sofort auf das Tablett und die Cornflakes-Packungen in ungefähr vier Schritt Entfernung links von ihr. Sämtliche Türen die ganze Gangflucht hinunter waren geöffnet, was den Wänden ein merkwürdig durchbrochenes Aussehen verlieh. Die äußersten Profilkonturen eines Männergesichts und eine Schulter standen etwas aus einer der Türöffnungen hervor, und am Treppenaufgang neben dem Aufzug war noch einer andeutungsweise sichtbar – einer mit schmalem Lippenbärtchen und rosiger Gesichtsfarbe. Der erste Mann war fünf Zimmer entfernt postiert und zurückgezuckt, als sie auftauchte. Dann war er wieder etwas aus seiner Deckung hervorgekommen und hatte sie ermutigt, zu ihm zu kommen. Mit der Pistole in seiner Hand machte er ihr unmißverständliche Winkzeichen.

Wortlos, lautlos, nur diese eindringliche Pantomime. Sie ging bis zum Serviertablett. Vom Zimmer aus konnte sie jetzt nicht mehr gesehen werden. Sie blieb stehen und schaute den Gang hinunter. Dann schüttelte sie den Kopf und machte mit den Händen eine verneinende Gebärde.

Komm weiter, formte der Mann im Türrahmen seine Ermunterung lautlos mit den Lippen und kam so weit aus seiner Deckung hervor, daß die leere Pistolentasche an seiner Hüfte zu sehen war.

Nein. Noch einmal schüttelte sie den Kopf mit verzerrter Miene, ihre Bewegungen waren angstverkrampft und abgehackt. Nein . . . nein.

Sie bückte sich und nahm das Tablett auf. Als sie sich umdrehte, sah sie einen dritten Mann am nahen Flurende, wo die Feuertreppe war. Er hockte zwischen Feuerlöschern und Sandeimern in einer Art Nische, die er sich als Igelstellung gebaut hatte.

Sie ging zurück zu 501, der Kaffee schwappte über. Dieses unwirkliche Alptraumgefühl und ihre gleichzeitige Überwachheit hielten sich schizophrenerweise die Balance. Drei Tassen, registrierte sie, drei Tassen, Kekse, Sahne, Zucker. Ireland hatte sich nicht von der Stelle gerührt, der Mann hinter ihm auch nicht. Jetzt fuchtelte er mit dem Gewehr, und sie stellte heftig zitternd das Tablett ab.

Er funkelte sie mit den Augen an, als sie an ihm vorbei wieder hinausging. Sie würdigte Ireland keines Blickes, obwohl sie genau spürte, daß er sie ansah. Für einen Augenblick versank ihr alles in einer nebelhaften Ferne, doch als sie zum zweitenmal auf den Flur hinausging, verflüchtigte sich diese Realitätsverzerrung wieder.

Die Männer, die sie vorher schon gesehen hatte, waren noch immer da, an denselben Plätzen. Jetzt wurde sie allerdings nur noch beobachtet, niemand machte ihr mehr Zeichen. Sie öffnete die erste Pakkung und streute den Inhalt quer über die ganze Gangbreite. Dann ging sie mit den übrigen Schachteln ein paar Schritte zurück und riß die nächste auf. Eine unregelmässige Streulage Cornflakes nach der anderen deckte den Teppich zu. Mit Vorbedacht, List und ruhigem Kalkül hätte sie eine Spur freilassen können, in der ein Mensch ungehört herankommen konnte. Doch nichts davon lag in ihrer Natur, und so handelte sie einfach wie befohlen, weil Willfährigkeit ihr die beste Überlebenschance schien.

Fragen über Fragen pochten die ganze Zeit in ihrem Kopf. Weshalb ausgerechnet sie? ... Und wer war er? ... Was würde denn überhaupt noch geschehen?

Sie leerte die Packungen zu beiden Seiten von 501 aus, jeweils ein paar Schritte weit von der Tür entfernt. Die leeren Schachteln warf sie auf den Boden. Nicht ein einziges Mal erhob sie die Augen zu ihren Beobachtern, deren Hilflosigkeit nur ihre eigene verstärkte. Sie schleuderte die letzte Packung fort und kehrte ins Zimmer zurück. Ohne ausdrückliche Aufforderung schloß und versperrte sie die Tür.

»Prima«, sagte der Mann, als sei sie seine Verbündete. »Ganz prima.«

Kreidebleich ging sie zum Bett und starrte Ireland an. Weißt du eigentlich, was du mir verdankst? raste es in ihr. Begreifst du überhaupt, was ich für dich getan habe?

Kaum hatte sich die Tür geschlossen, machte Inspektor Savage in seiner Wandvertiefung neben dem Aufzug ein schnalzendes Geräusch. Der bewaffnete Beamte im Türrahmen von Zimmer 509 drehte sich um und zuckte die Achseln.

»Der hat sie in der Hand.«

Savage nickte.

»Was machen wir jetzt?« fragte der Beamte im Flüsterton.

»Abwarten und Tee trinken. Und wenn's 'ne ganze Woche dauert.«

»Trinkt den Kaffee«, sagte der Mann zu ihnen. »Ihr zuerst.«
Er ließ sie nicht aus den Augen, sagte ihnen aber auch nicht, welche Tassen sie nehmen sollten.
»Ganz austrinken!«
Minutenlang starrte er sie dann schlau prüfend und voller Argwohn an. Die dritte Tasse blieb unberührt.

6 Uhr 59
In Polizeiberichten und -bestandsaufnahmen war von fahrbaren Kommandozentralen zum Katastropheneinsatz die Rede, doch McConnell mußte ohne dergleichen zurechtkommen.
»Einsatzzentrale in Blackburne's Mews etabliert«, erstattete er der Kommandostelle im Präsidium Bericht. »Befinden uns direkt hinter amerikanischer Botschaft, Kreuzung Upper Brook Street. Die Lage im *Shelley* ist unverändert; die Sondereinheit vom Überfall steht unter dem Befehl von Inspektor Savage in Bereitschaft. Das gesamte, möglicherweise in Mitleidenschaft gezogene Gebiet ist abgeriegelt und für Verkehr und Durchgang gesperrt. Im Hotel selbst ist der fünfte Stock bis auf den Schützen und seine zwei Geiseln total geräumt.«
Mit ihm im Polizeikombi saßen der ihm zugeteilte Superintendent Llewellyn sowie ein Funkspezialist und ein Inspektor als Presseverbindungsmann. Ihr

Platz war beschränkt, und der für die Information der Presse zuständige Beamte hatte alle Hände voll zu tun: Funk-, Fernseh- und Zeitungsreporter erfragten Einzelheiten, erbaten Ausnahmegenehmigungen und Gefälligkeiten. In der Nähe der Mews parkte ein halbes Dutzend Einsatzfahrzeuge und eine grüne Minna. Das Team der Mordkommission stand jetzt, nachdem Eddie Raven in die Leichenhalle geschafft war, etwas verloren herum. Auch die Funkstreifenzentrale hatte noch Beamte abkommandiert, die jetzt auf Abruf bereitstanden.

»Wenn wir nur wüßten, wer zum Teufel er ist, dann wäre das wenigstens schon einmal etwas«, ächzte McConnell. »Ziemlicher Mist, wenn man gar nichts weiß. Und ihn mit dem Megafon beharken, ist reiner Zeitverlust. Da kann man genausogut den Wänden predigen.«

Llewellyn nickte zustimmend − ausgerechnet der Mann, der dafür bekannt war, niemals lange zu fackeln.

»Ich sehe keine Möglichkeiten zu einem abgekürzten Verfahren«, sinnierte McConnell über der Skizze, die Llewellyn vom Grundriß des Hotels und der Postierung der Spezialeinheit im fünften Stock hatte anfertigen lassen. »Er ist zwar immerhin umstellt, aber das ist auch schon alles. Wir haben im Augenblick überhaupt nichts, was wir gegen ihn einsetzen könnten, aber auch rein gar nichts.« Er fuhr sich über die Augen. »Der hat das fein geschaukelt, so wie die Dinge liegen. Essen und Trinken auf Bestellung, sanitäre Anlagen ... Der kann doch genau die Saiten aufziehen, die ihm ins Konzept passen.«

»Gelegentlich wird er schlafen müssen.«

»Da kann er immer noch die beiden anderen erst außer Gefecht setzen – sie knebeln und fesseln. Wir kommen nicht zum Zug, selbst wenn er mal 'ne Runde schläft. Sowie wir uns von der Stelle rühren, gefährden wir die Geiseln. Und je mehr wir ihn aufscheuchen, desto knallfreudiger wird er.«

McConnell kaute auf einem Pfefferminz, sieben Uhr schon, und sie waren einfach zur Untätigkeit verurteilt. »Wenn wir wenigstens wüßten, worauf er hinaus will«, brummelte er seine Überlegungen vor sich hin. »Wenn wir bloß ein Motiv hätten.«

»Und einen Namen.«

Er nickte. »Das ist die Kernfrage. Wenn wir die lösen, finden wir vielleicht auch die Waffe, die ihn 'rauskitzelt... Das einzige, was wir bisher haben, ist die Aussage von dem Hotelgast, der wegen der nächtlichen Störung auf den Flur schaute und einen Mann in schwarzweiß kariertem Jackett sah, der irgendeinen Behälter getragen haben soll. Fast ein Zweimetertyp, schwarzhaarig, aber er hat ihn nur von hinten gesehen. Obendrein zu einer Zeit, als noch überhaupt kein Schuß gefallen war. Das ist alles, was wir wissen! Ansonsten fischen wir im trüben.« Er machte eine Pause. »Schon irgendwas in Sachen Gepäckanhänger?«

7 Uhr 04

Er hatte natürlich eine Geheimnummer, aber so was ließ sich schließlich deichseln.

»Mrs. Ireland?«

»Am Apparat.«

»Mein Name ist Kent.« Sie wohnte im hundertfünfzig Kilometer entfernten Poole. »Howard Kent, vom Londoner *Star*.«

»Ja, bitte?«

»Ich frage mich, was Sie wohl derzeit für Gedanken und Gefühle Ihres Mannes wegen haben?«

»Ich verstehe nicht, wovon Sie sprechen. Und ist es nicht ein bißchen früh am Morgen?«

Es war ihm nicht in den Sinn gekommen, daß sie vielleicht noch gar nichts davon erfahren hatte. Völlig unwahrscheinlich war das. Die Nachrichten... irgendwelche Freunde, Nachbarn. Schließlich wußte er es schon seit einer Stunde, einer vollen, geschlagenen Stunde. »Ja, wissen Sie denn nicht, was passiert ist, Mrs. Ireland?«

»Nein, keine Ahnung.« Sie wirkte müde. »Worum geht es denn eigentlich überhaupt?«

Er setzte es ihr auseinander. Fassungslos vor Glück formulierte er im Geist bereits den Aufmacherartikel für die Titelseite.›Die Ehefrau von Mr. Unerschrokken... Mr. Aalglatt...‹ Anfangs glaubte sie ihm nicht, aber dann wechselte ihr Ton schnell.

»O mein Gott«, sagte sie immer wieder zwischen jedem einzelnen Satz, den er vorbringen konnte, »o mein Gott.« Aber das blieb nicht lange so, alsbald schon legte er ihr Worte in den Mund, die sich wunderbar ausschlachten ließen.

»Das muß für Sie ja ein fürchterlicher Schock sein, Mrs. Ireland... In einer derartigen Gefahrensituation werden Sie sicher mit einem absolut typischen Verhalten Ihres Mannes rechnen, nicht war, Mrs. Ireland . . . ? Sie werden wohl auf schnellstem Wege nach London kommen wollen?«

»Ja . . . ja«, meinte sie völlig durcheinander. »Aber wieso war er denn im *Shelley*?«

Das behielt er schon verflucht lieber für sich. So weit und keinen Schritt weiter. »Keine Ahnung, Mrs. Ireland.«

»Sonst wohnt er doch immer im *Churchill*.«

Jetzt fing sie an, ihn auszufragen, der Schock ließ sie die Fragen nur so hervorsprudeln.

»An Ihrer Stelle würde ich Scotland Yard anrufen, Mrs. Ireland. Lassen Sie sich dort den aktuellen Stand der Dinge geben und bestehen Sie darauf, daß Sie ständig auf dem laufenden gehalten werden.« Man mußte sich die Leute in Dankbarkeit warmhalten.

»Die beiden kommen schon durch, passen Sie auf! Die werden unversehrt da 'rauskommen.«

Er hätte sich ohrfeigen können.

»Die beiden?« hakte sie blitzschnell nach. »Welche beiden?«

Der Mann trank den zwischen kalt gewordenen Kaffee aus, und abwechselnd starrte er Ireland und dann das Mädchen an.

»Verstehst du, was mir vorschwebt?«

Er saß in gut zwei Meter Abstand vom Bett rittlings auf seinem glatten Holzstuhl, das Gewehr quer über den Schenkeln.

»'ne Ahnung, was ich hier überhaupt will?«

Er war ihnen ein Rätsel. Sie warteten ab, seinem plötzlichen Stimmungsumschwung trauten sie nicht. Die Vorhangränder sahen vom eindringenden Tageslicht ganz verschossen aus; aber ihre Welt, ihr einziger Lebensraum war hier drinnen, in fataler Abkapselung.

»Schon mal was von Entschädigung gehört?«

»Mhm.«

»Kapierst du den Sinn?«

»Ja.«

»Genau das will ich«, verkündete er. Er blinzelte von einem zum andern, als würde er von einer Erinnerung stutzig gemacht. »Entschädigung ... Wiedergutmachung. Das steht mir zu, und das krieg' ich auch, worauf ihr euch verlassen könnt!«

7 Uhr 12

Roberto Olivares betrachtete das Schlachtfeld, in das sich das Schreibzimmer verwandelt hatte, und litt. Schätzungsweise vierzig Personen hatten das Zimmer in Beschlag genommen; nur einige von ihnen waren angezogen, die anderen noch in Nachtwäsche und Morgenmänteln. Niemand war rasiert oder gewaschen; die einen hatten Platz in den Sesseln gefunden, die anderen lagerten auf dem Boden. Und durch die Bank natürlich schlecht gelaunt.

»Nochmals guten Morgen, meine Damen und Herren.« Er brachte einen schmerzlich verzerrten Abklatsch des berühmten Olivares-Lächelns zustande. »Ich darf Ihnen noch einmal mein Bedauern über die Situation und die Unannehmlichkeiten ausdrücken. Doch glücklicherweise kann ich Ihnen inzwischen mitteilen, daß wir Ihnen Räumlichkeiten bereitstellen können. Die Zimmer 107, 108, 109 und 110 stehen zu

Ihrer Verfügung. Sie befinden sich im ersten Stock.«
Er stand mit salbungsvoll gefalteten Händen da und
trotzte seinem Zahnschmerz mit verbindlichem Lächeln.

»Ich würde Sie, meine Damen und Herren, nur gerne
darum bitten, den Umzug so rasch wie möglich
vorzunehmen.«

Er drehte sich auf dem Absatz um, und seine profes-
sionelle Miene erstarb, als hätte er sie mit einem
Knopfdruck abgeschaltet.Er begab sich in die Halle,
ging hinter dem Empfang durch zur Telefonvermittlung. Seine Frau warf ihm einen gehetzt lebhaften
Blick zu, ein Anruf kam nach dem anderen.

»Wir werden ohne das Gros unserer Tagesbelegschaft
zurechtkommen müssen«, erklärte sie ihm.

»Unmöglich.«

»Die ganze Gegend ist abgeriegelt, wie sollen denn
die Leute über die Absperrungen kommen? Und
manche, die ich dir namentlich nennen könnte, werden sogar zu ängstlich sein es überhaupt zu versuchen.«

»Ja, was machen wir denn da?« fragte er mit demonstrativ verzweifelter Gebärde.

»Die Sache so deichseln, was denn sonst? – Ja, hallo,
Hotel *Shelley*.«

Roberto Olivares lehnte sich gegen den Aufbau der
Schaltanlage.

»Ich muß unbedingt zu Gilbert rüber, Helen. Punkt
neun muß sich jemand um meine Zahnschmerzen
kümmern.«

»Wenn du hier 'rausgehst, kann dich das mehr als
einen Zahn kosten.«

»Ich muß sonst gleich losbrüllen.«
Ausgerechnet heute. »Ja, hallo? . . . Augenblick bitte.«
Ausgerechnet heute, dachte sie.

»Mrs. Lander?« erkundigte sich der Kriminalbeamte.
»Ja, das bin ich.«
Sie waren zu zweit gekommen. Beide waren in Zivil,
der eine trug eine Aktentasche. Wenn es nicht so früh
am Tag gewesen wäre, hätte sie sie wahrscheinlich für
Adventisten- oder Mormonenprediger gehalten.
»Kriminalpolizei, Mrs. Lander.«
Sie riß die Augen auf und fuhr sich an die Kehle, als
müßte sie nach Luft ringen. Der Beamte zeigte seinen
Ausweis.
»Können wir einen Augenblick hereinkommen?«
»Worum geht's denn?« fragte sie.
Amerikanerin, schätzungsweise Ostküste. »Nur eine
Routinenachfrage.«
Die ersten Spontanreaktionen waren meistens die
aufschlußreichsten. Als sie ins Haus gingen, bemerkte
er, wie nervös und abweisend sie war. Hübsche Frau,
aber unter Hochspannung. Ihr nächster Ausspruch
war bedeutungsvoll.
»Hat es etwas mit meinem Mann zu tun?«
»Das weiß ich nicht, Mrs. Lander.« Er machte seine
Aktentasche auf und holte etwas hervor. »Gehört ihm
das möglicherweise?«
Ein weißer Gepäckanhänger: H.R. LANDER. »Oder
ist es von Ihnen?«

Sie erkannte es augenblicklich; ihr Herzschlag geriet ins Stolpern. Vom Gewehrkasten, mein Gott! »Es ist seins«, sagte sie und wollte es an sich nehmen. Aber der Beamte machte keine Anstalten, es auszuhändigen. »Ja, seins«, wiederholte sie und versuchte, ihren Schreck zu überspielen. »Was ist denn Besonderes an einem Kofferanhänger?«

»Möglicherweise nichts, Mrs. Lander. Ist Ihr Mann zu Hause?«

»Im Augenblick nicht, nein.«

Irgendwas war doch passiert. Sie wären nicht gekommen, wenn nicht . . .

»Kennen Sie das Hotel *Shelley*, Mrs. Lander?«

»Ja, sicher.«

»Haben Sie dort kürzlich übernachtet?«

»Wo wir selber um die Ecke wohnen?« Sie schüttelte den Kopf. Sie sprach mit ihnen im Gang, alle Höflichkeit vergessend. Irgend etwas war passiert.

»Vielleicht Ihr Mann?«

»Nein . . . Weshalb denn auch?« Aber ihre Stirn umwölkte sich, und es entging ihm nicht.

»Wir haben den Anhänger im *Shelley* gefunden.«

»Ja?«

»Heute morgen, im Freien. Völlig trocken und unbeschädigt, so daß er wahrscheinlich nicht lang da gelegen haben kann.«

Er suchte die Wirkung in ihrem Gesicht. Seine Augen waren blaß wie Wasser, sie war solchen Augen noch nie begegnet. »Das ist reine Routinesache, Mrs. Lander. Kein Grund, sich zu beunruhigen. Der Anhänger lag auf der Feuertreppe des Hotels, und wir versuchen lediglich herauszufinden, wie er dorthin gelangte.«

Ihre Gedanken drehten sich im Kreis. Der Beamte ließ ihr Zeit, doch es kam nichts.

»Wäre es wohl möglich, daß Ihr Mann irgend etwas in diesem Hotel zu tun hatte – bei einem Essen beispielsweise?«

Panik schien sie aus der Fassung zu bringen. »Was soll das alles? Was kann denn an einem abgefallenen Gepäckanhänger so bedeutend sein?«

»Wäre es möglich?«

»Natürlich ist es möglich.«

»Wo arbeitet Ihr Mann, Mrs. Lander?«

»Im Stab des Militärattachés bei der amerikanischen Botschaft.«

»Die immerhin keine hundertfünfzig Meter vom *Shelley* entfernt liegt.«

»Ich glaube, ja.«

Der Beamte nickte. »Sie haben uns sehr geholfen. Wir sind Ihnen sehr dankbar.« Und damit wandte er sich zur Tür, als sei er im Begriff zu gehen. »Wo ist Ihr Mann derzeit, Mrs. Lander?«

»Ich . . . ich weiß nicht genau.«

Ihr Zögern weckte sein Interesse. »Ist er verreist?«

»Nein . . . Ich weiß nicht.«

»Ist er beruflich abwesend?«

»Nein.«

»Was ist dann der Grund seiner Abwesenheit? – Verstehen Sie, ich will hier nicht unnötig in Sie dringen, aber es wäre unter den gegebenen Umständen von großem Nutzen, wenn Sie mir sagen könnten, warum Ihr Mann nicht hier ist.«

Renata Lander preßte ihre Hände, gab aber keine Antwort.

»Wann ist er weggegangen?«

»Gestern abend.« Sie hörte Noel oben umherwandern. »Sehr spät schon.«

»Aus bestimmtem Anlaß?«

Ihr Stimme war voll eisiger Abwehr. »Wieso sollte das für Sie von Bedeutung sein?«

Der zweite Beamte schaute verlegen zu Boden. Sein Kollege ging elegant über die Peinlichkeit hinweg. »Hat er Sie verlassen? Ist es das?«

»Nein.«

»Nein?«

»Wir haben Krach gehabt. Danach ist er verschwunden, aber später zurückgekommen und hat Geld mitgenommen und sein Jackett und . . . und – « Sie war am Rande ihrer Beherrschung. »Das geht Sie alles nichts an.« Sie gestikulierte erregt. Jetzt würde es kommen. »Was hat das alles mit dem Hotel *Shelley* und dem Namensschild meines Mannes zu tun?«

»In diesem Hotel hat es eine Schießerei gegeben, Mrs. Lander.«

Ein wildes Rauschen dröhnte in ihren Ohren auf. »Da hat sich einer mit einer Waffe verbarrikadiert. Wir verfolgen derzeit lediglich jede Spur, die sich uns bietet, um herauszufinden, wer es ist.«

Der andere fing sie auf.

7 Uhr 21

Sie hatten den Venentropf aus Yorkes linker Armbeuge entfernt und ihm dafür eine Transfusion angehängt.

»Glatter Durchschuß«, stellte der Aufnahmearzt noch einmal fest, als er die Röntgenbilder betrachtete. »Sauber wie gestanzt. Der hat Glück gehabt.«

»Er hätte noch mehr Glück haben können«, gab die Krankenschwester in ihrem unverbildeten irischen Tonfall zurück, »und die Kugel überhaupt vorbeizischen lassen.«

»Ich hab' Sie wirklich manchmal im Verdacht, Schwester, daß Sie uns brotlos machen wollen.«

»So, nur manchmal?« Sie rückte die Abschirmungen an Yorkes Bett zurecht und schaute ruppig drein. »Wär' das denn so schlimm?«

»Paradiesische Zustände also?«

»Ich könnt' mich dafür erwärmen.«

7 Uhr 26

Vier Minuten nach der Funkmeldung kam McConnells Wagen mit quietschenden Reifen auf dem Kopfsteinpflaster der Bruton Mews zum Stehen. Haus Nummer 14, die gelbe Eingangstür. Der Beamte, der ihn verständigt hatte, kam ihm aus dem Haus entgegen; er war überkorrekt und voller Ehrgeiz und Eifer. McConnell sah kurz seine eigene Jugend vor sich aufleuchten.

»Noch mal das Ganze.«

»Ihr Mann ist hier gestern nacht mit seinem Gewehr fort. Davor sind zwischen ihnen die Fetzen geflogen. Der Gepäckanhänger von der Feuertreppe könnte von seinem Gewehrkasten stammen, glaubt sie.«

»Wieso nur glauben? Hat sie denn nicht nachgeschaut?«

»Sie ist uns aus den Schuhen gekippt, Sir. Sie ist immer noch etwas wackelig.«

»Bringen Sie mich zu ihr, ja?«

Die Wände im Aufgang waren rauchgrau und rosé tapeziert; geschmackvoll gerahmte Blumenstiche hingen in einer Reihe. Was McConnell im großen Wohnraum als erstes registrierte, waren eine elegante Chintzgarnitur, Samtvorhänge und der Ausblick auf die Mews.

»Mrs. Lander . . . Mein Name ist McConnell.«

Seinen Dienstgrad ließ er lieber beiseite; es war ohnehin ein Zungenbrecher, und die Frau schien schon verängstigt genug.

»Fühlen Sie sich in der Lage, mit mir zu sprechen, Mrs. Lander?«

Sie nickte nur und kaute auf der Unterlippe. Sie war totenblaß und saß steil aufgerichtet am äußersten Rand der Couch. Ein Junge war noch im Raum, dreizehn oder vierzehn vielleicht und ziemlich verstört. McConnell taten sie beide leid. Unglaublich, daß er früher einmal in solchen Situationen ungerührt bleiben konnte.

»Noel«, sagte Renata Lander mit belegter Stimme, »würdest du dir bitte dein Frühstück machen?«

Der Junge ging, schloß aber die Tür nicht ganz, um doch nicht allein bleiben zu müssen. »Erlauben Sie?« fragte McConnell und setzte sich. Auch der Scotland-Yard-Beamte war wieder mit ihm hereingekommen. »Wie lange wohnen Sie schon hier, Mrs. Lander?«

»Seit zwei Jahren.« Aus unerfindlichem Grund fügte sie noch hinzu: »Das Haus gehört uns nicht, wir haben es gemietet.«

»Ihr Mann arbeitet also bei der Botschaft. Ist das richtig?«

Sie nickte. »Im Stab des Militärattachés?« Wieder ein Nicken. »Und gestern nacht ist er aus dem Haus gegangen?«

»Ja.«

»Nach einem Streit?«

»Ja . . . aber um Gotteswillen«, wehrte sie sich. »Was Sie annehmen, kann einfach nicht wahr sein. Es ist ausgeschlossen.«

Sie schlug die Hände vor das Gesicht und schien das tröstliche Dunkel dieser Wölbung einzuatmen. »Nicht Harry . . . er nicht!«

»Nach meiner Information nahm er eine Waffe mit?«

»Ja.«

»Was für eine Art von Waffe?«

»Ein Gewehr.«

»Welches Fabrikat?«

Sie schüttelte den Kopf. »Er ist Mitglied in einem Club am Lancaster Gate.«

»War das Gewehr immer hier verwahrt?«

»Bis auf jeden Donnerstagabend, seinem Clubabend.«

McConnell drehte an seinem Ehering. »Wie heftig war Ihre Auseinandersetzung gestern nacht?«

»Furchtbar. Und trotzdem würde Harry nie tun, was Sie annehmen. Es ist einfach unvorstellbar. Ja, sicher, wir sind gestern nacht wie Hund und Katze aufeinander losgegangen, unverzeihlich . . . aber Harry wäre absolut nicht fähig . . .«

»Gab es zwischen Ihnen öfter Streit?«

»Ja.«

»Sehr oft?«

»Ja, ziemlich.«

»Und hat er sich dann jeweils aus dem Staub gemacht – so wie gestern nacht?«

»Ja.«

»Und ist von zu Hause fortgeblieben?«

»Bisher nicht. Das ist das erste Mal.«

»Wie lange sind Sie schon verheiratet, Mrs. Lander?«

»Fünfzehn Jahre.«

»Hat er Sie jemals geschlagen?«

»Nein.« Ihr Augen zeigten Empörung.

»Auch nicht bedroht?«

»Nein.«

»Würden Sie Ihren Mann für einen gewalttätigen Menschen halten?«

»Nein.« Und wie zur Bekräftigung: »Nein.«

»Worüber haben Sie sich gestritten?«

Sichtbare Unruhe hatte sie befallen, sie war von Angst und Zweifel gepackt. »Über vieles.« Tränen liefen ihr über das Gesicht. »So viele Dinge.«

Es war noch zu früh, um da nachzuhaken. Alles schön der Reihe nach.

»Wie würden Sie die Statur Ihres Mannes beschreiben, Mrs. Lander?«

»Groß, breitschultrig, etwa einsachtzig, dunkelhaarig.«

»Wie war er bekleidet?«

»Ich habe diesem anderen Herrn schon vorhin gesagt – er kam zurück, um sein Jackett zu holen.«

»Wann war das?«

»Um halb eins.«

»Wieviel Zeit war da vergangen, nachdem er das erstemal das Haus verlassen hatte?«

»Das kann ich nicht genau sagen.« Man sah es ihren
Händen an, wie sehr sie schon aufgelöst war. »Ich
war . . . das heißt, ich habe mich schlafen gelegt. Er
kam zurück ins Haus, um sein Jackett, etwas Geld
und den Gewehrkasten zu holen.«
»Wie sieht das Jackett aus? Welche Farbe hat es?«
»Schwarzweiß kariert«, sagte sie.

7 Uhr 38
Das Gewehr war ein Fixpunkt. Das und seine Augen –
mit diesem Aufflackern von maßloser Aggression und
Tücke und den übergangslosen Zwischenmomenten
von totaler Leere. Wie ein Raubtier ging er im Zimmer hin und her. Gabrielle Wilding kam es inzwischen so vor, als hätte es nie eine Zeit gegeben, in der
sie ihm nicht auf Gedeih und Verderb ausgeliefert
waren, und keinen Atemzug, in dem die Angst nicht
um Haaresbreite an alptraumhaftes Entsetzen ge-
grenzt hatte. Es wäre Wahnsinn, nicht zu gehorchen,
glatter Selbstmord.
Sie legte sich hin. Er hatte nichts dagegen. Er hielt sich
wieder mehr in der Nähe der Tür auf, und wenn sie
sich nach links drehte, gelang es ihr sogar, ihn aus
ihrem Gesichtskreis auszuschalten und mit ihm auch
Ireland. Sie hatte inzwischen eine Verachtung für
Ireland entwickelt, die lebenslang unauslöschlich
bleiben würde. Der Weg, der sie schließlich auch in
sein Bett geführt hatte, war mit Männern gesäumt, die
zwar nie in die Verlegenheit einer anderen Bela-
stungsprobe als der körperlicher Erfüllung gekommen

waren, doch ihr wäre keiner eingefallen, der sich als so kompletter Waschlappen erwiesen hätte. Nicht einer, nicht einmal dieser blöde Kerl aus dem Architekturbüro, der sich sonst auf der ganzen Linie als Versager herausgestellt hatte . . .

Die Ironie war unbeschreiblich. Ausgerechnet Ireland, die Verkörperung jenes Nick Sudden, der in makellos lässigem Habitus aus Privatdetektiv par excellence schon jahrelang auf dem Bildschirm agierte, großmächtig in einem Penthouse über dem Fluß residierte und selbstverständlich mit unerschöpflicher Potenz und Körperkraft ausgestattet war. Fünf ganze Serien hatten im Laufe von fünf Jahren Richard Ireland und Nick Sudden in der Vorstellung des Publikums zu einer Person verschmelzen lassen; und wie jedermann war auch sie auf das Rollenimage hereingefallen, bereitwillig und blindlings.

Hatte prompt alles für bare Münze genommen, im Gegensatz zum Gros der Getäuschten auch noch die Bettkonsequenz gezogen und dabei auf jenem begrenzten Vergleichsschauplatz keinen Unterschied zwischen seiner Rolle und seinen Fähigkeiten gefunden.

Jetzt war die Fassade eingebrochen. Ihr konnte er nichts mehr vormachen.

Sie hätte sich in Sicherheit bringen sollen, so lange sie die Chance dazu gehabt hatte. Und sie hatte sie gehabt, nichts hätte sie aufhalten können . . . Auf dem Bett liegend, formte sich in ihr ein gebetähnliches Gestammel, ungelenke Worte des Flehens an eine göttliche Instanz, die ihr sonst nie in den Sinn kam. Von einem nahen Festersims kam das Gurren einer

Taube – jener sanfte Lockruf, der nur im Sommer ertönt, und einen Augenblick lang war es ihr fast unvorstellbar, daß draußen Polizei postiert war und sie drinnen eine ständige tödliche Bedrohung umgab. Trotzdem, ein winziger Augenblick des Vergessens.

»Mädchen«, hatte ihre Mutter sie immer gewarnt, »eines Tages wirst du haufenweise in Schwierigkeiten geraten. Denk an meine Worte. Früher war dieses Haus einmal gut genug für dich, aber jetzt steht dir ja der Sinn nach was anderem.« Ein Eisenbahnerhäuschen in der Nähe von Reading, dieses Zuhause. »Und da sind wir dir nicht mehr fein genug . . .«

»Phil?«

»Was gibt's?«

»Hast du die Nachrichten gehört?«

»Gibt's 'ne Revolution im Vatikan, oder weswegen?«

»Wegen Ireland. Richard Ireland.«

»Und?«

»Er ist einer von den Geiseln im *Shelley* . . . Du, das ist bitterer Ernst, Phil! Der hängt voll in der *Shelley*-Sache drin.«

»Kannst du nicht im Klartext reden, damit ich auch noch mitkomme? Vielleicht 'n bißchen halblang, du Schnellredner! Bin ja bloß sein Agent, und vor zehn läuft bei mir nichts, verstehst du?«

Ohne sichtbare Zeichen von Erstaunen hörte er dem anderen zu; mit leicht schlagflüssigem Aussehen und fortgeschrittener Kahlköpfigkeit hockte er nackt auf dem Badewannenrand.

»Damit schwimmt er auf der ganz großen Publicity-welle, Phil. Einfach sensationell.«

»Keine Frage.«

»Die neuen Serien werden nur so klingeln, was?«

»Gar keine Frage. Aber hockt er da nicht in einem Mordsschlamassel drin? Wenn da 'rumgeschossen wird – oder? – und irgend so 'n Wahnsinnsmensch...«

»Die Polizei rückt ihm schon auf den Pelz, Phil. Noch keine paar Minuten her, das haben sie mir so gut wie garantiert...«

»Wer ist eigentlich das Mädchen?«

»Irgendeine Wilding.«

»Genießt dieser Mensch denn überhaupt nie die Freuden des Alleinseins?«

»Der ist doch 'n Weiberheld von hohen Gnaden.«

»Und so was ist verheiratet!« seufzte Phil. »Trau mich frei Schnauze zu behaupten, daß der in dem Ding, in dem er da gerade drinhängt, 'n Mädchen braucht wie'n Markenzeichen.«

7 Uhr 52

»Mrs. Lander, wir müssen bei der Sache bleiben«, ließ sich McConnell nachdrücklich vernehmen. »Ich muß Ihre Antworten jetzt haben. Es stehen Menschenleben auf dem Spiel.«

»Es ist unmöglich Harry.« Sie schüttelte den Kopf und preßte die Fingerknöchel hart aufeinander. Ihre Augen waren wie entzündet. »Es ist einfach unmöglich, ganz gleich, was dafür spricht. Harry ist kein Mörder.« Allein schon das Wort schien ihr einen Schock zu versetzen. »Als er hier weggegangen ist...«

» . . .hat er ein Gewehr mitgenommen – zwar nicht sofort, aber doch ziemlich bald, so gut wie gleich; außerdem ein auffallend kariertes Jackett. Das Schild mit seinem Namen stammt von seinem Gewehrkasten und hat auf der Feuertreppe vom *Shelley* gelegen. Im Laufe der Nacht wurde ein Mann im Hotel gesehen, der immerhin ein Jackett wie das von Ihnen beschriebene trug. Und jetzt ist da einer mit einem Gewehr – und zwei Geiseln . . . Das sind Tatsachen, um die wir nicht herumkommen.«

»Und trotz alledem: er ist es nicht . . . niemals!« Sie würde bis zum äußersten zu ihm halten; das kannte er nur zu gut. »Es ist völlig ausgeschlossen.«

»Worüber haben Sie gestritten?« Er hob seine Schultern leicht fragend. »Geld?«

»Ja, auch.«

»Eifersucht?«

»Teilweise.«

»Ist da eine andere Frau?«

»Da war eine.« Ihre Miene verschloß sich. »Das ist vorbei.«

»Sind Sie ganz sicher?«

»Ja.«

»Hatte er etwas getrunken?«

»Ja.«

»Viel?«

»Sein übliches Quantum.«

»Trinkt er regelmäßig?«

»Das kann man wohl sagen.« Sie nickte. »Seit etwa einem Jahr.«

»In was für einem Zustand hat er das Haus verlassen? Irgendwie anders als sonst?«

»Er ist wie der Teufel ausgefahren.« Sie sah und hörte ihn förmlich noch, und sich selbst auch. »Aber das läßt ihn noch lange nicht tun, was Sie ihm unterstellen.«

»Er ist immerhin zurückgekommen, um sein Gewehr zu holen, Mrs. Lander.« Um ihren Mund zuckte es. »Gibt es irgendeinen Anhaltspunkt für eine frühere temporäre Geistesverwirrung?«

»Nein!« Ihre Stimme bekam einen schrillen Ton.

»Ihnen ist also nichts bekannt? Kein Auftreten von pathologischen Störungen?«

»Nein.«

»Können Sie möglicherweise etwas gesagt haben, was ein Durchdrehen ausgelöst hat?« Keine Erwiderung, nur aufsteigende und mühsam bekämpfte Tränen. Er drang weiter in sie. »Zu viele unserer Anhaltspunkte reimen sich zusammen, Mrs. Lander.«

»Aber es stimmt nicht!« beharrte sie voller Verzweiflung. »Es kann einfach nicht stimmen.«

McConnell konnte ein Lied über die Unerschütterlichkeit von Hoffnungen singen. »Wollen Sie mir helfen?«

»Wie denn?«

»Sprechen Sie mit ihm.«

»Er ist es nicht!«

»Wer immer es ist – reden Sie mit ihm.« Er bemerkte den Jungen, der horchend am Türspalt stand. »Und lassen Sie Ihren Sohn mit ihm sprechen.«

»Ich wüßte nicht . . .«

»Hören Sie zu, Mrs. Lander. Ein Mann und eine Frau werden in einem Zimmer vom *Shelley* mit einem Gewehr bedroht. Warum, weiß ich nicht. Und auch nicht, was der Bewaffnete bezweckt. Ich habe versucht, mit ihm in Kontakt zu kommen, aber ohne Erfolg. Und ich muß ihn irgendwie erreichen, unbedingt. Wenn nicht selber, dann wenigstens durch jemand anderen.«

Noel muß zur Schule.« Das konnte nur jemand sagen, der sich krampfhaft an die gewohnte Norm zu klammern versuchte. »Ins Gymnasium.«

»Ist Ihr Mann ein guter Vater?«

Sie schien ein Aufschluchzen zu unterdrücken. »Ein großartiger.«

»Ich brauche dringend jemand, der mir hilft, ihn da im Guten herauszubringen«, hakte McConnell noch einmal nach.

Es war schrecklich mit anzusehen, wie in der Tiefe ihrer Augen allmählich Zweifel heraufdämmerten, und doch mußte er genau da ansetzen.

»Ich habe eine zweifache Verantwortung, Mrs. Lander. Den Geiseln gegenüber, aber auch ihrem Bedroher gegenüber. Wenn ich bloß an diesen Mann irgendwie appellieren kann – ihn beruhigen, auf welche Weise auch immer, ihn beschwichtigen, überreden, von seinem Vorhaben abzulassen –, dann habe ich auch schon mein Ziel erreicht. Wer immer der Mann dann sein und welche Motive er auch haben mag.«

Er schwieg ein paar Atemzüge lang und ließ die Stille für sich arbeiten.

»Alles andere läuft in jedem Fall auf eine noch größere Schießerei hinaus. Und dann sind es wahrscheinlich drei Tote.« Er redete auf eine Frau ein, deren Welt zerbrochen und deren gequält zerstörter

Blick kaum zu ertragen war. »Ich für meine Person bin sicher, daß es Ihr Mann ist, Mrs. Lander. Alle Indizien deuten auf ihn, obwohl Gott gebe, daß ich nicht recht behalte«, flocht er für sie ein. »Irgendwie muß ich den Zugang zu ihm finden, den Schlüssel des Ganzen, um ihn aus der eigenen Blockierung herauszuholen, zu ihm durchzudringen ... Und das schaffe ich nicht im Alleingang.«

8 Uhr

Eine Stunde vor seiner gewohnten Zeit kam Dannahay in die Botschaft. Er war aus Richtung Kensington gekommen – Hyde Park Corner, Park Lane, Deanery Street und South Audley. Ohne Behinderung, ohne Spur von etwas Nichtalltäglichem, bis er mit seinem Mustang in die Einfahrt der Tiefgarage an der Blackburne's Mews einbog und den blauen Einsatzkombi und die Streifenwagen sah.

Er nahm den direkten Aufgang zum Hauptempfang und hielt dem Wachtposten am Kontrollschalter routinemäßig seinen Dienstausweis hin.

»Was ist mir denn da entgangen? Wo kommt denn der ganze Polizeiauftrieb plötzlich her?«

»Da hat's eine Schießerei in der Nähe gegeben. Ums Eck, beim Haus der Navy, ist 'n alter Knabe übern Haufen geschossen und im Hotel *Shelley* 'n Polizist verwundet worden.«

»Na, hören Sie auf!«

»Und der Kerl, den's da so arg im Knallfinger juckt, hat sich in einem Hotelzimmer mit zwei Geiseln verschanzt. Zieht alle Register.«

»Tatsächlich?«

»Im Radio haben sie doch gar nichts anderes mehr gebracht«, meinte der Wachposten anzüglich.

»Die Welt ist mir zu verkommen.« Dannahay warf seine Autoschlüssel in die Luft und fing sie wieder auf. »Ich hör' da lieber Musik.«

Er fuhr mit dem Lift in den zweiten Stock. »JOHN B. DANNAHAY« stand an seiner Bürotür, ATTACHÉ FÜR RECHTSFRAGEN. Sein Büro war relativ groß und von penibler Ordnung. Auf der Stirnseite hing das Bild des Präsidenten, auf der anderen eine Weltkarte. Der Blick aus den Fenstern zeigte zwischen dem dichten Laubwerk der Platanen und Linden unten auf dem Platz das Roosevelt-Denkmal. Er ging schnurstracks zur Fensterfront und warf einen Blick hinaus – kein Verkehr, alles wie ausgestorben bis auf ein paar Mann, die an der Seitenfront vom Navy-Gebäude standen. Er zog die bräunlichen Vorhänge etwas zurück und öffnete das Fenster, von der ungewohnten Stille sonderbar berührt.

Die an der Ecke postierten Männer waren bewaffnet; so ganz offen, ohne großes heimliches Getue. London wurde auch anders. Jeder ist sich selbst der Nächste, dachte er und wandte sich ohne größeres Interesse ab. Er hatte seinen eigenen Kram im Kopf.

Seine Büroschlüssel waren alle an einer dünnen Silberkette. Er sperrte den Stahlschrank in der Ecke des Zimmers auf, entnahm ein paar dicke Aktenordner und trug sie zu seinem Schreibtisch. Wenn Knollenberg mit seiner Kamera doch nur einen schlagkräftigeren Beweis gebracht hätte, könnten sie den Fall heute ad acta legen; so weit waren sie ja schon. Notfalls konnten sie immerhin die Sache anhand ihres gesammelten Beweismaterials schon jetzt ins Rollen bringen – und dann saß ihm die Faust im Nacken, dann war er am Zug. Aber die ganze Geschichte würde ein Mordsskandal, wenn es einmal soweit war, und da setzte er schon lieber auf Nummer Todsicher, bevor er die Bombe platzen ließ.

»Alsdann«, sagte er sich, machte es sich im Drehstuhl bequem und fing an, Akte Nummer eins des ganzen Stapels wieder durchzuackern.

8 Uhr 09

»Stimmt es, daß Sie den Todesschützen für einen Amerikaner halten?«

»Kein Kommentar«, wies Llewellyn ab.

Er stand im Ausstieg des Polizeikombi, ein Dutzend Reporter drängte dicht heran, und er hatte sie abzuwimmeln.

»Stimmt es, daß Sie inzwischen wissen, wer der Bewaffnete ist?«

»Kein Kommentar, meine Herren.«

»Was wissen Sie überhaupt von dem Banditen?« Kent stellte die Frage. »Und falls er wirklich amerikanischer Staatsbürger ist, in welcher Form arbeiten Sie dann mit den US-Dienststellen zusammen?«

»Meine Herren, im Augenblick sehe ich mich nicht in der Lage, Ihre Fragen zu beantworten. Tut mir leid, aber so ist es nun einmal. Wir verfolgen gewisse Hinweise und eine bestimmte Taktik. Eine offizielle Verlautbarung wird zum frühest möglichen Zeitpunkt erfolgen.«

Der Mann vom *Mirror* gab nie auf. »Können Sie bestätigen, daß Ihr Chief Superintendent McConnell zur Zeit im Zusammenhang mit der Geiselnahme eine Frau verhört?«

»Tut mir leid«, erklärte Llewellyn und zog sich mit unverbindlich dünnem Lächeln außer Reichweite zurück.

Noel und Renata Lander saßen im Fond von McConnells Dienstwagen; er selbst hatte sich vorne neben den Fahrer gesetzt und halb nach hinten gedreht, um mit ihnen reden zu können. »Wenn wir ankommen, Mrs. Lander, fahren wir direkt in den fünften Stock. Ich bleibe an Ihrer Seite, während Sie durch das Megafon sprechen. Es wird Ihnen nichts geschehen. Unsere Leute sind entsprechend postiert...«

»Er ist doch mein Mann!« Es war herzzerreißend.

»Entschuldigen Sie.«

Sie ließen Connaught links liegen. Die ganze Mount Street war bizarr von Licht und Schatten konturiert, doch sie hatten alle kein Auge dafür.

»Was soll ich denn sagen?«

»Gleichgültig, was. Einfach alles, was Ihnen Ihr Gefühl eingibt, ihm zuzureden. Wahrscheinlich ist er in seinem Affektdurchbruch selbst in einer Horrorsituation. Möglicherweise muß er hauptsächlich beruhigt werden. Bringen Sie ihn ins Lot, appellieren Sie an den Menschen Harry...«

Trockenes Schluchzen stieg in ihr auf, ihre Schultern zuckten. Der Junge sah völlig erschlagen aus, krampfhaft hielt er den Arm seiner Mutter umklammert. Wer konnte schon nachvollziehen, wie grauenhaft es in ihnen aussehen mochte und ob sie sich im tiefsten Inneren nicht doch noch an die Unsinnigkeit eines Hoffnungsschimmers klammerten.

Wirklich? Oder nun doch nicht mehr? fragte sich McConnell. Nein, jetzt nicht mehr.

Sie passierten die Straßensperre der Verkehrspolizei an der Kreuzung Park Street und Lees Place. Eine Traube von frühen Berufspendlern hatte sich schon angestaut und starrte aufdringlich ahnungslos in das Auto. Der Fahrer kurvte in rasantem Tempo in die hintere Lieferauffahrt vom *Shelley*. Als sie ausstiegen, flammte ein Blitzlicht auf, daß sie ganz geblendet waren.

»Hier entlang.«

McConnell wies den Weg durch Küche und Restaurant in die Halle. In der Küche war inzwischen einiges los, und im Restaurant waren ein paar Gäste zum Frühstück versammelt. Renata Lander erschien diese Hotelroutine denkbar unwirklich, es war so absurd, durch die diskret abgewickelte Frühstücksatmosphäre in dieses Bienenhaus von Halle zu kommen, dann in den Lift zu steigen und im fünften Stock wieder in Totenstille zu tauchen – der Zusammenhang zwischen ihrer Welt in der Bruton Mews und diesem Hotelflur war so abwegig, von so ungeheuer irrem Kontrast. Savage winkte sie zu sich an den Treppenaufgang. McConnell hob das Megafon auf.

»Halten Sie es so«, erklärte er Renata Lander. »Zum Sprechen diesen Knopf drücken.«

Sie nickte. In ihr krampfte sich alles zusammen, als sie die einzig geschlossene Tür der ganzen Zimmerflucht und die zu beiden Seiten in Halbdeckung postierten Männer sah.

Sie nahm das Megafon hoch, mußte es mit beiden Händen halten. »Harry?« begann sie und holte würgend Luft. »Harry? . . .«

Er hielt mitten in seinem Hin- und Her-Tigern inne, als sie zu sprechen anfing. Seine Augen waren nur noch Schlitze. Das Mädchen setzte sich mit einem Ruck steil auf, und Ireland hob den Kopf. Auf allen drei Gesichtern spiegelte sich eine Skala von Alarm, Skepsis und Angst.

»Harry, ich flehe dich an, hör mir zu.«

Er stieß heftig Luft aus und verzog den Mund. Aber er hörte zu, stand breitbeinig wie angewurzelt da und hielt das Gewehr vor sich hin.

»Noel ist auch hier, er steht hier neben mir. Er und ich flehen dich nur um eines an: Komm 'raus, Harry, bitte! Komm wieder zu uns.«

Es war unmöglich, seinen Gesichtsausdruck zu enträtseln. War das Betroffenheit? Verachtung? Sogar Hohn?

»Bitte, Harry. Hör mir zu, Harry . . .«

Wut?

Und Renata Lander fing an, über Dinge zu reden aus ihrer ganzen Ehe, über Schönes und Schreckliches, über das Aneinandervorbeigehen, über Gemeinsamkeiten, gegenseitige Zurückweisungen – zaghaft zunächst, nur stammelnd, nach Worten ringend und dann wieder in einer Sturzflut von Worten. Alles das brach mit erschreckender Leidenschaft und Eindringlichkeit aus ihr hervor, und ihre Stimme hallte durch den Gang bis in das Zimmer, in dem alles in Reglosigkeit erstarrt war.

»Weißt du noch die Zeit in Paris, Harry? Unser Urlaub damals, als Noel noch klein war und wir ihn bei Mutter ließen? – Weißt du noch, wie wir im Hotel feststellten, daß man unser Gepäck vertauscht hatte und wir mit dem Koffer von diesem schrecklichen Schotten dasaßen?«

Er brubbelte nur. Sie fingen so etwas wie »verdammter Blödsinn« auf, und sein Augenrollen erschien ihnen wie Rage. Aber immerhin, er hörte weiter zu und geriet auch nicht in Weißglut wie beim erstenmal, als er gebrüllt hatte, sie sollten aufhören. Kein Anzeichen von einem bevorstehenden Koller, der ihn zuvor ins Bad hatte feuern lassen. Es schien ihn zu faszinieren, wenn er auch unbeeindruckt blieb, als würden die verzweifelten Appelle einem anderen gelten.

»Komm doch 'raus, Harry. Komm 'raus, zu Noel und mir.«

Sie sprach mit flehender Inbrunst und schien kurz vor dem Zusammenbruch. Mit immer abgehackteren Sätzen beschwor sie Vergangenheit und Zukunft – obwohl Zukunft jetzt eigentlich nur noch eine Eskalation des Alptraums bedeuten konnte.

»Bei deiner Liebe zu uns, Harry . . . bitte, Harry . . .«

Die beiden im Zimmer sahen ihn an und merkten, daß die Frau nichts erreicht hatte, ihn nicht erreicht hatte. Gabrielle Wilding hielt sich die Ohren zu, sie konnte die Qual der anderen nicht mehr ertragen.

Behutsam berührte McConnell Renata Landers Arm und nahm ihr das Megafon aus den Händen. Er haßte sich dafür, daß er sie bewußt da hineinlaviert hatte –

und es doch auch wieder tun würde, wenn es sinnvoll erschien. Was sie gesagt hatte, war für niemandes Ohren bestimmt, war ihre und ihres Mannes ureigenste Angelegenheit, und niemand hätte jemals Zeuge dieser äußersten Verausgabung sein dürfen.

Sie war von einem stillen Schluchzen gepackt. »Ich hab' versagt . . . alles nichts!«

»Lassen Sie es Ihren Sohn versuchen.« Jetzt wandte sich McConnell an den Jungen; er war seine letzte taktische Waffe. »Probierst du's, Noel?«

»Ja, Sir.«

»Sag nur ein paar Worte. Nur, damit er weiß, daß du wirklich hier bist.«

»Dad – ich bin's, Noel.«

Ein Stirnrunzeln, ein unstetes Augenzucken – sonst keine Reaktion im Zimmer.

»Wir möchten, daß du zu uns herauskommst, schau.« Etwas am Megafon schien ein paar Augenblicke lang nicht zu funktionieren. Es gab erst eine ganze Folge von knackenden Krachtönen, bevor der Junge wieder zu hören war.

»He, Dad, was sagst du denn dazu?« Er probierte Michael Caine. »Die Eule stach mit der Mieze in See, in wunderschön erbsgrünem Boot. Vom Honig und Gelde nahmen sie . . .«

Das Stirnrunzeln ließ etwas nach.

» . . . fünf Pfund für die Fälle der Not.«

Draußen auf dem Gang wurde wie gebannt auf die Tür gestarrt, zu der die Cornflakes führten. Drinnen im Zimmer blieben alle reglos. Richard Ireland hing der Unterkiefer herunter. Noel Lander ging jetzt zur

Cagney-Imitation über, verzweifelt tapfer und mit tränenumflorter Stimme.

»Hör mir mal zu, du mieser Schuft . . .«

Damit erzielte er mehr Wirkung. Gabrielle Wilding registrierte, wie ihren Bedroher ein Zucken durchlief. Plötzlich war er unruhig, er erwachte schlagartig zu seiner alten Ruppigkeit.

»Stell das ab!« Scharf wie ein Peitschenhieb.

Sie stürzte sich auf das Telefon und sprach mit Helen Olivares, die diese neue Forderung sofort an den Mann weitergab, der die Stellung im Zimmer neben dem Treppenaufgang hielt.

»Reicht, mein Junge«, sagte McConnell eindringlich. »Das ist genug.«

»Ja?« fragte Helen Olivares einen Augenblick später nach. »Was war noch?«

»Er will mit dem amerikanischen Botschafter verbunden werden«, bekam sie aufgeregt zur Antwort. »Ja, richtig, mit dem amerikanischen Botschafter.«

8 Uhr 23

»Kann ich zu ihm?« fragte Dysart die mollige blonde Krankenschwester.

»Er hat das Bewußtsein noch gar nicht erlangt. Es hat wirklich keinen Zweck.«

»Aber er wird doch durchkommen, oder?«

»Bestimmt«, erklärte sie. Sie war noch neu und unerfahren und im Ausweichen nicht sehr geschickt. »Sind Sie mit ihm verwandt?«

134

Dysart schüttelte den Kopf. »Ein Kollege.«

»Waren Sie zusammen, als es passiert ist?«

»Nein.«

Unmittelbar nach Dienstschluß hatte er zu Hause angerufen, um Bescheid zu geben, daß es spät würde, und war dann hergekommen.

»Heute nachmittag sollte er Brautführer bei einer Hochzeit sein«, hörte er sich jetzt irrerweise sagen.

»Ach ja?«

»Jetzt wird er das freilich auslassen müssen.«

Sie lächelte. Diese hartgesottenen Mannsbilder waren doch immer die weichsten. »Fast anzunehmen.«

»Aber bleiben wird ihm nichts?« Sie könnte es ihm wohl hundertmal versichern, und er würde es doch nicht ganz glauben; die Sorge war einfach stärker. »Er wird doch durchkommen, nicht wahr, Schwester?«

»Bestimmt«, sagte sie noch einmal. »Am besten kommen Sie später noch mal und schauen selber nach.«

8 Uhr 28

McConnell hatte sich mit dem Polizeipräsidenten verbinden lassen. Er telefonierte von Zimmer 509 aus, in dem das ungemachte Bett nur ein Indiz der überstürzten Ausquartierung vor mehr als zwei Stunden war.

»Hat er Gründe angeführt?« fragte dieser Kniffelmensch am anderen Ende.

»Der fackelt nicht lange mit Gründen 'rum, Sir. Außerdem haben wir keinen direkten Draht zu ihm. Das Mädchen ist sein Sprachrohr.«

»Ich werde mit Osborne in der Botschaft Verbindung

aufnehmen. Das wird wohl jetzt mehr und mehr deren Bier.«

»Aber machen Sie's bitte deutlich. Dem Botschafter bleibt nur eine einzige vernünftige Antwort. Und die verdammt schnell.«

»Wer ist denn dieser Lander präzis?«

»Einer vom Stab des Militärattachés.«

»Was glauben Sie – kennt ihn der Botschafter wohl persönlich?«

McConnell verkniff sich die Antwort, die ihm auf der Zunge lag. »Das spielt wohl kaum eine Rolle, wenn das Leben zweier Geiseln auf dem Spiel steht. Lander hat sich diesen Dialog in den Kopf gesetzt, und das zählt in diesem Fall.«

Mulholland saß gerade beim Kaffee und seiner Kollektion von Vitaminpillen, als Osborne ihn anrief.

»Lander?« Ja, natürlich kannte er Lander. »Ach, du gütiger Gott!« rief er aus, nachdem er eine Zeitlang zugehört hatte. »Das darf doch nicht wahr sein!« Und hörte wieder zu mit zerfurcht hochgezogenen Augenbrauen. »Wieso glauben die, daß er's ist? . . . Das ist ja grauenhaft. Ganz grauenhaft.«

»Exzellenz – er verlangt, mit Ihnen zu sprechen.«

»Sein Wunsch ist mir Befehl. Nur . . .«

»Das ist es wohl auch eher als ein Wunsch.«

»Worauf will er denn hinaus, ist das bekannt?«

»Nein, Sir.«

»Haben Sie 'ne Ahnung?«

»Nicht die geringste, Sir.«

»Ist doch verheiratet, soviel ich weiß, hat einen halbwüchsigen Sohn?«

»Stimmt genau.«

»Und? Weiß seine Familie schon?«

»Soweit ich unterrichtet bin, ja.«

»Gott steh' ihnen bei«, seufzte Mulholland auf. »Sie haben mir das Ganze in einem solchen Konzentrat geliefert, daß es mir einfach nicht in den Kopf will. Überrumpelt mich glattweg. – Was für ein Teufel ist denn bloß in den gefahren?«

»Bin leider außerstande, Ihnen dafür auch nur irgendeine Art von Version anzubieten, Sir.« Andrew Osborne war ein Mann der Tat. »Kann Ihnen nur raten, mit ihm umgehend zu verhandeln.«

»Natürlich, gar keine Frage. Mach' ich auch.« Er warf einen Blick auf die Uhr. »Aber es wäre mir lieber, das Ganze von der Botschaft aus aufzuziehen.«

»Und wann wäre das möglich?«

»Sagen wir neun Uhr?«

»Kann ich Scotland Yard versichern, spätestens um neun Uhr? Die haben ja jetzt schließlich den Schwarzen Peter.«

»Klar.«

»Sie werden also spätestens um neun Uhr mit Lander verhandeln?« Osborne wollte klarste Vereinbarungen. »Habe ich Sie da richtig verstanden, Sir?«

»Völlig . . . Und hören Sie«, ordnete Mulholland noch an. »Schaffen Sie mir Sam O'Hare und Robbie Ryder herbei. Die hätt' ich gern bei der Sache dabei.«

»In Ordnung, Sir.« Der Gesandte und der Militärattaché also. »Ich werde sie sofort benachrichtigen.«

»Und installieren Sie ein Tonband.«

»Er läßt aber nur sprechen, durch eine seiner Geiseln.«

»Trotzdem.«

»Wird gemacht, Sir.«

»Noch was«, sagte Mulholland. »Heißt er George –
oder wie? Ich hab's vergessen.«

»Harry«, informierte ihn Osborne.

8 Uhr 38

Dannahay hatte ein Drittel der ersten Akte geschafft.
Er hatte das Jackett ausgezogen, die Krawatte gelok-
kert und die Beine auf den wuchtigen Schreibtisch
gelegt.

»Guten Morgen.« Knollenberg kam ohne Anklopfen
ins Zimmer.

»Du bist aber früh dran.«

»Ist doch wohl besser als andersrum, oder?«

»Haben wir nicht neun gesagt?«

»Bin halt 'n Arbeitstier«, meinte Knollenberg. »Sag
bloß, daß du das noch nicht weißt.« Er ging auf den
Schreibtisch zu, hievte seine Aktentasche neben Dannahays Füße. »Und was ist eigentlich mit dir? Warum
hockst du schon da?«

»Bin Junggeselle«, erklärte Dannahay.

»Aber doch nicht Abstinenzler!«

»Wer ist denn heut' hier die Giftschleuder, hm?«

Knollenberg holte einen gelben Aktendeckel aus
seiner Mappe und blätterte grobkörnige Abzüge auf
den Schreibtisch. Einer wie der andere – immer nur
der Mann im Eingang vom Vagabond Club.

Dannahay rümpfte die Nase. »Und das ist alles?«

»Alles.«

Er schaute in Richtung Fenster. »Wir müssen uns in die Höhle des Löwen 'reinbewegen, Charles. Wenn die schon nicht miteinander 'rauskommen, muß eben einer 'rein und mit am Tisch hocken.«

»Die Idee ist mir auch schon gekommen, John.«

»Ist da 'n Haken?«

»Scheint mir nicht so. Muß mich natürlich erst umsehen. Auf Anhieb würd' ich meinen, daß wir mit 'ner Minikamera hinkommen, aber muß mir das erst noch genau ansehen. So voll aus dem Knopfloch heraus, ja?« Er machte eine entsprechende Geste.

»In etwa.«

»Okay. Das werd' ich erst mal durchspielen. Wie schnell soll's sein? Achtundvierzig Stunden?«

»Bei seinem nächsten Auftritt«, bestimmte Dannahay. »Wird hohe Zeit, daß wir den Laden dichtmachen, ein für allemal.«

»Klar.«

Es wurde an die Tür geklopft, und Jake Shawcross, der Mann von der Pressestelle, steckte seinen Kopf herein. »Habt ihr's schon gehört?«

»'ne kleine Nachhilfe könnt' nicht schaden. Zum Gedankenlesen sind wir schon zu verkalkt.«

»Der verrückte Ballermann da drüben im *Shelley* . . .« Schon viermal innerhalb von nur wenigen Minuten hatte er diese dramatischen Momente voll ausgekostet. » . . . ist Lander, Harry Lander. Stellt euch das mal vor! Ist das 'n Ding?«

Knollenberg kam absolut nicht mit. »Was für ein verrückter Ballermann? Spuck schon endlich aus, was läuft! Was ist denn überhaupt hier in der Gegend los?«

Nach Hause? Jetzt nach Hause gehen? O Gott, bloß das nicht! Renata Lander schüttelte den Kopf. Sie trank den Schnaps, den man ihr angeboten hatte. Nach Hause kam nicht in Frage. Konnte McConnell wirklich meinen, daß sie sich zum Warten abschieben ließ?

»Ich möchte hier im Hotel bleiben«, erklärte sie.

»Ganz wie Sie wollen.«

»Ich muß hier bleiben.«

Sie hatten am anderen Ende des fünften Stockwerks in einem Zimmer Quartier bezogen. Sie war inzwischen in einem Stadium tränenloser Verzweiflung, ihre Augen wirkten riesig in dem erschöpften Gesicht. Was sie auch tat oder ließ, in allem verfolgte sie die zwanghafte Erinnerung an Harrys Rage, als er weggegangen war.

»Was kann er bloß vom Botschafter wollen?«

Wie benommen setzte sie sich hin, völlig erschlagen und tief gekränkt, daß ihn ihr flehentlicher Appell kalt gelassen hatte. Daraufhin zu schweigen war eine schreckliche Antwort, und dabei war diese Echolosigkeit gar nicht seine Art. Mord und Totschlag allerdings auch nicht, dachte sie, und der Schock dieses Gedankens traf sie wieder unvermindert in seinem vollen Ausmaß. Sie barg ihr Gesicht wieder in den Händen und versuchte noch immer zu ergründen, wie es möglich war, daß ihr gemeinsames Leben auf diesen sinnlosen Punkt zugesteuert war, diesen sinnlosen, fremden Schauplatz von zwei Hotelzimmern, in denen noch der Geruch völlig fremder Leute nistete.

»Bitte entschuldigen Sie mich, Mrs. Lander«, sagte

McConnell schon im Gehen. »Ich werde jemand zu Ihnen heraufschicken.«

»Es wird . . . es wird nicht nötig sein.«

»Ich sehe es lieber, wenn Sie nicht allein bleiben. Außerdem ist es durchaus möglich, daß wir Sie noch einmal brauchen.«

Die Stille kroch sie an, als er gegangen war und die Tür geschlossen hatte. Jetzt waren sie allein, sie und Noel, und das Unwirkliche, Unfaßbare gewann wieder die Oberhand. Noel kam an ihre Seite und legte ihr den Arm um die Schultern. Er sollte um diese Zeit längst auf dem Weg zur Schule sein, aber statt dessen hatte er den rührenden Versuch unternommen, seinen Vater mit diesen kindischen Parodien zu einem Echo zu verleiten. Der Gedanke daran tat ihr weh.

»Alles wird wieder gut, wirst schon sehen.« Tapfer gab Noel diese Trostformel von sich, aber ohne ein Quentchen Überzeugung.

Selbst völlig verängstigt, kaute er nervös auf seiner Unterlippe und drängte sich an sie, brauchte sie, wie auch sie ihn – mehr als jemals zuvor.

»Ich liebe ihn, Noel. Ich liebe deinen Vater.«

»Ich auch.«

»Und dich liebe ich ebenso«. Sie spürte ihr eigenes Herz klopfen, als sie ihn an sich gepreßt hielt. »Denk dran, was jetzt auch passiert.

8 Uhr 55

Als das erstemal vom Botschafter die Rede war, hielten Gabrielle und Ireland es für eine Art Hochreizen, eine Absurdität. In den ganzen letzten drei

Stunden hatte er nicht ein einziges Sterbenswörtchen über seine Ziele und Absichten verlauten lassen; um so überrumpelnder war die Wirkung dieser plötzlichen Forderung, die er zum Weitergeben an Helen Olivares diktierte. Inzwischen hatten sie mit den von Terror und Angst geschärften Sinnen sein Aussehen ziemlich genau studiert, auch seine Art sich zu bewegen und zu sprechen – was jedoch in seinem Kopf vorgehen mochte und hinter was er in der Unwägbarkeit seines Wahnsinns herjagte, blieb absolutes Geheimnis.

»Schärf's denen noch mal ein!« keifte er Gabrielle Wilding an. »Sag ihnen, daß Mulholland noch genau fünf Minuten hat.«

Seinem Tonfall nach mußte er von jenseits des großen Teichs her sein. Ungeduldig schlug er mit den Schuhabsätzen gegen die Wand. Er hielt sich zwischen zwei von den Ledamotiven auf und ließ sie keine Sekunde aus den Augen.

Draußen flutete hellstes Taglicht, doch drinnen war alles von sepiafarbener Düsternis; der Zigarettenrauch stieg beißend in die Augen.

»Kennt einer von euch den Botschafter?« schnarrte er sie an.

»Nein.«

Er wollte gar keine Antwort. Er fragte nur, um irgend etwas zu fragen, denn die Spannung hatte auch ihn erfaßt, auch seine Nerven waren zweifelsohne einer Zerreißprobe ausgesetzt.

Am anderen Ende der Leitung war jetzt Helen Olivares. »Jeden Augenblick warte ich auf die Verbindung.«

»Bitte schnell«, drängte das Mädchen.

»Wir haben eine Dauerleitung zur amerikanischen Botschaft offen; die Brisanz der Lage ist drüben genau bekannt.«

Gabrielle hielt den Hörer so weit von sich weg, daß er alles genau verfolgen konnte. »Zwei Minuten noch«, fuhr er jetzt dazwischen; seine Kinnlade spannte sich hart. »Zwei Minuten und keine Sekunde drüber. Sag' ihnen das, und 'n bißchen dalli. Ich hab' die Warterei satt.«

Irelands Magen rebellierte wieder. Er torkelte unvermittelt vom Bett hoch und mit wie in panischer Kapitulation erhobenen Händen ins Bad. In spontaner Zug-um-Zug-Reaktion wurde das Gewehr gegen ihn hochgerissen, das Gesicht dahinter war gefährlich entgleist, wie immer dann, wenn ihn etwas auffahren ließ.

»Ja?« fragte Gabrielle Wilding in den Apparat hinein.

»Der Botschafter ist jetzt dran.« Es folgte ein Augenblick Stille. Dann war seine Stimme zu hören, knapp und sachlich: »Hallo? Hier ist Ralph Mulholland.«

Sie gestikulierte wie wild, um klarzumachen, wer am Apparat war.

»Harry?« begann Mulholland auf gut Glück. O'Hare und Ryder waren an seiner Seite, das Tonband lief.

»Was machen Sie denn für Geschichten, Harry?«

»Erklär' ihm, daß ich was Topwichtiges mit ihm zu besprechen habe.«

Gabrielle Wilding gab es wortgetreu weiter.

»Gewiß doch«, ging Mulholland darauf ein. »Ich bin ganz Ohr, schießen Sie los.«

»Sag' ihm, es ist vertraulich.«

»Na gut, schön . . . dann können wir uns ja die Zwischenschaltung sparen. Lassen wir doch das Mädchen
'raus, reden wir direkt. Ist mir ehrlich gestanden
sowieso lieber. Vor allem bedeutend weniger um-
ständlich, Harry.«

Der ganze Dialog ging hin und her über das Mädchen.
Im Bad hörten endlich die Würgegeräusche auf, die
Wasserspülung rauschte.

»Sag' ihm, daß ich genau darauf hinauswill.«

»Na gut.« Die Pausen dazwischen knisterten förmlich
vor Hochspannung. »So kommen wir doch prima
zusammen, Harry. Bleiben wir dabei.«

»Aber hier!«

Gabrielle Wilding hatte ein ganz zerquältes Gesicht,
als sie das weitergab.

»Hier und sonst nirgends!« Kategorisch wies er mit
dem Zeigefinger auf den Boden und ließ endlich seine
Bombe platzen.

»Ich will Mulholland hier in diesem Zimmer. Persönlich. Ich geb' ihm eine Stunde Zeit . . . Los, sag' ihm
das.«

9 Uhr 04

Roberto Olivares saß mit weit aufgerissenem Mund
im Zahnarztsessel, Gilbert stand direkt über ihn
gebeugt. Was für ein Glück, daß ihm Gilbert in
erfrischend direkter australischer Manier erklärt
hatte, sofort und ohne große Voranmeldung bei ihm
zu erscheinen. Unfaßbar überhaupt.

»Der Zahn ist völlig im Eimer.« Sonde und Spiegel

144

waren immer nur auf die gleiche Stelle gerichtet.

»Den werden wir ziehen müssen.«

»Na, dann.«

»Aber nur im Tausch gegen einen exakten Tatortbericht von eurem Zirkus da drüben – das will ich schon authentisch.«

Roberto Olivares stöhnte auf.

»Ehrlich gestanden wundert's mich überhaupt, wie das zugeht, daß Sie hier sind. Unter den Umständen – ich meine, was man so hört – hätte ich gedacht, daß der Hoteldirektor bis über die Ohren drinhängt.«

»Helen . . .«

»Ja?«

Trotz der ganzen Instrumentensammlung im Mund setzte Roberte Olivares zu einer umfassenden Erklärung an, welch ungeheure Talente seine Frau entwickeln konnte.

»Darauf werden Sie sich doch nicht einlassen!« gab O'Hare sofort seinen Kommentar. Er war groß, sportlich und hielt von ihnen am meisten auf Kleidung. Sein graues Haar kontrastierte klassisch zum dunkelblauen Anzug.

»Sieht nicht so aus, als könnt' ich mir das aussuchen, Sam.«

Ryder, der Militärattaché, sagte nichts, schüttelte nur den Kopf.

»Die Alternative?« Mulhollands Stimme klang aussichtslos.

»Den muß einer bremsen, hinhalten, ablenken . . .«

»Das ist leicht gesagt.«

»Wenn Sie sich in das Zimmer wagen, halten Sie

nicht nur selber den Kopf hin, sondern binden automatisch denen draußen die Hände vollständig. Und dann kann er das Blaue vom Himmel 'runter verlangen, dann hat er uns voll drin.«

»Da sind wir doch jetzt schon.«

»Nicht ganz.«

»Wo ist der Unterschied?«

»Nichts verpflichtet uns, das ist meine Devise«, beharrte O'Hare auf seiner Linie.

Mulholland schaute auf Ryder. »Und was ist Ihre, Robbie? Sie kennen Lander besser als wir alle.«

Sie waren in Mulhollands persönlichem Arbeits- und Beratungszimmer mit den von ihm so sehr bewunderten Indianerbatiken an den Wänden. Die Bedrückung lastete schwer im Raum.

»Bis gestern hätte ich das auch behauptet. Aber jetzt?« Ryder hob zweifelnd die Schultern. »Vielleicht kann man ihm gut zureden?«

»Wo er schon einen Mann getötet hat?« widersprach O'Hare. »Und eine Kugel . . .«

»Ich bin auf dem laufenden.«

»Auf gutes Zureden ist die Polizei auch schon gekommen. Er hat aber nicht angebissen. Nicht einmal bei Frau und Sohn.«

»Ist mir alles klar. Aber mit ihnen wollte er auch nicht reden. Während die Sache hier anders liegt. Den Botschafter verlangt er doch. Er selbst sucht den Kontakt, und ich halte es für möglich, immerhin für möglich . . .«

»Kontakt? – Herrgott! Kontakt kann man das wohl schwerlich nennen!«

Der Ton ihrer Stimmen eskalierte, so daß Mulholland

schließlich eingriff. »Wir wollen doch hier keine Wortklauberei betreiben. Bin übrigens Robbies Auffassung.«

»Seine Auffassung teile ich zwar, bin aber deswegen noch lange nicht der Meinung, daß Sie an Ort und Stelle gehen sollten. Glatter Wahnsinn wäre das.«

Mulholland versuchte mit beschwichtigender Gestik, die Gemüter zu beruhigen. »Lassen Sie uns das Ganze doch etwas weniger emotional betrachten. Halten wir uns besser an die Tatsachen. Ich frage noch einmal: Gibt es überhaupt eine andere Möglichkeit?«

»Das ist doch deren Problem hier. Bei uns drüben . . .«

»Haben wir wirklich drüben immer solche Patentlösungen?«

»Wenn Lander mit mir einverstanden ist, würde ich 'reingehen«, erklärte Ryder. »Schließlich ist er aus meinem Stab, also auch mein Ressort. Welcher Teufel auch in ihn gefahren ist . . .«

»Danke, Robbie. Aber nach Ihnen verlangt es ihn nicht. Und die Frist läuft kurz nach zehn ab. Exakt eine Stunde, nachdem er das Mädchen auflegen ließ.«

»Ich werde mich mit Whitehall in Verbindung setzen«, schaltete sich O'Hare plötzlich ein. »Die Polizei kann ja wohl mal ein bißchen aus ihrer Ohnmachtsstarre erwachen. Mit nur einer Stunde Zeit geht nichts mit toten Mann spielen.« Erregt ging er ans Fenster und kippte die Blendjalousie gegen die fast horizontal einfallende Sonne. »Eine Stunde ist ja gar nichts!«

Mulholland schaute auf das Foto von seiner Familie, das auf dem Schreibtisch stand. »Kommt darauf an«, meinte er. »Für die Geiseln vielleicht schon.«

Es roch inzwischen nach Schweiß, ihrer aller Schweiß. Die abgestandene Luft war ganz geschwängert davon.

»Langsam könnte er erscheinen.« Seine Finger spielten unentwegt mit dem entsicherten Abzug des Gewehrs, seine Augen flackerten im künstlichen Licht auf. »Gnade euch, wenn Mulholland sich nicht blicken läßt.«

Aus der prall abstehenden Tasche seines Jacketts holte er eine Schachtel mit Patronen. Gabrielle Wilding zwang sich, wegzusehen, denn sie ertrug einfach den Anblick seiner geballten Erregung nicht länger, ohne dabei selbst die Fassung zu verlieren.

9 Uhr 09

»Ja, Sir«, sagte McConnell zu seinem Vorgesetzten. »Das ist richtig.« Er hörte wieder zu und erwiderte schließlich: »Das haben wir schon versucht. Wir haben alle Register gezogen.«

»Nicht aufgeben, wieder versuchen!«

»Ja, schon. Aber da ist kein Verlaß. Der ist labil, unberechenbar. Ich laß ihn schon nicht vergessen, daß er umstellt ist, und kann nur hoffen, daß ihn die Zeit mürbe kriegt. Ansonsten haben wir keine Handhabe derzeit – «

»Er muß von seiner Forderung, den amerikanischen Botschafter als dritte Geisel zu nehmen, unbedingt abgebracht werden.«

»Da wüßte ich aber nicht wie, Sir. Wenn Lander auf der Forderung bestehen bleibt, haben wir wohl kaum eine andere Wahl, als dem Botschafter die Sache ungeschminkt und rundheraus zu verkaufen. Er wird auf dem laufenden . . .«

»Und wenn er ablehnt?«

»Die Frage heb' ich mir bis zehn Uhr auf, Sir.«

»Der Innenminister will von mir die Garantie . . .«

McConnell unterbrach ihn. »Mir sind drei Lebende drin bei Lander lieber als zwei Tote. Wenn's sein muß, auch 'n Dutzend. Dabei ist mir völlig gleich, wer das ist. Für uns kann nur die Zeit arbeiten. Weiß Gott keine grandiose Waffe, mit der wir da laborieren, aber ich muß mit ihr arbeiten. Und wenn uns der Botschafter noch 'n bißchen mehr davon verschafft, dann habe ich überhaupt nichts dagegen. Wenn er mal drin ist, wird er genauso meine Hauptsorge wie die beiden anderen jetzt.«

Es herrschte eine ganze Weile Schweigen auf der anderen Seite. Als hätte er sich zu einer Entscheidung durchgerungen, setzte der Direktor von Scotland Yard zur Antwort an: »Danke Ihnen, McConnell. Das war's wohl.«

»Irgendwelche Anweisungen, Sir?«

»Machen Sie weiter so. Nehmen Sie ihn so gut es geht unter Druck.«

»Selbstverständlich, Sir.«

McConnell hängte ein. Zusammen mit Llewellyn stand er an der Trennwand des Einsatzkombis und mußte sich wegen der niedrigen Wagenhöhe vornüberbeugen. Llewellyns Miene verzog sich etwas in verächtlichem Spott. »Ja, ja, manche sind eben doch gleicher als die andern!«

»Nicht ganz«, gab McConnell zurück. Er war schon wieder am Gehen. »Das unterschreib ich nicht.«

Draußen hing sich Kent an ihn und versuchte sein Glück. »Irgendwas Neues, Chef?«

»Nichts, was Sie nicht schon wüßten.«

»Stimmt es, daß Lander Ralph Mulholland als dritte Geisel verlangt?«

»Das wär' doch eher eine Frage an die Pressestelle der Botschaft, was meinen Sie?«

Und dann spurtete er über die Upper Brook Street in Richtung Hotel *Shelley*.

9 Uhr 14

»Mary Kay?«

Mulholland war allein. O'Hare und Ryder hatten ihn auf seinen Wunsch verlassen. »Fünf bis zehn Minuten . . . Ich möchte gern mit meiner Frau sprechen.« Nachdem sie sich zurückgezogen hatten, war er zunächst eine Weile lang tief in Gedanken versunken stehengeblieben. Es wollte ihm immer noch nicht so recht in den Kopf. In seiner vollen stattlichen Größe stand er da, sein klares, geradliniges Gesicht zeigte die Spuren von Verantwortung und manch ausgefochtenem Zwiespalt. Aber nichts war jemals so folgenschwer gewesen.

Dann hatte er die Zentrale gerufen und seine Privatnummer verlangt.

»Ralph?«

Sie saß wohl gerade beim Frühstück, stellte er sich vor. »Ich brauche deine Hilfe, Mary Kay.« Unumwunden, aber jedes Wort aus der Tiefe seines Gefühls für sie. »Du mußt mir sagen, was ich tun soll.«

»Hören Sie, Lander... Was erhoffen Sie sich davon, Ihren Botschafter zu sich zu rufen? Was kann denn da für Sie herausspringen?«

McConnells Stimme vibrierte megafonverstärkt den langen Gang herunter.

»Was bringt Ihnen das? Scharenweise Scharfschützen warten auf Sie – auf dem Flur, auf den Dächern, links und rechts von Ihnen, über und unter ihnen. Sie sind umstellt, Lander. Was wollen Sie noch?«

Es war das äußerste an Drohung, was er riskieren wollte. Zu diesem Zeitpunkt war ohnehin jegliche Drohung sinnlos, und das wußte er genauso, wie es auch sein Vorgesetzter gewußt hatte, als er nicht mehr unter dem Eindruck politischen Imponiergehabes stand. Im Augenblick hielt der Mann in 501 schlicht und ergreifend das Heft in der Hand.

»Zwei sind schon in Ihrer Gewalt, aber auch ein Dritter bringt Ihnen keine Verbesserung der Lage... Kommen Sie doch heraus – zu Frau und Sohn!«

Ein Schuß fetzte durch die Tür, das Holz splitterte krachend. Am Gang erstarrte alles, zuckte in die Deckungen zurück. Diese Antwort hatte er ihnen schon einmal gegeben. Zäh sich dehnende Sekunden lang war außer dem Summen der Klimaanlage kein Ton zu hören, den ganzen langen Gang hinunter Totenstille – bis Renata Lander aus dem Zimmer am anderen Flurende gestürzt kam. »Harry? Harry?«

Und fünf Stockwerke unterhalb erhielt Helen Olivares einen mindestens ebenso durchdringenden Aufschrei am Telefon.

»Diesem Polizisten eigenhändig die Zunge 'rausreißen, das soll ich Ihnen sagen, das würde er am liebsten!« Gabrielle Wilding atmete nur noch hysterisch und stoßweise. »Es ist unsere letzte Chance. Mehr gibt er uns nicht. Er hat genug davon. Kein Ton mehr jetzt, ob von der Polizei oder von sonst jemand!«

»Ich werd's sagen, Mädchen. Verlassen Sie sich drauf!«

»Und... und noch was... Mulhollands Zeit ist schon mehr als ein Viertel um.«

9 Uhr 19

»Ralph, Ralph... das kannst nur du selbst entscheiden.«

»Unmöglich. Nicht im Alleingang. Dazu habe ich nicht das Recht.«

»Ich aber auch nicht.«

»Schau, die Sache ist ungeheuer eindeutig, Mary Kay. Wenn man diesen Lander nicht umstimmen kann, bleibt mir nur die Alternative, da hineinzugehen oder nicht hineinzugehen. So maßlos einfach ist das.«

Er ging noch einmal alles durch, wägte die Gefahr gegen die drohenden Konsequenzen ab und dramatisierte nichts, zählte nur nüchtern die schrecklichen Fakten auf.

Widerstrebend, noch immer mit dieser unbarmherzigen Plötzlichkeit im Widerstreit, sagte sie schließlich: »Dir bleibt gar nichts anderes übrig, Ralph.«

»In meiner Funktion?«

Sie holte kurz Luft. »Auch und vor allem in der als lieber und geliebter Mensch. Du hast einfach keine andere Wahl.«

»Danke dir, Mary Kay.«

»Ich komm' rüber zu dir.«

»Dann bin ich vielleicht nicht mehr hier.«

»Ich komm' trotzdem. So schnell es eben geht. Ich bin bei dir, ganz in deiner Nähe. Denk dran, immer ganz in deiner Nähe.«

»Ich weiß«, sagte er.

Worte waren oft so schrecklich unzulänglich. Er brauchte sie, ihre Gegenwart, die Sicherheit, sie an seiner Seite zu haben, sie zu spüren – dreißig Jahre lang war das immer gleich geblieben. Sie war der Fels, auf den er sein Leben gebaut hatte.

»Ich bete darum, daß es anders kommt ... daß es nicht so kommen muß. – Bist du noch da, Ralph?«

»Ja.«

»Sei beschützt, und Gott segne dich. Vergiß nicht, daß ich dir nah bin.«

»Danke, Mary Kay.«

Er hängte ein. Dieses Gefühl der Unwirklichkeit war noch immer nicht von ihm gewichen, nicht einmal jetzt. Dann summte das Telefon auf seinem Schreibtisch bereits wieder, und er nahm das Gespräch entgegen.

»Ja?«

»Der Außenminister für Sie, Exzellenz.«

9 Uhr 24

Yorke öffnete die Augen und starrte in die vor ihm verschwimmende Umgebung, unfähig, das nebelhaft zurückweichende Bild zum Stehen zu bringen – es gelang ihm einfach nicht. Er wollte sich bewegen, aber auch das gelang ihm nicht. Er begriff nicht einmal, wo er überhaupt war, obwohl ihm der unheimliche Schmerz in der rechten Schulter allmählich die vage Erinnerung an einen heftig brennenden Schlag und ein Fallen ins Nichts ins Bewußtsein zwang.

Und damit noch an ein paar andere Dinge.

»Mann«, setzte er an, aber sein Mund war so ledrig trocken, daß kein Laut kam. Die verschwommene, blauweiße Gestalt zu seinen Füßen kam näher, und er erfaßte ein Gesicht, ein Frauengesicht. Mit der Zunge fuhr er sich über die Lippen, die Augen vor Anstrengung weit offen; seine geschulte Disziplin versuchte verzweifelt durchzudringen.

»Mann«, sagte er verquollen. »Mann, karierte Jacke. Noch zwei andere im Zimmer.«

»Hallo.« Die Schwester lächelte ihn an.

»Noch ein Mann und eine – «

»Ruhig, ganz ruhig. Alles geregelt. Ruhen Sie sich nur aus . . .«

9 *Uhr* 30

Mulholland schrieb ein paar Zeilen auf ein Blatt Papier und gab es seiner Sekretärin. *Macht Euch keine Sorgen. Geht alles gut, drückt mir nur die Daumen. Bericht-erstattung sicher übertrieben. Mutter und ich denken an Euch. Liebe Grüße, Euer Vater Ralph.*

»Telegrafieren Sie das gegen zehn Uhr an meinen Sohn und meine Tochter.«

»Ist gut, Sir.«

»Und drücken Sie mir auch die Daumen.«

»Das werden wir hier alle, ganz bestimmt.«

Noch nie zuvor hatte er an seiner Sekretärin eine Gefühlsäußerung festgestellt. Er selbst hatte keinen ausgeprägten Sinn für nahendes Unheil und Verhängnis – ganz im Gegensatz zu seinem Vorgänger im Amt. Er brachte sogar ein entschlossenes Lächeln zustande. Schließlich kannte er Lander. Mit einem Fremden wäre es anders, unwägbar, erschreckend. Aber so? Lander und er standen zumindest auf gemeinsamem Boden. Als dann allerdings O'Hare und Ryder wieder in sein Büro kamen, spürte er doch zunehmende Nervosität und ein aufkeimendes Gefühl von Unausweichlichkeit. Von Mal zu Mal, wenn er auf die Uhr sah, schien die Zeit schneller zu vergehen.

»Ich bin immer noch der Meinung, Sie sollten sich nicht darauf einlassen«, sagte O'Hare eindringlich. »Die Engländer sollten nicht so prompt klein beigeben. Mir mißfällt die Vorstellung, hier Forderungen nachzukommen, ohne es mit Hinhaltetaktik zu versuchen.«

»Das Leben zweier Menschen steht auf dem Spiel, Sam. Das hat er ja recht deutlich gemacht.«

»Reiner Bluff.«

»Der Mann, den er bereits erschossen hat, ist kein Bluff. Die Polizei hat schon recht. Wir müssen es einfach akzeptieren.«

»Warum zum Teufel ist er denn auf Sie verfallen?«

»Zunächst einmal wahrscheinlich, weil er Amerikaner ist.« Mulholland zuckte die Achseln. Seine innere Anspannung stieg. »Was man als mein persönliches Pech bezeichnen könnte.«

155

»Wichtiger wäre zu wissen«, grübelte Ryder vor sich hin, »was ihn über Nacht so mir nichts dir nichts morden läßt.«

Das konnte alles mögliche sein, dachte Mulholland. In Philadelphia war vor einem Jahr ein Mann Amok gelaufen, bloß wegen der Art, in der seine Frau den Tisch gedeckt hatte. »Jeder hat so seinen wunden Punkt«, sagte er laut.

»Muß denn deswegen ein anderer dran glauben? Sich da hineinbegeben?«

»Keine Sorge, ich komm' da schon wieder 'raus.«

Er lehnte sich über den Schreibtisch und drückte die Sprechtaste ins Vorzimmer. »Schaffen Sie mir das Weiße Haus herbei, Helen.« Es gab einen direkten heißen Draht; noch während er sprach, griff er zum roten Apparat. Der Hokuspokus, den sich ein anderer um Mitternacht in den Kopf gesetzt hatte, begann langsam von ihm Besitz zu ergreifen.

»Die Polizei bittet Sie, eine Viertelstunde vorher in der Hotelhalle zu sein«, sagte O'Hare. Auf der Wanduhr flimmerten die einfallenden Sonnenstrahlen; sie zeigte vier Minuten nach halb.

Mulholland nickte und leerte seine Taschen bis auf Zigaretten, Taschentuch, Füller und Aspirin. Bei der Nagelfeile war er kurz am Überlegen, tat sie dann aber doch beiseite. »Osborne hält den Kontakt zur Polizei, nicht wahr?«

»Ja.« Andrew Osborne war Chef der Marinesektion, stockkonservativ und unbeweglich.

»Meinen Sie nicht auch, daß das jetzt eigentlich Dannahays Angelegenheit wäre – wo wir uns sozusagen auf kriminellen Boden begeben?« Diese Folgerung war zwar alles andere als zwingend, der Vorschlag aber treffend. »Ich habe so das Gefühl, daß er kraft seiner Erfahrung mit einer derartigen Ausnahmesituation besser zu Rande kommt.«

»Ich werde mit ihm reden«, pflichtete O'Hare bei.

»Das ist keine Wertung irgend jemand gegenüber, aber ich schätze, daß Dannahay mehr einzubringen hat. Ist auch keine Wertung der Engländer, aber ich meine doch, daß Dannahays präziser Kopf allgemein gut verwertbar ist.«

»Ich rede mit ihm«, wiederholte O'Hare. »Der wird sich 'reinknien.«

»Wie komme ich ins Hotel? Zu Fuß oder mit dem Wagen?«

»Mit dem Wagen.«

Seit einer Stunde war er ununterbrochen beansprucht, pausenlos gestört worden. Diesmal war es seine Sekretärin: »Ihre Verbindung mit dem Weißen Haus.«

9 Uhr 40

Sie fuhren hinunter in die Tiefgarage und stiegen alle drei in den Cadillac – Mulholland, O'Hare und Ryder. Wenige Augenblicke vorher war als Ablenkungsmanöver eine große schwarze Limousine mit zwei Männern aus Osbornes Stab im Fond losgefahren und hatte die ganze Blitzerei der Pressefotografen prompt auf sich gezogen. Die Sache war zur Haupt- und Staatsaktion geworden, die Welt nahm teil.

Der Cadillac rauschte die Steigung zur Blackburne's

Mews hinauf; Mulhollands neuer Chauffeur um-
kurvte die Trauben von Schaulustigen, die sich um
den Einsatzkombi der Polizei versammelt hatten. Sie
blickten sich zwar um, nahmen aber nicht sonderlich
Notiz von ihnen, so daß der Wagen unbehindert erst
rechts in die Upper Grosvenor, dann in die Park
Street und schließlich Richtung Lees Place davonpre-
schen konnte.

Es würde ein warmer Tag werden, das war jetzt schon
in den Straßen zu spüren, die kommende Hitze
fühlbar auf der Haut. Die Menschen standen inzwischen dreireihig an den Polizeiabsperrungen quer
über die Straßenkreuzungen. An einer von ihnen fing
Mulholland einen flüchtigen Blick von einem hageren
Demonstranten auf, der ein Schild trug mit der
Aufschrift SEI BEREIT FÜR DEINEN GOTT – er
fühlte sich betroffen, als wäre er damit gemeint.

Lees Place war völlig verwaist und von den Schlag-
schatten der Häuserzeile geprägt; der höher ragende
Teil des *Shelley* wurde jetzt im Hintergrund sichtbar.
Der Fahrer ließ den Cadillac sanft ins Service-Areal
des Hotels rollen, auf dem inzwischen reges Leben
herrschte. Und wieder ein Rudel Fotografen, das hier
auf seine Chance lauerte.

O'Hare fluchte, aber Mulholland nahm das Unabän-
derliche gelassen hin. Ein paar stämmige Polizisten
bahnten eine Gasse durch die aufgeregte Menge zum
Hintereingang des Hotels. Osborne erschien mit Scot-
land-Yard-Direktor Trethowan und wies mit einem
stereotypen »Hier geht's lang, Sir – Hier entlang,
bitte« Mulholland und den anderen den Weg an den
Lieferrampen vorbei, am Kühlraum entlang, durch die

nur mit halber Kraft arbeitende Küche und das fast
leere Restaurant – und trotz Gegaffe und Getuschel
überall Hotelroutine und alltägliche Geschäftigkeit.

In der Halle wurden sie vom Commissioner begrüßt,
der dort mit McConnell auf sie gewartet hatte. In
voller Uniform und in all seiner Förmlichkeit brachte
er wahrhaftig ein Protokollmoment in die Szenerie,
wozu auch noch die Anwesenheit eines unschein-
baren Menschen vom Außenministerium beitrug,
dessen Name in den knappen Begrüßungsformeln
und den allgemeinen Bedauernsbekundungen unter-
ging. Die Hotelhalle war völlig geräumt worden und
ein Lift auf Dauerhalt gestellt, um sie sofort nach oben
bringen zu können.

McConnell hielt sich nicht mit langen Vorreden auf.
»Leider muß ich Ihnen mitteilen, Sir, daß die Situation unverändert ist. Er hat seine Forderung zweimal
wiederholt, und er lehnt es strikt ab, das Ultimatum
zu verlängern.«

Mulholland nickte, seine Gedanken überstürzten sich.
»Es liegt mir daran, daß Sie sicher sind, vollkommen
sicher, daß der Schutz Ihres Lebens und das der
anderen Sinn und Ziel dieser Operation ist.«

»Ich danke Ihnen.«

»Alles andere ist und wird von untergeordneter Bedeutung sein.«

»Ja, danke.«

»Allerdings haben wir nicht die blasseste Ahnung,
wie lange Lander durchhalten oder welche Forderungen er noch stellen wird. Und wir werden ihm da zu
Gefallen sein, ganz egal, was er fordert und wann. Es
bleibt uns ja auch gar nichts anderes übrig.«

Alles stand dicht um ihn gruppiert, als würden Boxer und Betreuer vor dem Match um den Ringrichter herumstehen, bis die erste Runde eingegongt ist.

»Und unternehmen Sie nur ja keinen Alleingang«, warf O'Hare noch ein. »Fordern Sie um Gottes willen nichts heraus!«

»Und setzen Sie nicht zu sehr auf das Durchhaltevermögen und die Mutbereitschaft der anderen. Die hat es ja wie ein Blitz aus heiterem Himmel getroffen«, stellte McConnell fest, »und seither haben sie schon ihren Teil durchgemacht.«

»Ja, sicher.«

»Können wir jetzt?«

»Na, sonderlich erpicht drauf bin ich natürlich nicht.« Er brachte eine Art Galgenhumorlächeln zustande, und McConnell bewunderte die Beherrschtheit dieses Mannes. »Würden Sie mir dann bitte folgen?«

Urplötzlich war alles gesagt. Mulholland schüttelte reihum mechanisch Hände. O'Hare faßte ihn fest am Arm, und Ryder sagte leise: »Ich wollte, ich müßt' gehen, Ralph«, was noch mehr Gewicht bekam durch die Tatsache, daß Ryder ihn zum erstenmal mit Vornamen ansprach. Da tauchte wieder dieses Gefühl der Unwirklichkeit auf, ein Nichtfassenkönnen, doch das nervöse Ziehen über dem Magen, diese Mulmigkeit, zwang ihn in die Realität.

»Na dann«, sagte er und mußte sich bremsen, daß es nicht nach Schnoddrigkeit klang. »Bis nachher also.«

Mit McConnell ging er zum Lift, nur sie beide. Die Türen glitten zu, als McConnell auf den Knopf drückte. Sie schwiegen. Mit unbewegter Miene verfolgten sie das Aufflammen der Etagennummern und reagierten auf den leichten Ruck, als der Aufzug einrastete.

»5«. Diesmal blieb die Leuchtziffer konstant, die Türen schwangen auf.

»Links.«

Mit drei großen Schritten war Mulholland in der Wandnische, von der aus Inspektor Savage den Schauplatz im Auge hatte. In dieser einen Sekunde nahm er die ganze Flucht weitgeöffneter Türen wahr, die bewaffneten Posten der Sondereinheit vom Überfallkommando und sogar die verstreuten Cornflakes zu beiden Seiten der einzig verschlossenen Tür. Und jetzt plötzlich verdichtete sich alles zur vollen Empfindung der Realität; den ganzen Morgen war er nur darauf zugegangen – jetzt war er mitten drin. Sein Herz pochte allmählich schneller, er fühlte, wie sich langsam im Nacken Schweiß sammelte.

»Hat sich was gerührt?« wollte McConnell von Savage wissen. »Nicht ein Muckser.«

Ein Anflug von Zögern, dann wandte sich McConnell an Mulholland. Ihre Blicke begegneten sich, Mulholland hielt ihn. Braune Augen, grüngesprenkelt.

»Ich denke, es ist wohl soweit ... die Stunde Null schlägt«, meinte er.

»Ja, Sir.«

McConnell sah auf seine Uhr. In wenigen Sekunden war es fünf vor zehn. Er nahm das Megafon, das Savage ihm hinhielt, und machte Lander darauf aufmerksam, daß der Botschafter nun zu ihm kam.

»Er wird dreimal klopfen . . . in Abständen dreimal, haben Sie verstanden?«

Mulholland ging los. Vierzig, vielleicht fünfzig Schritte bis Zimmer 501, erfüllt von der manischen Empfindung des ausschließlichen Jetzt. Nichts anderes zählte mehr. Er kam an dem bewaffneten Posten vorbei, der sich in den Türrahmen von 509 zurückgezogen hatte, und das Gefühl des Verlassenseins wurde so intensiv, daß es ihn fast übermannte.

»Ralph!«

In ungläubigem Staunen drehte er sich um, aber Mary Kay stand tatsächlich am Aufzug, und Savage und McConnell verstellten ihr mit ausgestreckten Armen den Weg. Mulholland fühlte Wärme in sich aufsteigen. Er hatte sich vollständig abgekapselt gehabt und außer den eigenen, gespenstisch teppichgedämpften Schritten nichts mehr wahrgenommen.

»Ich bin hier, Ralph . . . die ganze Zeit.«

Eine nie gekannte Rührung stieg in ihm auf. Er winkte ihr, gleichzeitig zur Begrüßung und zum Abschied. Seine ganze innige Zuneigung legte er in die Gebärde und bezog selbst Kraft und Entschlossenheit daraus. Dann straffte er sich und wandte sich in dem deutlichen Gefühl ab, er könnte schwach werden und seiner Aufgabe ausweichen wollen, wenn er auch nur eine einzige Sekunde länger zögerte.

»Der Botschafter wird dreimal klopfen.«

Er war nun bei den Cornflakes und den herumliegenden Packungen angelangt. Noch zehn Schritte. Er bot alle innere Kraft auf, um nicht umzuschauen, und knirschte über die Cornflakesstreu, nahte unüberhörbar. Das ausgesplitterte Schußloch in der Tür war etwa in Brusthöhe; die Schwärze dahinter ließ es wie ein heimliches Guckloch erscheinen. Es gab ihm ein irritierendes Gefühl von Unheimlichkeit.

Er blieb stehen, die Cornflakes unter seinen Füßen knirschten und knackten noch ein letztes Mal auf, als würde er auf klirrend gefrorenem Schnee gehen. Er biß die Zähne zusammen. Jetzt! Dreimal klopfte er und wartete auf eine Reaktion. Angstphantasien befielen ihn, Schweiß stand ihm auf der Stirn. Dann hörte er, wie die Tür entriegelt wurde, sie schwang nach innen auf.

Das Licht war trüb und düster. Er brauchte ein, zwei Sekunden nach seinem Eintreten, bis sich seine Augen daran gewöhnten. Als erstes sah er das Mädchen, einen Augenblick später Ireland. Im gleichen Augenblick wurde auch schon die Tür hinter ihm zugeworfen, und Mulholland drehte sich mit gemäßigtem Schwung auf dem Absatz um, damit er diesem Menschen ins Auge sehen konnte.

Unfaßbar – es war nicht Lander.

10 Uhr

Ein Schaudern durchlief Mulholland. Er stand mit offenem Mund da, sein Denkvermögen schien erst einen irrsinnigen, krampfhaften Sprung vollziehen zu müssen.

»*Sie!*«

»Jackett ausziehen!«

Wie betäubt leistete er dem Befehl Folge. »Was, um Himmels willen . . .?«

»Hosentaschen ausleeren!«

Und wieder folgte er der Anordnung, vom Schock total überrumpelt, und sah sich diesem merkwürdig starren Blick wieder gegenüber, den er in so lebhafter Erinnerung hatte.

»Hören Sie, Grattan . . .«

»Halten Sie den Mund.«

»Und wir haben Sie für Lander gehalten! – Alle da draußen glauben . . .«

»Mund halten, hinsetzen! Da auf das Bett.«

Mulholland tat wie befohlen, aber so, als müßte er erst bleischwer einen Traum abschütteln. Er hatte sich vollgepfropft mit sämtlichen verfügbaren Daten aus Landers Leben – Herkunft, Schulbildung, Militärdienst, Krankheiten, Hobbys . . . und noch weit mehr. Und alles ganz umsonst. Etwas war ungeheuer schiefgelaufen. Der Mann mit dem Gewehr war Grattan, Neil Grattan, bis vor einem Monat Mulhollands persönlicher Fahrer.

Er versuchte, sich trotz dieses Horrorgefühls, das ihm wie ein Klumpen im Bauch saß, zu fangen. Grattan war nicht normal; er hatte einen Bombensplitter im Gehirn, der sein optisches Erinnerungsvermögen beeinträchtigte. Kein Fahrer mit einer derartigen Behinderung konnte seinem Beruf noch gewachsen sein, auch Grattan nicht. »Tut mir sehr leid, Grattan, aber wir werden uns trennen müssen . . .« Das war in der Woche nach Ostern gewesen, der Woche der tausend Irrfahrten, der zerrütteten Nerven, der verpaßten Verabredungen.

Mulholland nahm einen vorsichtigen Anlauf: »Was soll das alles, Grattan?«

Keine Antwort. Die beiden anderen verhielten sich vollkommen still. Mulholland streifte sie nur mit einem diskreten Blick, während er sich mit der Raumaufteilung vertraut machte und die allgemeine Unordnung registrierte.

»Sie wollten mich doch zum Reden hier haben?«

»Ich wollte Sie hier drin haben, und damit basta.«

An Mulhollands Schläfen zuckten die angespannten Muskeln. Wie konnten die da draußen nur einem solchen Irrtum aufgesessen sein? Diese Frage ließ ihn einfach nicht los. Alles glaubte steif und felsenfest, es mit Lander zu tun zu haben.

Glaubte nicht nur, wußte es ... so sicher waren sie sich, so verheerend sicher – auf völlig falscher Fährte.

Mit einer Hand fingerte Grattan die Taschen von Mulhollands Jackett durch, dann warf er es ihm zu. Er hatte sich wieder in der Nähe der Tür aufgebaut, dicht an der Wand, rittlings auf dem hochlehnigen Stuhl; die Mündung des Gewehrlaufs war schräg nach unten auf sie gerichtet.

»Wie nah hocken die am Gang?«

Mulholland zögerte. »Soweit ich gesehen habe, fünf bis sechs Türen weiter.«

»Mit Schnellfeuerkanone, was?«

»Ja.«

»Wie viele hier am Gang?« Grattan fuchtelte zornig, weil er nicht sofort Antwort bekam. »Na, wird's schon?« blaffte er.

»Vielleicht sechs.«

»Und alle miteinander?«

»Etwa hundert«, gab Mulholland Auskunft und fragte sich, was wohl in Grattans gemeingefährlich gestörtem Gehirn vorgehen mochte – eine Überlegung, die ihn weit mehr schreckte, als wenn er in der Gewalt eines Berufskillers gewesen wäre.

Schweiß lief ihm über die Nasenwurzel. Er schaute noch einmal hinüber zu den beiden anderen, wieder mit jenem vorsichtig unaufdringlichen Blick und noch immer fassungslos. Deutlich war zu sehen, was sie in den letzten Stunden durchgemacht hatten. Ireland erkannte er flüchtig, das Mädchen hatte er noch nie gesehen. Beide begegneten seinem Blick. In den Augen des Mädchens stand die Hoffnung auf einen Verbündeten, den sie in ihm wortlos spontan erfühlte. Irelands Blick zuckte gehetzt zu Grattan hinüber.

»Ich muß was trinken.«

»Geh ins Bad.«

»Ich brauche einen Whisky.«

»Sonst geht's dir gut, du wandelnde Whiskyreklame?«

»Um Himmels willen, bitte.«

Grattan schnaubte verächtlich. »Wir haben 'n Schauspieler hier«, warf er Mulholland hin.

Unvermittelt stand er auf und pirschte sich in dieser federnden Raubkatzenmanier an die verhängten Fenster heran. Offensichtlich hatte er einen Plan. Aber welchen? Welchen nur?

»Warum gerade mich, Grattan?« Mulholland wartete kurz, bevor er es wagte, die Frage zu wiederholen, »Warum mich?«

»Na, wen denn sonst?«

Präzis drei konzentrierte Minuten lang war Dannahay
jetzt im Einsatzkombi. Llewellyn hatte sein Bestes in
prägnanter Kürze gegeben.

»Wieviel Schüsse bisher?«

»Sechs.«

»Irgendwelche Vorstellungen über seine Reserven?«

»Keine. Aber aus seinen Warnschüssen könnte man
schließen, daß er nicht gerade knapp ist.«

»Oder auch schlicht und einfach, daß er nervös ist.«

»Das sowieso – ob nun mit oder ohne Reserve.«

»Beunruhigend«, stellte Dannahay fest.

Nachdem ihm in der Nacht vorher eine andere Sache
um Haaresbreite durch die Lappen gegangen war,
hatte seine Selbstsicherheit einen Sprung erlitten.
Hals über Kopf hatte er dann alles liegen und stehen
lassen müssen, um sich auf eine ziemlich beispiellose
Situation zu konzentrieren. Irgend etwas an der Geschichte reimte sich nicht zusammen. Vielleicht für
andere schon, für ihn jedenfalls nicht; zumindest noch
nicht.

Llewellyn zog die Stirn kraus. »Was ist für Sie daran
so beunruhigend?« Für seinen Geschmack war dieser
Dannahay zu verflucht wortkarg.

»Wer da wer ist, mehr oder weniger.«

Und zweideutig auch noch. »Versteh' ich nicht.«

»Ich bei Gott auch nicht.«

»Sprechen Sie von den Namen? Wollen Sie noch mal
wissen, wer das Mädchen und der Schauspieler sind?«

»Nein.«

»Was dann?«

»Mir geht's um Lander.« Dannahay verengte die

Augen, als würde ihn Kopfschmerz befallen. »Mit Ausnahme von ein, zwei anderen ist er der gelassenste Mensch, dem ich je begegnet bin.«

»Aber offenbar jetzt nicht mehr. Irgendwas hat gestern nacht bei ihm ausgehakt und ihn durchdrehen lassen.«

»Das kauf' ich irgendwie nicht.«

Das gedämpfte Gemurmel der draußen wartenden Reporter schwoll an und nahm wieder ab.

»Wollen Sie damit sagen . . .?«

»Sagen nicht, nur mal so überlegen.«

»Das ist ja Wahnsinn, völliger Wahnsinn.«

»Vielleicht, vielleicht auch nicht.«

»Nennen Sie mir einen einzigen plausiblen Grund.«

Dannahay maß ihn mit einem langen Blick und dachte: Nein, dir schon gleich gar nicht! Laut sagte er allerdings: »Meine Stärke ist nicht Logik, vor allem nicht hieb- und stichfeste. Mit meinem Riecher ist das schon was anderes . . .«

»Schließlich ist ein Gewehr aus seinem Haus verschwunden!«

»Ich weiß.«

»Und er ist im Lauf der Nacht im *Shelley* gesehen worden.«

»Aha!«

»Quod erat demonstrandum«, warf sich Llewellyn in die Brust. »Mein Gott, zwei und zwei ergibt halt vier.«

»Sieht beinah so aus.« Dannahay nickte und zog die Mundwinkel leicht herunter. »Aber im Zusammenzählen war ich noch nie gut, wie man so sagt.«

»Hören Sie«, sagte Llewellyn nun doch ungeduldig und skeptisch geworden. »Erklären Sie mir nur eines.«

»Gern.«

»Gesetzt den völlig undenkbaren Fall, es ist nicht Lander – wer, glauben Sie, ist denn dann da drin?«

»Tja«, machte Dannahay gedehnt. »Da stehen wir freilich schon vor einem ganz anderen Rätsel.«

10 Uhr 16

Später konnte sich Mary Kay Mulholland nicht mehr genau daran erinnern, was sie eigentlich alles zu Renata Lander und was diese zu ihr gesagt hatte. Wechselseitig hatte sich eine der Verzweiflung der anderen zugewandt, in der Hoffnung, damit die eigene zu meistern. Sie benutzten einander auf eine Weise, die ihnen im Augenblick gar nicht bewußt war.

»Zumindest weiß ich eines ganz genau«, sagte Mary Kay. »Ralph strahlt Ruhe aus. Ich kann mir keine Situation vorstellen, die er damit nicht schaffen würde, keine einzige.«

»Harry hat ja nicht einmal auf uns gehört.«

»Ja, schon, aber nach Ralph hat er verlangt. Das ist unsere ganze Hoffnung.«

Mit dem Polizisten, den McConnell zu ihnen abgestellt hatte, spielte Noel Rommé, rein mechanisch und ganz Ohr für das Gespräch der beiden Frauen. Immer wieder schaute er zu ihnen hinüber und teilte ihre Anspannung, ihr verzweifeltes Warten, auch wenn er dabei gezwungenermaßen so tat, als müßte er sich gerade auf Kartenkombinationen konzentrieren – es gab kein Entrinnen.

»Ich habe zu beten angefangen«, seufzte Renata Lander auf und hielt ihre Hände so ineinander verkrampft, daß die Fingerknöchel weiß hervortraten. »Und werde auch nicht aufhören.« Sie schaute auf die Frau, die zwanzig Jahre älter war. Das letztemal hatten sie sich beim Thanksgivingempfang getroffen, aber das schien jetzt so unendlich lange her, als hätte es sich in einem anderen Leben abgespielt. Dieser eine einzige Morgen allein war schon wie eine Ewigkeit.

»Wir sitzen im selben Boot, wir müssen es gemeinsam durchstehen . . .«

»Aber das ist doch nicht wahr!« schrie Renata Lander in einer plötzlichen Aufwallung von schmerzlichem Neidgefühl auf. »Es ist nicht wahr, das wissen Sie so gut wie ich.« Wegen allem Vorausgegangenen, wegen allem Kommenden. »Wen hat denn Ihr Mann schon getötet?«

Noels Kopf fuhr herum. Bis zu ihr herüber drang seine Erschütterung, und es war tatsächlich in ihr noch etwas vorhanden, das in Betroffenheit dahinwelken konnte.

»O Gott!« stöhnte sie auf. »Verzeihen Sie mir!« und umfaßte Mary Kays Hände.

10 Uhr 20

»Helen?«

»Wo steckst du?«

»Green Street«, brachte Roberto Olivares verquollen hervor. »Telefonzelle.«

»Mann Gottes – was machst du denn da?«

»Kann nicht zurück. Diese Idioten von Polizisten lassen mich nicht durch die Sperre.«

»Sag ihnen, wer du bist.«

»Nützt nichts.«

»Warum nicht?«

»Die glauben mir nicht.«

Sogar in diese Situation konnte sich Komik einschleichen. Helen Olivares schlug die Augen zur Decke. Ihr Haar war zwar endlich von den Wicklern befreit, aber sonst hatte sich rein gar nichts verändert. Sie war und blieb die Telefonvermittlung, für die ganz alltäglichen Anrufe genauso wie für die blockierte Extraleitung in das Savage am nächsten gelegene Zimmer. Am meisten allerdings konzentrierte sie sich auf das Lichtsignal von 501.

»An welcher Sperre hast du's versucht?«

»Lees Place.« Die Zunge schien ihm kaum zu gehorchen. »Lees Place, Ecke Park Street.«

»Geh wieder hin und warte da.«

»Ich sag dir doch, nützt nichts.«

»Geh hin und warte.«

Es klang ungewollt scharf. »Ich laß die dort verständigen.«

»Gut.« Und dann: »Du, Helen – er hat ihn gerissen.«

Irgendwann einmal würden sie darüber lachen können – nur jetzt nicht, Herrgott, jetzt bestimmt nicht.

»Beeil dich, ja? Hier wird langsam ein ganzes Hotel in den Sand gesetzt, wenn du nicht bald erscheinst!«

Wie wild geworden brummte eine Fliege immer wieder gegen das Fenster, magisch angezogen vom Sonnenlicht hinter den geschlossenen Vorhängen. Sie hörten ihr zu, alle vier, und das sinnlos penetrante Gesumse bohrte sich in den Verstand.

Mulholland saß mit verschränkten Armen unbeweglich da und war noch immer erschüttert. Er wollte den anderen unbedingt mitteilen, wer Grattan war, irgendwie schien ihm das wichtig zu sein. Sie müßten eigentlich erfahren, daß er vor knapp einem halben Jahr nach seiner Entlassung aus der britischen Armee als persönlicher Fahrer für ihn engagiert worden war. Alles war in bester Ordnung gewesen – Papiere und Zeugnisse untadelig einwandfrei; in Belfast war er im vorletzten Jahr verwundet worden, sein Abschied war ehrenhaft gewesen; es gab nichts an ihm auszusetzen.

Das heißt, bis er seinen Dienst antrat und sich die umwerfend verblüffende Störung seines optischen Gedächtnisses herausstellte.

Zunächst war sein Versagen unerklärlich – er rauschte an der Botschaft vorbei, als wäre sie überhaupt nicht vorhanden; er ließ Mary Kay am *Dorchester* stehen, als wäre sie Luft; nicht einmal das Ehrenmal erkannte er. »Hier, Sir? ... Hier, Sir?« war seine stereotype Frage, während er ständig Ausschau hielt. Es gab keine Stelle und keinen Menschen, die ihm nicht fremd vorgekommen wären, unbekannt. Und das nicht nur einmal, sondern stets und immer wieder. Mulholland hatte der Reihe nach Nerven, Trunksucht oder Drogen im Verdacht. Zur Rede gestellt, gab Grattan zu, daß ihm ein operativ nicht zu entfernender Splitter von seiner Verwundung im Gehirn geblieben war, der auch seine optische Merkfähigkeit zerstört hatte. Nur ein paar Stunden Zwischenzeit oder eine Nacht darüber geschlafen, und in ihm waren bestenfalls noch schemenhafte Umrisse, die er mit seinen neuen Seh-eindrücken nicht in Einklang bringen konnte.

Trotzdem, trotz all dieser Schwierigkeiten hatten sie es mit ihm versucht, und Mary Kay hatte sich dabei noch weitaus geduldiger gezeigt als er selbst. Und Grattan nahm seine übrigen Sinne verstärkt zu Hilfe, ähnlich wie Blinde kompensieren. Er gab sein Bestes, bemühte sich fast übermenschlich. Und an manchen Tagen ging es sogar besser, so daß niemand sein Leiden vermutet hätte. Aber allmählich wuchsen ihm die Anforderungen über den Kopf. Nach ein paar Wochen kamen die ersten Zusammenbruchserschei-nungen – schweißgebadet saß er am Steuer, redete vor sich hin, atmete schwer; es war erbarmungswürdig. Aber auch peinlich und zunehmend unerträglich. An ein und demselben Tag fand er den Weg zu Mulhol-lands Haus nicht mehr zurück. Und unter steigendem Druck setzte eine Veränderung in ihm ein, er wurde mürrisch, verfiel in unerfindliche Wutausbrüche und steuerte rasant auf das unvermeidliche Ende zu. »Tut mir sehr leid, Grattan, aber wir werden uns trennen müssen . . .«

All diese Erinnerungen stiegen jetzt in Mulholland auf, und eine turbulente Szenenfolge lief auf seinem inneren Monitor ab, während er Grattan so nah vor sich beobachtete und in der sonst herrschenden Totenstille dem Gesumse der ständig ans Fenster knallenden Fliege zuhörte.

»Wessen Gewehr ist denn das, Grattan? – Landers? Harry Landers?« Nur von ihm konnte er schließlich erfahren, wo die Quelle dieses schrecklichen Irrtums lag. »Hält man Sie deswegen für ihn?«

»Mund halten!« zischte Grattan wütend. »Bloß Mund halten, verstanden!«

10 Uhr 32

Lander verließ den vormittäglich kühlen Victoria-Bahnhof und schnappte sich sofort ein Taxi. MAYFAIR-ÜBERFALL – AKTUELL, er sah die Sonderplakate, aber die Schlagzeile sagte ihm nichts. Er trug noch die Sachen vom Abend vorher, die inzwischen allerdings reichlich mitgenommen aussahen, völlig verknautschtes Hemd, eingestaubte Schuhe.

»Bruton Mews.«

Er gähnte und fuhr sich mit dem Handrücken prüfend über das unrasierte Kinn. Sein dunkler Haarschopf war glatt und dicht und ohne jegliche schüttere Stelle, wie überhaupt kein Anzeichen von körperlichem Nachlassen an ihm war, außer der augenblicklichen Ermüdungserscheinungen. Höchstens die leicht schwammig aufgedunsenen Tränensäcke und die nikotinvergilbten Innenseiten von Zeige- und Mittelfinger. Beinahe konnte man ihn als gutaussehend bezeichnen, mit seiner kräftigen Statur, die in den Schultern breit auslud und zur Hüfte hin schmaler wurde. Laut Paßvermerk war er einsachtundsiebzig groß, sein Gewicht pendelte meist so um die siebenundsiebzig Kilo. Aber all das tat im Augenblick wahrhaftig nichts zur Sache. Einzig wichtig war jetzt, heimzufahren und die Scherben zu kitten.

Wieder einmal.

Es graute ihm davor, und trotz des Ausmaßes seiner

Erschöpfung empfand er Unruhe und Unbehagen aus Gründen, die er niemals alle hätte definieren können. Das quälende Grübeln, wie wohl alles enden würde, ließ ihn nicht los.

Wo er gewesen war? *Spazieren, umherrennen* ... Die ganze Nacht? *Ja, die ganze Nacht* ... Zehn Stunden lang? *Na und?* ... Lächerlich. *Wirklich?* ... Wo denn dann überhaupt? ... Und so weiter und so fort.

Genauso würde es ablaufen, jede Wette.

Er machte die Augen zu; durch die geschlossenen Lider drang das Sonnenlicht nur noch wie durch einen blutroten Filter. Mit der ganzen Schwere seiner Müdigkeit spürte er die Fliehkraft, die ihn in die Ecke drückte, als das Taxi in den Hyde Park Corner einfuhr. Noel würde schon in der Schule und sie beide damit allein sein. Aber es war ja ein Ende abzusehen; er war schließlich schon verteufelt spät zur Arbeit dran. Also würde man die Sache nur anreißen und dafür am Abend wieder von vorn anfangen.

Eastbourne? Per Anhalter nach Eastbourne? *Weil der Kerl eben einfach gerade dahin fuhr* ...

Über Picadilly und Berkeley Square kamen sie in die Bruton Mews. Es herrschte der übliche Verkehr, die Gehsteige waren vom gewohnten Gewühl belebt, nichts auf dem ganzen Weg deutete auf das, was ihm bevorstand. Auch als das Taxi nun zum letztenmal abbog und Lander den einzelnen Polizisten stehen sah, brachte er ihn keineswegs in Verbindung mit sich. Er stieg aus, bezahlte den Fahrpreis, schaute zu seinem Haus hinüber und machte sich auf etwas ganz anderes gefaßt. Erst als er auf seine Haustür zuging, trat ihm der Polizist in den Weg.

»Entschuldigen Sie, Sir, aber ich muß Sie fragen, in welcher Angelegenheit Sie hierher kommen.«

»Angelegenheit?« Ein unangenehmes Gefühl kroch ihm den Rücken hoch. »Was soll das heißen?«

»Ich meine, was Sie hierherführt, Sir.« Den ganzen Morgen hatten sich die Leute von der Presse und weiß Gott wer wie ein Schwarm Schmeißfliegen herumgetrieben. »Sie wollten doch zu Nummer 14, oder?«

»Da wohne ich«, erläuterte ihm Lander.

»Tatsächlich?« Skepsis und Mißtrauen waren bei ihm berufsbedingt, aber auch die Höflichkeit in möglichst allen Lagen war ihm eingefleischt. »Darf ich Sie um Ihren Namen bitten?« »Lander . . . Harry Lander.«

Noch nie in seinem ganzen Leben hatte er eine so schlagartige Veränderung in der Miene eines Menschen gesehen.

Es war nur eine Frage von Minuten, bis der Wagen kam. McConnell hatte in seinem Beruf schon zuviel mitgemacht, um sich seine Fassungslosigkeit noch anmerken zu lassen, die ihn aber so vollständig ereilt hatte, daß er den eigenen Augenschein brauchte, bevor er die Möglichkeit eines üblen Streiches ausschließen mochte.

»Mr. Lander?« Botschaftsausweis, Führerschein, Kreditkarten – er blätterte sämtliche Ausweispapiere durch. »Wie heißt Ihre Frau, Mr. Lander? . . . Wie viele Kinder haben Sie? . . . Haben Sie Schlüssel zu diesem Haus?« Auf der Flamme des entsetzlichen Geschehens würden sicher Sonderlinge und Sensationsmeier ihr Süppchen kochen – aber dieser Mann hier gehörte nicht dazu. Es war Lander, ohne Zweifel

Lander, H. R. Lander. Und damit tauchten Fragen über Fragen auf, die förmlich nach Antwort schrien, und es mußten hochnotpeinliche Erklärungen abgegeben werden. »Steigen Sie ein, Mr. Lander.«

»Hören Sie«, setzte der unsicher an. »Da werden Sie mir einiges erklären müssen.«

»Im Wagen.«

»Und wohin fahren wir?«

»Hotel *Shelley*.«

»Wollen Sie wirklich sagen, man bringt mich mit dieser Geschichte in Zusammenhang?« Ohne Umschweife ging er auf die Tatsache zu, mit der ihn der Polizist vollendet vor den Kopf gestoßen hatte, als läge in der Wiederholung die Chance, das Ganze in den Bereich der Lüge zu verweisen.

»Mich?«

»Genau das.«

»Mit einem Gewehr?«

»Richtig.«

»Und Ralph Mulholland als Geisel genommen?«

»Eben.«

»Ich? Ausgerechnet ich?«

Sie ließen Berkeley Square hinter sich, die Reifen radierten in die Kurve.

»Wir hatten schon unsere Gründe«, erklärte McConnell kurz und bündig. »Stichhaltig genug.«

»Ich soll einen Mann ermordet haben, wie?«

»Ermordet wurde er.«

»Aber mir haben Sie's angehängt. Das ganze Riesending – mir angehängt.«

»Dafür gab's Gründe.«

»Du ahnst es nicht!« Lander tastete nach Zigaretten,

seine Augen bekamen langsam ein gefährliches Funkeln. »Dafür wird jemand geradestehen müssen!«

»Zu gegebener Zeit. Inzwischen führen Sie sich am besten die Tatsachen vor Augen.« McConnell zählte sie auf. »Davon sind wir ausgegangen, es waren unsere einzigen Indizien – und alle sprachen für Sie, alles wies auf Sie, einschließlich Ihrer Abwesenheit.«

»Wo ist meine Frau?«

»Im *Shelley*.« Sie hatten das Hotel jetzt fast erreicht. »Ihr Sohn ist auch da.«

Mit tiefer Betroffenheit blickte Lander McConnell von der Seite her an; langsam dämmerte ihm das Ausmaß. Stück für Stück erfaßte er das Ganze, eins nach dem anderen klickte. »Seit wann sind die zwei da schon hineinverwickelt?«

»Rund drei Stunden«, meinte McConnell und fügte hinzu: »Tut mir leid, da blieb nichts anderes übrig.«

»Und, was hat sie Ihnen erzählt?«

»Was wir wissen mußten.«

»Noch ein paar Tatsachen mehr?« höhnte er.

»Ich würde eher sagen«, antwortete ihm McConnell ruhig, »Ihre Frau und Ihr Junge haben sich in den Glauben an Sie buchstäblich eingekrallt. Sie haben sich unseren Schlußfolgerungen immer gesperrt, ihr Herz hat ihnen etwas anderes gesagt. Ist das nicht gut zu wissen?«

»Bitte, Mr. Lander! ... Schauen Sie hierher, einen Augenblick, Mr. Lander! ...«

Die Nachricht von ihrem Eintreffen war vorausgeeilt, und da gab es einfach kein Entrinnen vor den Fotografen, dem ganzen Gedrängel und dem Gerede.

»Zum Teufel«, murmelte McConnell, als sich die Aufzugstüren hinter ihnen schlossen. »Zum Teufel mit dem ganzen Verein.«

Zusammen fuhren sie in den fünften Stock, in dem sie totale Stille umfing. Die postierten Scharfschützen rührten sich kaum, die Spannung lag knisternd in der Luft, alles war unverändert – und doch die Konstellation verschoben. Wo vorher scheinbar fester Boden war, stand jetzt das große Fragezeichen, die unbekannte Größe, der große Unbekannte.

Er brachte Lander ans andere Ende des Flurs, machte ihm Zeichen, da zu warten, und ging direkt in dieses letzte Zimmer der ganzen Flucht. Lander blieb stehen und schaute sich nach Savages Männern um. Gleichzeitig bestürzt und voll Ärger überlegte er, was hier wohl alles vermeintlich in seinem Namen geschehen war. Und wenn ihm dabei auch tief unbehaglich war, jetzt war nicht die Zeit, den zugefügten Schaden zu ermessen.

»Harry?«

Er drehte sich um und sah Renata in der Tür stehen, mit beinahe fiebrig geweiteten Augen starrte sie ihn fassungslos erleichtert an. Noel stand neben ihr, unbeschreiblich blaß. Die Verzögerung, mit der er dann auf ihn zulief, mit weit ausgebreiteten Armen, wirkte fast wie Zeitlupe – und doch riß er ihn beinahe um, lachte und schluchzte und klammerte sich an ihn.

»Brrr!« machte Lander, hin und her gerissen. »Na, was denn?«

Und damit ließ McConnell sie allein. Er war es ihnen schuldig, mehr noch, weiß Gott mehr. Mitgefühl war ein unheilbares Leiden, doch die Realität forderte ihn erbarmungslos und ließ ihm für Rührung keine Zeit. Er ging wieder in das Zimmer, in dem Mary Kay Mulholland jetzt mit dem Polizisten allein war. Erst eine Minute vorher war er direkt auf Renata Lander zugegangen und hatte ihr leise die atemberaubende Nachricht überbracht – »Halten Sie sich fest, bleiben Sie ruhig«–, und Noel war nah genug gewesen, es mitzubekommen, zu erstarren und dann aufzuspringen. Jetzt, beim zweiten Mal, blieb er auf halbem Weg zu dieser Frau, die am Fenster war, stehen.

»Ich hab's gehört«, sagte sie, und er nickte, als fühle er sich schuldig. »Und ich . . . ich freue mich für sie.« Die eigene Sorge zurückgedrängt, konsequent beherrscht. »Freue mich ganz besonders.« Ihre Fassung war von beeindruckender Würde und Schlichtheit, nur in ihren Augen las er die Fragen, die er sich selbst stellte.

»Wir waren auf dem falschen Dampfer, Mrs. Mulholland.«

»Und was geschieht jetzt?«

»Wir lassen es auf uns zukommen – daran hat sich nichts geändert. Ansonsten können wir nur wieder aufrollen, was wir schon so perfekt hatten.«

10 Uhr 56

»Phil?«

»Immer noch«, brummte Richard Irelands Agent.

»Ich werde da von einem Typ namens Kent belämmert, schreibt Geschichten für den *Star*. Soweit ich die Sache sehe, will der Knabe eine Story darüber strikken, wie sich Ireland da wohl 'rausziehen wird.«

»Quatsch.«

»So wie ihn sein Publikum sieht. Als Rolle.«

»Quatsch.«

»Es klingt eigentlich recht überzeugend, Phil. Hat 'n gutes Argument auf der Pfanne: Könnte Ireland und eurer Serie verdammt gut nützen, besonders wenn er grünes Licht kriegt für seine Machart. Tatsachen mit Untermalung – halbehalbe.«

»Widerlich!«

»Kent will von mir an Material, was immer aufzutreiben ist, aber ich wollt' erst mal bei dir rückfragen.«

»Widerlich«, kommentierte Phil nun zum zweitenmal. »Mich widert's einfach an. Und du solltest das auch nicht anders sehen, diese ganze miese Idiotie.«

»Ob's mir gefällt oder nicht, er wird's ja doch machen. Stop mal so einen! Jeder Zeilenheini, der an der Grosvenor-Square-Geschichte dranhängt, jagt was anderem nach, und Kent ist eben auf diesen Trichter verfallen! Bringt gar nichts, wenn ich ihm das große Pfui unter die Nase halte, Phil, der macht die Geschichte auf Teufel komm raus.«

»Den Kerl soll doch der Donner rühren. So 'ne Sache auszuschlachten – Herrgott! Sag ihm, er soll sich lieber gleich selber einsargen lassen, anstatt . . .«

»Hör zu, Phil . . .«

»Du hörst hier verdammt noch mal zu!« Auf seinem Schreibtisch stand ein Transistor, die nächsten Nachrichten waren fällig. »Wir haben doch hier kein Drehbuch, zum Donnerwetter, die Geschichte ist echt! Da hocken welche in einer Scheißsituation, und das sind keine Darsteller, sondern denen geht es wirklich an Kopf und Kragen!« Er schnaubte heftig auf.

»Manchmal glaub' ich wirklich, bei euch läuft nur noch Zelluloid!« Und damit donnerte er den Hörer auf die Gabel.

11 Uhr 16

Ganz in der Ferne, und gerade noch zu hören, erinnerte sie die Sirene eines Krankenwagens für einen Augenblick daran, daß es draußen noch eine andere Welt gab.

Mulholland stützte seine Ellbogen auf die Knie und den Kopf auf die Hände. Er saß zwischen Ireland und dem Mädchen und empfand das Schweigen aushöhlend und latent gefährlich; es schien Grattans Unruhe nur zu fördern.

So ruhig und gelassen wie möglich sagte er: »Sie glauben also, mit mir was ausfechten zu müssen – okay, akzeptiert. Aber was haben Sie gegen die beiden anderen hier?«

»Nichts.«

»Sehr erfreulich.« Mulholland wartete, äußerst vorsichtig; das Gesicht des anderen blieb leer, man konnte auf nichts schließen. »Ihren Zweck haben sie erfüllt. Sie könnten doch gehen?«

»Hier entscheide ich.«

»Wie wär's denn mit dem Mädchen? Wenigstens sie, hm? Das schwächt Ihre Lage doch um nichts.«

»Ich entscheide, wer, wann, wie und was – nur *ich*, sonst niemand!«

»Sicher.«

Mulholland schaute vor sich hin. McConnell konnte

nur dann erfahren, wen er wirklich vor sich hatte, wenn einer hier freigelassen wurde. Es war die einzige Möglichkeit. Er mußte sie weiterverfolgen, immer wieder Anspielungen machen, Grattan mit dem berühmten steten Tropfen mürbe machen.

»Müde?« fragte McConnell Helen Olivares.

»Es geht.«

»Können Sie hier noch weitermachen?«

»So lange Sie mich brauchen.«

»Das Mädchen kennt Ihre Stimme, und er auch. Damit geben Sie beiden eine gewisse Sicherheit, was bei ihm besonders wichtig ist. Mit einer Umbesetzung lösen wir weiß Gott was aus.«

»Ich halte hier noch Stunden durch.«

»Prima.« McConnell schob ein Pfefferminz in den Mund. »Rufen Sie bitte 'rauf.« Das Megafon war zu unpersönlich, zu eingleisig. »Probieren wir's wieder.«

»Was soll ich sagen?«

»Fragen Sie ihn, was er will. Da er jetzt den Botschafter hat, soll er sagen, was er verlangt.«

Sie rief hinauf. Auf einer Nebenleitung hörte McConnell das Gespräch mit, doch die Weigerung des Unbekannten, sich näher auszulassen, war nur leise und abgehackt aus dem Hintergrund zu hören.

»Machen Sie's ihm noch mal klar.« Und wieder versuchte er, so gut es eben ohne Risiko ging, ihn in die Enge zu treiben, mit Hilfe von Helen Olivares und Gabrielle Wilding. Aber inzwischen sprach er ja einen völlig Unbekannten an, und jedes Wort ging ungezielt ins Ungewisse. »Wir haben Zeit, den ganzen Tag, die ganze Nacht. Zum Teufel, er kann sich doch selber ausrechnen, daß wir am besseren Drücker sind. Wie lange er das jetzt auch hinschleppt, wir halten's auf jeden Fall länger durch. Warum rührt er sich dann nicht jetzt und zieht Leine? So lange es noch halbwegs einfach ist und wir uns ohne Waffen unterhalten?«

Zu seiner Überraschung kam eine Antwort. »Er sagt, er rührt sich erst von der Stelle, wenn's dunkel ist, und keine Sekunde eher.«

11 Uhr 34

Dannahay hielt Lander seine Zigaretten hin und tastete dabei seine Taschen nach einem Feuerzeug ab. »Das ist eine hundsgemeine Sache. So was war ja wirklich noch nicht da.«

»Da werd' ich mit Ryder 'n Wörtchen über die ganze miese Affäre reden.«

»Nur zu.«

»Ist doch ungeheuerlich, in was man mir Frau und Sohn hineingeritten hat, was die durchgemacht haben . . . einfach scheußlich.«

»Völlig richtig. Wenn's mich erwischt hätte, würde ich denen auch einen Riesenkrach machen.« Dannahay zündete seine Zigarette an und stieß den Rauch aus. Sie waren auf der Herrentoilette im Parterre vom *Shelley*, wohin Dannahay Lander direkt aus dem Lift heraus verschleppt hatte. »Hör mal, Harry. Dauert nicht lang, aber die haben mich hier zum Verbindungsmenschen zu den Engländern gemacht, und da fällt's in mein Ressort, dich zu fragen, was du letzte Nacht so angestellt hast.«

»Wie meinst du das?«

»Wo du warst?«

»So ist das also«, gab Lander ziemlich scharf von sich.

»Das geht nur Renata was an.«

»Soll ich das Ganze noch mal durchkauen?«

»Worum dreht sich's eigentlich?«

»Die gehen davon aus, daß aus deinem Haus einer das Gewehr gemopst hat – ja? Und das Jackett – ja? Und noch was, wenn ich da richtig liege. Soweit klar?«

»Das hat man mir gesagt.«

»Seit du wieder aufgetaucht bist, ist die Sache glasklar. Und jetzt suchen die nach Fingerabdrücken und was nicht alles, weil sie glauben, daß der Kerl dich und Mulholland kennen muß – euch beide. Was die Möglichkeiten schon mal irgendwie einkreist.«

»Was die jeweils glauben, hab' ich schon zur Genüge genossen«, warf Lander ein. Er war müde, ausgelaugt und unversöhnlich. »Herrgott, wenn ich daran denke . . .«

»Verstehe ich ja alles«, meinte Dannahay teilnehmend. »Bis vor einer Stunde hat hier alles Kopf gestanden, und du hast wirklich Grund zum Meckern. Aber die ganzen Warums und Weshalbs wollen auch irgendwie zusammengefügt sein, und da wär' ich dir schon recht dankbar, wenn du mir doch sagen würdest, wo's dich in solcher Eile hinverschlagen hat.«

»Nach Eastbourne.«

»Wie kommst du denn da runter?«

»Per Anhalter. Hab' in der Park Lane einen gestoppt. Hätt' ebensogut Brighton sein können, oder sonst was. Mir war's völlig gleich.«

»Wann war 'n das, ungefähr?«

»Nach Mitternacht.«

»Und zurück? Per Bahn?«

Lander nickte.

»Keine Zeitung gelesen, kein Radio gehört?«

»Nichts.«

»Hätt' alles 'n bißchen einfacher gemacht und jedem geholfen, Mulholland ganz besonders. Der ist da 'reingegangen und war todsicher, daß du's bist. Hat ihn ganz klar beeinflußt, verstehst du?« Dannahay stieß die Luft durch die Nase aus. »Verrückt, was? Wenn einem das Licht erst aufgeht, wenn man schon voll drinhängt . . . ganz schön blöd, wie?«

»Ich muß jetzt gehen, John«, sagte Lander. »Die warten auf mich.«

»Erst muß ich dir noch was sagen.«

»Ja, was?«

»Klingt jetzt neunmalklug und verdammt schlau, aber ich hab' in der Sache nie mit den Wölfen geheult. Hab's ihnen einfach nicht richtig abgekauft, verstehst du, von Anfang an nicht.« Dannahay machte einen tiefen Lungenzug. »Einfach nicht deine Handschrift, Harry.«

»Danke«, sagte Lander, »dank dir.«

11 Uhr 50

Als Ireland Grattan zu dem Mädchen sagen hörte, daß er bis zur Dunkelheit warten würde, schüttelte ihn ein Schauder. Angst und Schrecken erzeugten eine ganz eigene Art von Übelkeit; ihn hatte es total ausgezehrt.

Er hatte nicht die Kraft, die die anderen anscheinend in sich mobilisieren konnten. Er biß die Zähne zusammen, spürte einen Zitteranfall in sich aufsteigen und versuchte, Grattans Blick auszuweichen.

Noch Stunden, bis es dunkel wurde. In seiner Panik sah er keinen von ihnen so lange überleben. Den ganzen Morgen über war Grattan immer um Haaresbreite am Schießen gewesen, und jeden Augenblick konnte wieder etwas in ihm einrasten – schließlich hatte er nichts mehr zu verlieren, nachdem es schon Tote gegeben hatte.

Was hatte er mit ihnen vor? Immer und immer wieder die gleiche Frage. Und mit ihr stieg jedesmal der Panikpegel in ihm. Als er zu Gabrielle Wilding hinübersah und hinter ihrer schreckensstarren, blassen Miene die Verachtung sah, berührte es ihn nicht einmal mehr. Es war ihm gleichgültig, sie war ihm gleichgültig. Den Rausch mit ihrem nackten Körper hatte er längst vergessen, er hatte sein selbstgefälliges Potenzgehabe, die Rolle, die er sich selbst abgenommen hatte, vergessen.

Jeder Bewegung, jedem Wort, jedem Tonfall Grattans hilflos ausgeliefert! Nie und nimmer würde er das bis zur Dunkelheit durchstehen. Er hatte keine Ahnung, wie das für die anderen war, aber es kümmerte ihn auch nicht.

Um sich selbst war er bekümmert und wußte nur zu gut, daß er der Belastung nicht gewachsen war und seinen Zusammenbruch nicht verhindern konnte.

Wenn hier einer lebend herauskam, dann mußte er das sein.

Mußte einfach.

Völlig in sich versunken, fing er nur ganz beiläufig auf, daß Mulholland in seine Richtung nickte. »Haben Sie was dagegen, wenn ich mich mit ihm unterhalte?« hatte er Grattan gefragt und es dann einfach darauf ankommen lassen. »Mir fällt da was ein.«

»Was?« Erst ein nervöses Augenflattern, dann wieder dieses fixierte Starren, unstet und argwöhnisch.

Mulholland wandte sich an Ireland. »Ist zwar ein komischer Zeitpunkt, Ihnen das zu sagen, aber meine Frau und ich haben Sie vor ein paar Wochen im Fernsehen gesehen und Ihre Darstellung sehr genossen.« Ziemlich waghalsig, aber genau gezielt und Irelands Angstbeben völlig außer acht lassend. »Hieß das nicht ›Der Spaziergang im Park?‹ Er brachte sogar ein Lächeln zustande, um dem anderen zu helfen.

»Schnauze!« keifte Grattan in seinem schwer lokalisierbaren Akzent dazwischen.

»Was kann denn das schaden?«

»Reden tu hier nur ich!«

Mulholland zuckte die Achseln und tat es mit einer Handbewegung ab. »Sie waren einfach grandios!«

»Die Schnauze halten, verstanden!« Sein Blick war lodernd zornig geworden.

»Schon gut, schon gut. Es war mir nur eben eingefallen.«

»Um Gottes willen«, flehte ihn Ireland außer sich an. »Hören Sie doch auf!«

»Ja, doch.« Mulholland schwieg ein, zwei Sekunden lang, wollte aber nicht lockerlassen. »Ich habe Ihnen beiden etwas voraus«, wagte er Grattan zu reizen. »Mr. Grattan und ich kennen uns schon seit einer ganzen Weile, weshalb es doch nur zu verständlich ist, wenn ich mit ihm reden möchte. Wir müssen zugeben, daß dieses Schweigen einfach höllisch ist. Und wenn wir vier hier schon miteinander eingesperrt sind, geht das ungeheuer an die Nerven, an meine jedenfalls schon.«

Kalter Schweiß lief ihm den Rücken hinunter. Er hielt seinen Blick auf das Gewehr gerichtet und ging noch einen Schritt weiter.

»Wann werden wir uns denn verdünnisieren, Grattan? Wann werden Sie die beiden hier abziehen lassen?«

12 Uhr 07

Helen Olivares schaute zu ihrem Mann auf, der eben ankam. »Na, endlich geschafft?«

»War schrecklich«, brubbelte er schief hinter seinem vorgehaltenen Taschentuch hervor. »Ein Unglück nach dem anderen.«

»Du wirst es überleben«, schnitt sie ihm das Thema ab. »Als erstes müssen wir jetzt die Zimmerreservierungen für den ganzen fünften Stock umdisponieren ...«

»Aber es blutet, Helen.«

»Was sagst du da?«

»Es blutet ganz schön. Ich muß mich schnellstens hinlegen.«

Gütiger Gott! dachte sie und sah ihm nach, wie er benommen davontaumelte.

»Aber ich hatte doch schon ein Jackett an«, beharrte

Lander. »Als ich aus dem Haus ging, hatte ich den Anzug hier an!« Er war bereits beim dritten Scotch angelangt. »Warum hätte ich denn da noch zurückkommen und mir ein Reservejackett holen sollen?«

»Gestern nacht hat sich alles so logisch zusammengereimt, so entsetzlich logisch.« Renata Lander schüttelte ihr dunkles Haar aus der Stirn. »Das verschwundene Gewehr war einfach zwingend. Ich war dermaßen durchgedreht, daß mir überhaupt nicht mehr viel gegenwärtig ist. Kann mich nur noch erinnern, daß ich Jackman angerufen habe ... ich war ganz schön von Sinnen, Harry, einfach außer mir vor Verzweiflung – das Gewehr weg und das Geld, begreifst du, na ja und eben ...«

Mit einer Handbewegung brachte sie den unausgesprochenen Satz zu Ende. Innerhalb der letzten vier Stunden war sie derart in ihren Grundfesten erschüttert worden, daß es für ein ganzes Leben reichte. Vor einer halben Stunde hatten sich die drei durch den unvermeidlichen Menschenauflauf in die Bruton Mews durchgekämpft. Und hier zu Hause hatte sie Harry auf eben jene Chintzgarnitur gezogen, auf der sie selbst ihr bösestes Tief durchgemacht hatte, ihn fest und lieb umarmt, um Verzeihung gebeten und war in ihrer Erleichterung und Erschöpfung in leicht hysterisches Lachen ausgebrochen. Und selbst dabei zuckte ihr der Gedanke durch den Kopf, ob denn jemals wieder zwischen ihnen irgend etwas so wie vorher sein konnte.

Er schob den Vorhang etwas beiseite und starrte aufgebracht zu dem Knäuel Neugieriger hinaus, das sich in der Mews angestaut hatte. »Da reicht ein

Ehekrach, und schon kommst du als Killer in Verruf!«
gab er bitter höhnisch von sich. »Hast du Worte? – Im
Handumdrehen berühmt... Und du kannst nicht
einmal mehr das Primitivste tun, ohne daß die ihre
Nase drin haben.« Er trank wieder. »Wie lange
werden wir wohl so im Mittelpunkt stehen?«

»Mittelpunkt ist ja wohl das *Shelley*. Das hier wird
nicht lange dauern, Harry.«

»Meinst du? Paß auf, ich bleib' jetzt für alle Zeiten der
Kerl, den man für den Amokläufer gehalten hat. Merz
das mal aus! Wenn man mir's schon einmal zugetraut
hat, dann auch wieder, ob im nächsten Monat oder
Jahr – irgendeiner wird immer blöd glotzen und
sagen...«

»Ach, Unsinn, Harry!«

»Wird sich schon weisen.«

Renata Lander überlegte jedes ihrer Worte genau.
»Schau, für Noel und mich ist alles eingetroffen, um
was wir gebetet, was wir gewünscht und gehofft
haben, restlos alles. Unsere Überzeugung hat sich
bestätigt.« Sie trocknete die verschwollenen Augen.
»Also ist für mich, und sicher auch für Noel, jeder
einzelne da draußen ein Beweis für den wunderbaren
Ausgang. Ich wage gar nicht daran zu denken, was
jetzt wäre, wenn die nicht da draußen stehen würden,
was das heißen würde... Kannst du's nicht auch so
sehen, Harry?«

Er schien gar nicht hingehört zu haben. »Am meisten
nervt mich, daß einen die Polizei zum Sündenbock
machen darf, und dann nichts wie ab durch die Mitte!
Plötzlich haben sie nicht lange gebraucht, um 'rauszu-
finden, wie und wo hier eingestiegen wurde. Aber

vorher hat ihr Grips ja nicht dazu gereicht, daß sie da schon mal draufgekommen wären. Seit wann, zum Kuckuck, steigt denn ein Mann in sein eigenes Haus ein?«

»Soll auch schon vorgekommen sein.«

»Trotzdem!« Er trank das Glas leer. »Muß mich dringend rasieren«, stellte er fest. »Und duschen.«

Er war schon auf dem Sprung, zerrte die Krawatte auf, als sie ihm nachrief: »Harry!«

»Mhm?«

»Ich liebe dich, Harry . . . mehr als du dir vorstellen kannst.«

Er nickte. Sein Gesicht war gerötet, seine Augen glänzten vom Whisky.

»Ja, dann . . . werden wir's am besten gar nicht mehr so weit kommen lassen, einverstanden?« Um ihren Mund zuckte es. »Nie wieder?«

»Nie wieder«, sagte er.

Das Telefon schrillte, und beide wollten antworten, aber er war schneller.

»Harry?«

»Am Apparat.« Er hielt die Sprechmuschel zu. »Ryder«, erklärte er Renata. Mit steil erhobener Augenbraue hörte er kurz zu, dann unterbrach er ihn: »Ja, da hätt' ich allerdings auch noch 'ne ganze Menge zu sagen. Mir scheint doch, daß man ganz schön Rufmord an mir betrieben hat, abgesehen davon, daß meine Familie ganz schön was durchgemacht hat . . . Richtig. Ja, weiß ich . . . Sie können sicher sein, daß mir ebenso daran liegt, mit Ihnen zu sprechen.« Und mit einem Blick auf die Armbanduhr: »Dreiviertel Stunde schaff' ich gut. Ja, sicher . . . Bis dann.«

Er legte auf, vor Empörung noch immer in Fahrt.
»Gehst du weg?«
»Ja.« Sie nickte.
»Und Noel soll in die Schule gehen. Kümmerst du dich drum?«
Er schälte sich endlich aus dem Jackett. »Je schneller er wieder im Rhythmus ist, desto besser für ihn.« Die Vorstellung vom normalen Ablauf schien direkt zur fixen Idee zu werden, als würden seine Gedanken unausgesetzt um das Drama vom *Shelley* rotieren. »Was hast du denn vor?«
»Ich geh' 'rüber ins Hotel«, erklärte Renata Lander. »Ich will das mit Mary Kay Mulholland durchstehen.«

12 Uhr 18

Als das Schloß an der Wohnungstür klickte, traute Joan Knollenberg ihren Ohren nicht.
»Charles? . . . Charles?«
»Na, wohl bekomm's, wenn's jemand anders wär'!« meinte er im Hereinkommen.
»Was ist passiert?«
»Bin bis auf weiteres beurlaubt.«
»Nimmst mich wohl auf den Arm?« Sie kicherte hell und zog die Nase dabei kraus. Ihre Lippen schimmerten feucht. »Was meinst du denn damit? Bist du gefeuert, oder was?«
»Noch nicht«, gab er von sich und summte ein paar Takte vor sich hin. »Gibt nur grad nicht sonderlich viel zu tun für mich. Bin derzeit so 'ne Art Kurzarbeiter, Schätzchen.«

»Seit wann denn das?«

»Seit John Dannahay wegen der Sache mit Mulholland alles sausen hat lassen.«

»Ach so.« Sie hatte ihm einen Kuß gegeben, als er erschienen war, und merkte erst jetzt langsam, daß er sie nicht losgelassen hatte. »Läuft denn die Sache da drüben unter Johns Fuchtel?«

»Nicht ganz.«

»Eine böse Geschichte, was? Gemein, das Ganze ... Ich hab's im Radio verfolgt. Wo doch Ralph Mulholland so 'n feiner Kerl ist.« Er war dabei, ihre Bluse aufzuknöpfen, was ihr völlig unerwartet kam. »He!«

»Hab' dich ja tagelang nicht mehr zu Gesicht gekriegt, Liebling. Mit dieser ewigen Nachtschufterei!«

»Du könntest einem ja wenigstens Sturmwarnung geben.« Sie versuchte loszukommen, allerdings nicht gerade sehr ernsthaft. »Und außerdem hab' ich mir eben die Haare gelegt!«

»Also weißt du! Als ob das ein Grund wäre!« Er grinste ihr frech aus unmittelbarer Nähe ins Gesicht. »Wie lang sind wir verheiratet?«

»Vier Jahre.«

»Und wer gewinnt von uns zweien?«

»Du.« Ihre Augen hatten einen leidenschaftlichen Glanz bekommen.

»Also?« fragte er rhetorisch.

»Charlie Knollenberg, du bist ein Aas!«

Später, eine ganze Weile später, fragte sie ihn: »An was hast du denn mit Dannahay in den letzten Wochen herumgebastelt?«

»Wenn ich's sage, verrat' ich's doch glatt.«

»Was mir nichts ausmacht.«

Knollenberg ließ sich zu seltener Freimütigkeit hinreißen. »Grob gesagt, benimmt sich einer von unseren Leuten daneben.«

»Einfach so?«

»Nicht einfach so«, ließ er sich zur äußersten Erklärung herbei. »Ganz und gar nicht einfach so.«

12 Uhr 35

»Ja, Sir.« Der Commissioner strich mit der freien Hand über die sanfte Rundung seines kahlen Schädels. »Ja, allerdings ... Gleichgültig, wer der Bewaffnete ist. Von allem Anfang an ist das auf ein Geduldspiel hinausgelaufen und wird es wohl auch bleiben, bis er seine Nase 'raussteckt. Früher oder später, Sir, wird er ja doch unverschämte Forderungen stellen, oder einen krummen Handel schließen wollen, und sich dann von der Stelle rühren. Bis dahin bleibt uns wirklich gar nichts anderes übrig, als ihm so dicht auf den Pelz gerückt zu bleiben.«

Schon zum zweitenmal in nur dreißig Minuten hatte der Innenminister, besorgt wie immer, angerufen, da er in genau zehn Minuten dem Kabinett zu berichten hatte und sich vergewissern wollte, daß er seinerseits vom jüngsten Stand der Dinge unterrichtet wäre.

»Unverändert«, informierte ihn nun der Commissioner, »abgesehen von der Tatsache, daß dieser Lander nun nicht mehr als Verdächtiger in Betracht kommt. Aber sehen Sie, McConnell würde ja im Grunde genommen nur noch die Alternative bleiben, den Schauplatz der Geiselnahme zu stürmen, was ernsthaft nur erwogen werden kann, wenn alle anderen

Stricke reißen. Mit oder ohne Tränengas – McConnell ist der Meinung, daß nicht alle Risiken auszuschließen sind, und ist deshalb nicht bereit, diese Gefahr einzugehen, es sei denn, er wäre unmittelbar dazu gezwungen. Eine Haltung, die ich übrigens absolut billige und unterstütze.«

Der Commissioner zog die Stirn in Falten. »Wie bitte, Sir, was meinten Sie? . . . Aber ja, vollstes Vertrauen. McConnell ist unser bester Mann dafür, ich wüßte keinen anderen.«

»Im Bild sehen Sie das im Mayfair-District von London gelegene Hotel *Shelley*. Es ist den sprichwörtlichen Steinwurf von der amerikanischen Botschaft entfernt. In den frühen Morgenstunden mitteleuropäischer Zeit hat ein bisher unbekannter bewaffneter Bandit von der Feuertreppe des Hotels aus einen bisher ebenso unbekannten Obdachlosen in etwa hundertfünfzig Meter Entfernung auf dem Grosvenor Square tödlich getroffen.«

Die amerikanische Fernsehgesellschaft CBS hatte jetzt die Stellung an der Ecke Fairfield Walk bezogen, die soeben erst vom Team der BBC geräumt worden war.

»Kurz nach diesem Mord, für dessen Motiv es keine Hinweise gibt, drang der Todesschütze in ein Hotelzimmer im fünften Stock ein und nahm eine Frau und einen Mann als Geiseln. Um sechs Uhr Ortszeit machte der Unbekannte erneut Gebrauch von der Schußwaffe und verletzte einen Polizisten im Dienst schwer. Zwei Stunden später forderte der Bewaffnete den Botschafter der Vereinigten Staaten in Großbritannien, Ralph Mulholland, als weitere Geisel . . .«

Die Kamera schwenkte im schrägen Winkel über die Fassade des Hotels. Trotz des erstaunlich nahen Standortes konnte man von diesem Punkt aus ungefährdet filmen und doch einen ausgezeichneten Bildbericht herbringen, die Schwierigkeit der Lage illustrieren, die Beengtheit des ganzen Schauplatzes vermitteln und die Uneinnehmbarkeit des betroffenen Stockwerkes. Außerdem konnte der Berichterstatter seinen Kommentar an Ort und Stelle dazu geben.

»Während der ersten dramatischen Stunden nach der Geiselnahme war der Bewaffnete selbst für einen US-Staatsbürger gehalten worden, der ebenfalls ein Botschaftsangehöriger ist. Die britischen Behörden haben jedoch vor kurzem eingeräumt, eine Fehlspur verfolgt zu haben, weshalb die Identität des Geiselnehmers nach wie vor im Dunkel bleibt. Die Verbindung mit dem Gewaltverbrecher war zunächst sporadisch. Seit sich jedoch der US-Botschafter den Geiseln angeschlossen hat, ist der Kontakt nahezu abgebrochen.

Sowohl im Hotel als auch an strategisch wichtigen Punkten ist eine Sondereinheit von Polizeischarfschützen postiert worden. In dem gesamten Areal rund um das Hotel herrscht Ausnahmezustand. Doch bereits in unmittelbarer Nähe pulsiert normales Großstadtleben, zeigt sich das Bild gewohnter Hektik zur Mittagszeit. Hier allerdings, am Schauplatz, ist die Atmosphäre spannungsgeladen, und die augenblickliche Stille fast unheimlich. Vor unseren Augen spielt sich ein Nervenkrieg ab – ein Krieg, dessen begrenzte Dauer, wie immer er auch ausgehen mag, jedem klar sein muß, nicht zuletzt dem Todesschützen ...«

197

McConnell wurde aus Dannahay nicht recht schlau. Sie hatten schon einmal einen Fall gemeinsam bearbeitet, und doch war er noch immer nicht in der Lage, ihn genau einzuschätzen. Scharfsinnig, wendig, einfallsreich, sorgfältig – das alles mit Sicherheit. Aber sympathisch? Viel zu kalt dazu.

»Na, haben Ihre Leute bei Lander im Haus irgendeinen Fingerabdruck aufgegabelt?«

»Mehr als genug.«

»Kann blöder sein als gar keine«, knurrte Dannahay.

»Wir werten gerade aus«, gab McConnell zurück.

»Würden Sie auch meinen, daß da jemand wußte, Lander hat ein Gewehr im Haus?«

»Absolut. Weit weniger sicher bin ich mir da schon, ob er nicht doch nur deswegen auf Mulholland bestanden hat, weil eben der amerikanische Botschafter das beinahe beste Druckmittel ist, das er sich verschaffen konnte. Mit Ausnahme der Queen und der engeren königlichen Familie ist doch keiner da, der Mulhollands Bedeutung erreicht.«

»Sie rechnen also damit, daß er auf ein ziemliches Riesending hinauswill? Kollegen aus dem Knast pauken, und so?«

»Möglich wär's«, brummte McConnell vor sich hin, der nach der Pleite im ersten Durchgang an seinem Urteil zweifelte. »Ich sag' ja nicht, daß sich der Botschafter und er überhaupt nicht kennen; das kann sein wie es will. Ich will nur sagen, daß sein Einbruch in der Bruton Mews, der eindeutig auf eine Kenntnis der Verhältnisse hinweist, nicht auch zwingend bedeuten muß, daß er den Botschafter kannte, um seinen Wert einschätzen zu können.«

»Wie auch immer«, sagte Dannahay und klopfte sich die Asche vom Jackettaufschlag. »Wir sind ja noch bei der Eröffnung des Spiels. Und er hat uns schon in seine Karten schauen lassen.«

»Wir können nur verflucht wenig damit anfangen – ich meine, so lange wir nicht das Mädchen 'rauskriegen oder den Schauspieler, jedenfalls einen von ihnen. Dann hätten wir unsere Antworten ... Aber ich werde jetzt sämtliche Annäherungen schön bleiben lassen. Zu zäh und gefährlich. Der ist vor allem so verdammt nervös, daß ich mich besser im Hintergrund halte, bis er von sich aus Kontakt aufnimmt. Vielleicht läßt er sich dann auf irgendeinen Kuhhandel ein. Inzwischen können wir nur warten – und langsam geht mir das an die Nieren.«

»Für Magengeschwüre soll's auch nicht schlecht sein«, meinte Dannahay trocken.

12 Uhr 52

Im Warteraum gab es ein Schwarzweiß-Fernsehgerät, dessen Bild zwar besser eingestellt werden mußte, doch Sergeant Dysart machte das unscharfe Geflimmer nichts aus. Er wartete auf die Stationsschwester, die ihn verständigen wollte, wenn er zu Yorke hineingehen konnte. Er schaute nur mit halbem Auge hin. Erst als der neue Zarina-Wodka-Spot lief, erwachte sein Interesse.

»Erst ist Ihre Begegnung eisig«, versicherte ihm Richard Ireland in seiner einprägsam sonoren Nick-Sudden-Stimme, während sich eine in Pelz gehüllte

Schöne näherte. »Dann stehen Sie in Flammen! Und es gibt kein folgenschweres Erwachen.« Die Andeutung eines Augenzwinkerns, und dann aus der bereits fahrenden Troika: »Das ist das Wunder um Zarina.«

Von Dysart unbemerkt, stand die Schwester inzwischen hinter seinem Stuhl, er hatte das Rascheln gestärkter Wäsche irgendwie überhört. »Ist doch merkwürdig«, sagte sie, »ihn hier zu sehen und zu wissen, was er durchmacht. Wenn man sich das mal vorstellt! Irgendwie irrsinnig ... Ich finde ihn ja fabelhaft.«

Dysart war aufgestanden. »Kann ich jetzt zu ihm?«

»Bleiben Sie nicht zu lange.«

»Bestimmt nicht.«

»Seine Eltern sind bei ihm.«

Die Wachstation war nicht groß, zwölf Betten nur, und Yorke lag in der äußersten linken Ecke. Auf Zehenspitzen ging Dysart an den anderen Kranken vorbei und nickte ihnen befangen zu. Yorkes selbst noch relativ junge Eltern saßen wie zur Wache an seinem Bett, doch Dysart sah sie fast kaum.

»Hallo.« Vier Stunden hatte er darauf gewartet, die klamme Sorge war ihm noch anzuhören. »Wie ist's denn so? Geht's?«

»Prima.« Es war nur ein Flüstern, aber doch verständlich. »Die sagen hier, das machst du spielend.«

»Klar.«

»Hab' ja schon andere zum Äußersten greifen sehen, aber du schießt einfach den Vogel ab!« Dysart schaute grinsend auf dieses todblasse Gesicht, das aus dem weißen Kissen leuchtete. »Das ist vielleicht 'ne Art, sich um die Pflichten eines Brautführers zu drücken!«

»Du Quarkaffe!« hauchte Yorke und zuckte zusammen, als er mitlachen wollte.

13 Uhr 09

Plötzlich erstarrte Grattan und stand von seinem Stuhl auf, als würde er sich langsam aus Steigbügeln hochstemmen. Mit drei Schritten seitwärts an der Wand entlang war er an der Tür. Er horchte angestrengt hinaus, seine Augen wurden zu argwöhnischen Schlitzen, blieben aber doch unvermindert wachsam. Seine Art, sich zu bewegen und das Gewehr zu halten, verriet den Soldaten, sein Gesichtsausdruck aber den Wahnsinnigen, der in dieser entnervend starren Manier andauernd seine optischen Eindrücke repetierte.

Anscheinend doch nichts . . . Mit dem Ärmel wischte er sich den Schweiß von der Stirn. Das Lampenlicht mischte sich mit dem an den Seiten der Vorhänge einfallenden Tageslicht zu einer diffusen Beleuchtung.

»Das werden die sich nie trauen!« Er pickte Gabrielle Wilding heraus. »Begreifst du?« Sie schaute zur Seite, was ihn in Wut versetzte. »Ob du das begreifst?«

»Ja.«

»Du antwortest, wenn ich mit dir rede!«

»Ja.«

»Das trauen die sich einfach nicht, das sag' ich dir!« In seiner nervösen Gereiztheit wandte er sich jetzt an Mulholland. »Wer hat denn die besseren Trümpfe? Die oder ich?«

»Ich weiß nicht.«

»So?!« kam es drohend zurück.

Mulholland ließ sich etwas Zeit, er durchdachte die Möglichkeiten. »Wie soll ich es wissen, wenn ich nicht einmal weiß, was Sie erreichen wollen.«

»'ne Menge.«

»Das schon.« Er hoffte noch immer, Grattans Zunge zu lockern, ihn irgendwie in die Knie zu zwingen. »Aber was?«

»Das wird sich zeigen, wenn es mir in den Kram paßt!«

»Vor neun Uhr wird es nicht dunkel.« Mulholland schaute auf seine Uhr. »Was schwebt Ihnen denn außer einem sicheren Abzug noch vor?«

Seine Miene verzog sich zu einem boshaft wissenden Grinsen, aber er sagte keinen Ton mehr. Und als auch das Grinsen verschwand, war sein Ausdruck nur noch schlau und verschlagen. Jetzt schwiegen alle, und dieses Schweigen zerrte an ihnen, am meisten an Ireland, und je länger es über ihn lastete, desto mehr verloren sie an Substanz.

Inspektor Savage hatte die Schlüsselpositionen ausgetauscht, manche seiner Männer ganz abgezogen, andere in ihren Stellungen ausgewechselt. Höchstkonzentration hatte ihre zeitliche Begrenzung, war aber einfach unabdingbar. Im entscheidenden Augenblick konnte der Bruchteil einer Sekunde zählen.

»Was mir unerfindlich bleibt«, murmelte er McConnell zu, der eben wieder mit dem Lift nach oben kam. »Warum hat er nur als erstes auf diesen harmlosen alten Saufbruder gefeuert?«

»Um sich gleich drastisch einzuführen, vielleicht.«

»Wenn er gewußt hat, wo das Gewehr zu finden ist, müßte er eigentlich auch den ganzen Zauber hier gut geplant haben.«

»Wir unterstellen doch nur, daß er's gewußt hat.« Savage deutete mit dem Kopf den langen Gang hinunter zur einzig geschlossenen Tür und dem verräterischen Cornflakesbelag davor. Sie sprachen im Flüsterton. »Behaupten Sie, daß das alles hier nur so 'ne Spontananwandlung ist?«

»Manches davon schon«, nickte McConnell, der das ewige Herumrätseln satt hatte. »Der Mord zum Auftakt wahrscheinlich. Die Geschichte mit Mulholland nicht. Den wollte er von Anfang an.«

»Warum erst so, dann anders? Das paßt doch nicht zusammen!«

»Seit wann gibt's denn dafür feste Regeln?« Langsam zeigten sich bei McConnell die Folgen der Anspannung. »Wie soll ich denn, verdammt noch mal, überhaupt irgendwas wissen, wenn keiner von uns einen Schimmer hat, wen wir da vor uns haben?«

Ohnmacht und Erbitterung trieben ihn in das Zimmer hinüber, in dem die Kontaktleitung zur Zentrale installiert war.

»Was Neues?« knurrte er.

»Nein, Sir«, beschied ihn der Polizist.

Natürlich nicht. Hätte er sich ja denken können.

13 Uhr 18

Grattan schnalzte zu Gabrielle Wilding hinüber. »Sag' denen, wir brauchen Essen.«

Sie zögerte. Mulholland fing ihren fragenden Blick auf und machte unmerklich ein zustimmendes Zeichen.

»Sandwiches und Kaffee, und nicht zu knapp. Und erklär' denen, wie sie's anservieren, selbe Tour wie's erste Mal. Dasselbe in Grün.«

»Wir« hatte er gesagt ... Sie stand auf und ging ans Telefon. Eine ungeheure Erregung befiel sie. Mit einer zweiten Chance hatte sie nie im Leben gerechnet.

O'Hare hatte Cognac und Zigaretten gebracht und bot alles auf, um Mary Kay von der Stelle zu bewegen.

»Ein Stockwerk tiefer«, beschwor er sie, »steht eine ganze Suite leer. Das wäre doch bedeutend geeigneter. Überlegen Sie es sich doch noch einmal.«

»Nein.«

»Das Zimmer hier ist zum Warten wirklich denkbar ungeeignet.« Renata Lander war inzwischen wieder da und teilte mit ihr die zermürbende Wache. Gemeinsam bekämpften sie die Stille mit wechselseitigen Erzählungen über Kinder, Heim und Familie, was ihnen einfiel. O'Hare schaute auf die beiden Frauen, sah sich dann noch einmal im Zimmer um und stellte sich vor, wieviel bequemer sie es haben könnten.

»Glauben Sie nicht, daß es unter diesen Umständen ...?«

»Nein«, sagte Mary Kay ruhig und entschieden. »Ich möchte hierbleiben, so nah wie irgend möglich, und sonst gar nichts. Trotzdem: danke, Sam.«

»Sie müssen es wissen«, fügte er sich ihrem Wunsch.

Das konnte er wirklich nur ihr überlassen; sie hielt sich fabelhaft. Typisch Mulholland.

»Wie lange dauert das denn noch?«

»Ein, zwei Minuten«, beschwichtigte Helen Olivares blitzschnell. »Sagen Sie ihm das . . . In zwei Minuten ist das Tablett unterwegs.«

Grattan hörte mit. »Höchste Zeit«, schimpfte er und ließ auch hier sein ewiges Drohen mitschwingen. »Aber schon verdammt allerhöchste Zeit!«

Er machte Gabrielle Wilding ein barsches Zeichen, den Hörer aufzulegen. Sie gehorchte und wich konsequent seinem Blick aus, den sie beinahe unerträglich stechend auf sich fühlte. Ein Flugzeug flog direkt über ihnen seinen Kurs, zwar nicht dröhnend nah, aber doch nah genug, um es deutlich zu hören. Neid erfaßte sie wie eine Woge, Neid auf alle und jeden, die nicht hier gefangen waren. Ihr ganzes Denken war ausschließlich von der Vorstellung erfüllt, wie sie durch die sich öffnende Tür hinausgehen würde.

»Wenn das Zeug hier anmarschiert, gehst du's holen«, sagte er zu ihr. »Wie's erste Mal.«

Sie nickte steif und voller Angst, sich nur ja nicht zu verraten.

»Und genauso kommst du auch wieder zurück.« Schien fast, als hätte er ihre Gedanken gelesen. »Du würdest dein Lebtag lang nicht mehr froh, wenn du nicht erscheinst!«

Ein einziger Augenblick dieses Tages verging – oder war es mehr? Das leise Dröhnen des Flugzeugs verklang in der Ferne. Mulholland bückte sich zu seinen Schuhen hinunter, sie folgte seiner Bewegung aus dem Augenwinkel, in einem Zustand jagender Erregung, jeder Nerv zum Zerreißen gespannt.

»Begriffen?«

Mulholland streifte sie mit einem Blick. Geh! Geh, wenn du kannst, hieß das deutlich.

»Ob du begriffen hast?« schüchterte Grattan sie brüllend ein.

Sie nickte. Das Pendel in ihr hatte noch nicht entschieden. Da war Ireland, er war Bestandteil ihres Entschlusses – für oder wider –, ob sie nun wollte oder nicht.

»Dann mach' den Mund auf!«

Geh ... Mulhollands heimlich signalisierte Botschaft kam wie elektrisierend im Bruchteil einer Sekunde zu ihr herübergeblitzt, kristallklar. Pack die Chance am Schopf!

»Sag, daß du begriffen hast!«

»Ich habe begriffen«, sagte Gabrielle Wilding und spürte ihr Herz wie einen Vorschlaghammer.

Sie saßen da und warteten wieder in diesem lähmend lastenden Schweigen, und die Zeit schien auf der Stelle zu treten, sie wurde zum zäh verrinnenden Maß. Unfaßlich, welche Kapriole des Bewußtseins Mulholland plötzlich einfallen ließ, daß er jetzt eigentlich mit Mary Kay an einem Wohltätigkeitsessen im Hilton teilnehmen sollte. Energisch schob er diesen absurden Gedanken von sich. Das war jetzt eine andere Welt da draußen. Er wollte sich nur darauf konzentrieren, das Mädchen in seinem wankenden Entschluß zu bekräftigen und redete sich ein, er wäre überzeugt, mit Grattan fertig zu werden.

Sie fuhr sichtbar zusammen, als das Telefon läutete. Grattan stand auf, das Gewehr in Drohhaltung, und ließ sie nicht aus den Augen, als sie abnahm.

»Das Essen ist wie gewünscht angeliefert.«

Mit einer Kopfbewegung wies er sie zur Tür, deren ausgesplittertes Schußloch in der Holzfüllung mit einem Pfropfen rosa Toilettenpapier verstopft war. Er stand mit dem Rücken zur Wand, seiner Sache sehr sicher, und hielt die anderen mit dem Gewehr in Schach. Ganz am Rande ihres Blickfeldes war Ireland irgendwo, sie schaute nicht zu ihm hin. Ihre schreckliche Zerrissenheit, diese Entschlußlosigkeit, steigerte sich langsam zur Panik.

»Geh jetzt!« Er nahm das Gewehr in Anschlag.

. . . und bleib' draußen, kam Mulhollands lautlose Botschaft. Sie entriegelte die Tür. Jetzt wußten sie draußen, daß sie kommen würde, fiel ihr ein. Sekunden später machte sie die Tür weit auf, zögerte noch etwas, bevor sie auf den Flur hinaustrat und dort wieder von der atemlosen Stille empfangen wurde. Dann fing sie zu gehen an, ganz langsam knirschte sie auf ihren hohen Absätzen über die Cornflakes zum Tablett, das am Rande der Streu stand.

Ihr Gehen war von sonderbarer Steifheit. In seinem ganzen Leben würde Savage nicht vergessen, wie sehr sie unter dem Bann des Entsetzens stand, als sie da auf ihn zukam. Der nächstpostierte Scharfschütze verließ seine Deckung halb und machte ihr wie beim ersten Mal heftige Zeichen: »Komm! Komm näher!« Er hatte ein scharfes Profil und war fast ganz in Grau gekleidet – sie registrierte es ebenso überwach in dieser gespenstischen Szene wie seine Gesten und Zeichen. Und da war das Tablett mit den Sandwiches aus hellem und dunklem Brot – auch das drängte sich ihr in wahnsinnigem Detail auf, in diesen Momenten unendlicher Angstbefallenheit, in denen es in ihren Ohren wieder dröhnte und rauschte wie beim ersten Mal.

Und doch war es anders.

Als sie beim Tablett angelangt war, fiel alle Steifheit von ihr ab. Urplötzlich. Und sie rannte. Mit aufgerissenem Mund und ausgebreiteten Armen – zwanzig, dreißig Schritte Verzweiflungsspurt. Dann packte Savage sie und riß sie in seine Mauernische.

Sekunden später wurde die Tür von 501 krachend zugedonnert. Und drinnen setzte ein Brüllen und Toben ein und ein irres Splittern und Brechen, daß Gabrielle Wilding von Grauen geschüttelt wurde und sich heftig keuchend in Savages Arme warf.

13 Uhr 44
»Grattan . . . Sie sagt, er heißt Grattan.«
»Grattan?«
»Scheint Mulholland zu kennen. Sagt sie jedenfalls.«
»Sofort bei der Botschaft nachfragen. Osborne, Dannahay, irgendeinen.«

»Grattan?« Dannahay schien es nicht glauben zu können. Er versank einen Moment lang in tiefes Nachdenken, schloß dann die Augen und ächzte. »Grattan . . .« Im Leben hätte er nicht an ihn gedacht. »Grattan.« Er wiederholte den Namen, als müßte er erst einen Sinn hineinbekommen. Späte Einsicht hatte die gräßliche Eigenschaft, daß man sich auf ein inneres Westentaschenformat zurechtgestutzt fühlte. »Ja, ja . . . Grattan, sicher. Aber wie, in Gottes Namen, war es denn möglich, daß kein Schwein auch nur einen Viertelgedanken an den Kerl verschwendet hat?«

Als Gabrielle Wilding zu rennen anfing und die drinnen im Zimmer hörten, daß sie nicht zurückkommen würde, bekam Grattan einen Tobsuchtsanfall, verfiel in Schreien, als er die Tür zuwarf und fast eintrat, und dann schlug er alles kurz und klein, was sich mit dem Gewehr überhaupt nur kleinschlagen ließ, wobei er tierhafte Töne wilder Raserei von sich gab.

Mulholland wich an die Wand zurück, preßte sich dagegen und verharrte bewegungslos. Ireland duckte sich am Fußende des Bettes zusammen. Wie in einem Veitstanz warf sich Grattan im Zimmer umher und hämmerte mit dem Gewehrkolben wie mit einer Donnerkeule auf Bilder und Spiegel ein, zerschmiß Lampen, trat Möbel zu Kleinholz und entwickelte eine Tobsuchtskraft, die erschreckend war. Wenn die beiden anderen darauf gefaßt und in ihrer Art einig gewesen wären, hätten sie ihn jetzt angreifen können; doch so verflüchtigten sich die kurzen Augenblicke seiner Blöße ungenutzt.

Mulholland zuckte zurück, als die beiden Nolan-Drucke, zwischen denen er stand, zerschmettert zu Boden fielen. Ireland kroch ins Bad und schloß sich ein. Jetzt stand Mulholland allein. Die Zeit wurde ihm unermeßlich in diesen Momenten geballter Todesangst, die jede Faser seines Körpers befallen hatte, und in denen er nur noch Stoßgebete zum Himmel sandte, daß der Sturm nachlassen möchte.

Es mußten ganze Minuten vergangen sein, bis die Zerstörungswut endlich aufhörte. Das Zimmer war ein einziges Schlachtfeld. In seinem letzten Aufwallen von Raserei hatte Grattan noch die Deckenlampe zerschmissen. Er wurde dabei von einer Art Schluchzen geschüttelt, das ihn zwar nicht weniger gefährlich machte, aber immerhin ermöglichte, ihn zu beobachten und zu kontrollieren. Und in dem inzwischen noch etwas trüberen Licht bemerkte Mulholland, daß das Telefon unberührt geblieben war – als wäre auch ein Teil von Grattans Bewußtsein von seiner Tobsucht unberührt geblieben.

13 Uhr 50

»Grattan?« Mary Kay riß es vom Stuhl. »Ja, sicher, sicher . . .« Es mußte ihr anscheinend erst allmählich ins Bewußtsein dringen. Ihr Blick traf Renata Lander. »Grattan . . . Ralphs Ex-Fahrer. Der mit dem Gehirndefekt!« Dann fuhr sie zu McConnell herum, der ihr die Nachricht gebracht hatte. »Warum nur? Bloß weil Ralph ihn entlassen mußte?«

Kent war in der Halle, als Gabrielle Wilding mit dem Lift hinuntergebracht wurde, um mit einem bereitstehenden Wagen zur intensiveren Befragung ins Präsidium gefahren zu werden.
»Miss Wilding . . .«
Er war einfach fixer als die anderen. Und seit dem frühen Morgen war er nun nicht mehr aus dem Nietenziehen herausgekommen, hatte nichts Besonde-

res ausgraben können, nichts Verbratenswertes. Grattan? Sollten sich doch die anderen auf ihn stürzen. Und sich über Mulholland hermachen mitsamt den Landers inklusive Sohn und sonstigem Trara.

»Bitte ein Wort über Richard Ireland! Hält er sich wie erwartet?« Kent hatte sich angehängt, als sie eilig durchgeschoben wurde. »Wie geht's unserem Mr. Eiskalt, Miss Wilding?«

Man drängte ihn ab. Einer von den Kleiderschranktypen, die sie begleiteten, fuhr ihn an: »Lassen Sie sie in Ruhe, verstanden! Verduften Sie.«

Doch wieder holte er auf und schmiß sich an sie. »Kent vom *Star*, Miss Wilding ... Können Sie mir bestätigen, daß Richard Ireland seinen Nick Sudden da drin abliefert?«

»Sie spinnen wohl?«

Sie war ganz schön aus den Fugen, doch darauf setzte er sogar. »Ein Wort nur, Miss Wilding?«

Und sah die maßlose Verachtung in ihren Augen. Er hatte den richtigen Augenblick im wahrsten Sinne des Wortes erwischt, der Wahrheit direkt ins Auge gesehen, sie spitz gekriegt. Und was immer sie früher oder später noch dazu sagen mochte – er hatte seinen echten Knüller.

13 Uhr 52

Als Grattan die Tür verriegelte, wußte Mulholland, daß die Raserei sich nun beinahe gelegt hatte. Trotzdem blieb er, wo er war, riskierte noch keine Bewegung. Der Teppich war vollständig übersät mit Glassplittern, Porzellanscherben und Stoffetzen; die von Schweiß erfüllte Luft vibrierte noch von der Irritation des Gewaltausbruchs. Nur das Licht, das am Saum der Vorhänge eindrang, erhellte die Düsterkeit des Raumes.

Eine unendlich lange Spanne Zeit schien zu vergehen. Keuchend stand Grattan an einen Schrank gelehnt, das Gewehr hatte er wieder im Anschlag. »Raus da!« drohte er in Richtung Bad. »Raus!«

Ireland war das genug. Er machte sofort auf und kam heraus, taumelte wie ein Blinder in die Düsternis, kaputt, gebrochen, fertig. Der plötzliche Lichteinfall vom Bad konturierte seine Gestalt.

»Da 'rüber!«

Mulholland hatte sich noch immer nicht von der Stelle gerührt. Er verfolgte Grattans vertrautes angestrengtes Spähen, als Ireland erschien, sah auch die krampfhaften Beherrschungsversuche in diesem entgleisten Gesicht.

»Misthure«, fluchte Grattan vor sich hin. »Dreckiges Hurenluder.«

Er stellte seinen Stuhl auf, setzte sich und hielt sein Gewehr wieder über die Rückenlehne gerichtet.

»Wegen der kriegen wir jetzt nichts!« Es klang fast wie Kindergemaule, aber doch wild vor Wut und erschreckend. »Aus mit der Esserei! Das bleibt jetzt, wo's ist.« Mit dem Ärmel wischte er über sein Gesicht, das dunkle Haar hing ihm schweißverklebt in die Stirn. »Von jetzt an bist du am Telefon!« Er schaute Ireland an. »Ja, du!«

»Warum kann ich das nicht machen?« nahm Mulholland die Chance wahr.

»Sonst noch was!«

»Und warum nicht Sie selbst?« Er wählte seine Worte vorsichtig. »Jetzt gibt's kein Geheimnis mehr. Jetzt weiß man, wer Sie sind.«

Einen Augenblick verunsichert, warf ihm Grattan unter schweren Lidern hervor einen flammenden Blick zu. »Nein, du!« wandte er sich dann wieder entschieden an Ireland und hatte offensichtlich vergessen oder nicht mitbekommen, daß von diesem Menschen nichts mehr übrig war. In seiner Sprunghaftigkeit fragte er plötzlich: »Wie groß bist du?«

»Einsachtundsiebzig.«

»Wie schwer?« Völlig irre.

»Siebenundsiebzig Kilo.«

»Und Sie?« jetzt an Mulholland gewandt.

»Einsdreiundsiebzig.« Er schob schnell eine Gegenfrage ein. »Wozu ist das wichtig?«

»Für das, was wir miteinander durchziehen werden.«

»Und das wäre?«

»Hier abtanzen zunächst mal.«

Mulholland bewegte sich etwas von der Stelle. Das Schlimmste stand ihnen noch bevor, allerdings erst später. So lange sie Grattan noch brauchte und nicht in Tobsucht ausbrach, war die Gefahr zunächst gebannt. Es kostete Mulholland ungeheure Selbstbeherrschung, jetzt Ruhe auszustrahlen.

»Und wohin?«

Kein Echo.

»Oder wann?«

»Blöd sein und am hellichten Tag 'rausgehen, was?« fuhr Grattan hohntriefend auf. »Wenn's dunkel ist. Ich hab's euch schon mal gesagt.«

Mulholland drang nicht weiter in ihn. Sechs bis sieben Stunden noch, bis es dunkel würde. Er zündete sich eine Zigarette an und wartete ab. Vielleicht ließ sich Grattan von scheinbarem Gleichmut zu größerer Redefreudigkeit provozieren. Und schließlich lohnte sich das Warten.

»Na, was glauben Sie denn, Mulholland, warum ich auf Sie verfallen bin?«

»Scheint doch ziemlich eindeutig zu sein.«

»Und was glauben Sie, was Sie wert sind?«

Mulholland zog fragend die Augenbrauen hoch.

»Was wird man für Ihr Leben wohl ausspucken?«

»Weiß nicht.«

»Ich will eine Million.«

Mulholland verdaute das erst ein paar Sekunden. Schließlich hatte es ja darauf hinauslaufen müssen.

»Dollar?«

»Ach was, Pfund«, warf Grattan verächtlich ein. »Eine Million Pfund.«

Und wieder herrschte Schweigen. Rauch stieg kräuselnd von der Zigarette auf. »Das werden Sie nie und nimmer kriegen.«

»Entweder — oder. So einfach ist das!« Ungeheure Bosheit entstellte sein Gesicht. »Ist doch mäßig, oder? Und rechtmäßig? So oder so sind wir dann quitt.«

14 Uhr 04

Der Ticker begann zu rattern, und Llewellyn las den ausgespuckten Text. *Neil James Grattan, 33 Jahre, geboren in Horsham, Sussex, nähere Angehörige nicht bekannt...*

Zunächst wußte Helen Olivares nicht, wer sprach. Es klang nicht nach Ireland, jedenfalls nicht so, wie sie dachte, daß er sich anhören müßte.

»Eine Million Pfund«, kam ein schwaches Wispern. Wort für Wort wurden die Anweisungen im Hintergrund nachgebetet, sein Mund war völlig ledern trocken, nach und nach geriet er in Zungensalat. »Eine Million Pfund in gebrauchten Scheinen . . . nur Riesen . . . keine kleinen Scheine . . . in eine Reisetasche . . .« Er stotterte nur noch, verlor den Faden völlig, und Grattan riß ihm wütend den Hörer aus der Hand.

»Eine Million«, keifte er hinein. »Punkt drei Uhr will ich das bestätigt. Dann kriegt ihr den Rest zu hören. Das Wo und Wie . . .«

Zum drittenmal an diesem Tag saß Lander in Ryders Büro, als der Anruf kam. Ryder unterbrach sich und nahm ab. »Ja?« Und dann: »Ist für Sie, Harry. Wollen Sie hier gleich sprechen?«

»Sicher.«

Lander kam auf die andere Seite des Schreibtisches. »Lander . . . hallo? . . . Richtig, ja.« Mit zunehmend finsterer Miene hörte er zu. »Tatsächlich? Mindestens zweimal, sagen Sie? Und die hängen noch immer 'rum?« Das Telefonkabel wurde entrüstet hin- und hergeschwungen. »Da können Sie sich aber drauf verlassen. Sofort. Ich komm' und hol' ihn auf der Stelle . . . Vielen Dank.«

»Wo brennt's denn?« fragte ihn Ryder, als der andere nicht gleich sprach.

»In Noels Schule. Diese Misttypen von Reportern lassen ihn einfach nicht aus den Klauen. Sogar auf dem Schulgelände, wie es scheint. Na, wie finden Sie das?« Und schon war er in seinem Zorn an der Tür. »Habe ich nicht gerade davon geredet? Genau davon? o Herrgott noch mal, so was müßte verboten sein.«

Er warf die Tür zu, und Ryder schüttelte den Kopf. Im Fenster hinter ihm war zu sehen, daß bedrohlich dunkle Wolken aufgezogen waren.

14 Uhr 27

McConnell und Dannahay zogen sich in den Einsatzkombi zurück und engten Llewellyns Arbeitsbereich empfindlich ein.

»Also«, rekapitulierte McConnell, »kein Profi, keine Komplicen. Schon mal was.«

»Ist das besser?«

»Hätt' in allen möglichen Richtungen noch finsterer sein können. Schwarzer September, oder sechs statt einer, oder sonst was. Jedenfalls zieht er das Ding im Alleingang ab, und wenn er uns erst mal an die Luft kommt, wird's für ihn ganz schön schwierig.«

»Da kriegt er alle Hände voll zu tun«, stimmte Dannahay bei. »Ums Geld werden Sie also nicht mit ihm handeln?«

»Nein.«

»Wär' sicher auch nicht gut. Egal, was er da verlangt – wir spielen's eben mit. Der Betrag ist dann sowieso nur ein X-Faktor.«

»Eben.« McConnell stocherte in seiner Tasche nach

einem Pfefferminz herum. »Wie schnell können Ihre Leute den Bericht über Grattan auf die Beine stellen?«

»Zehn Minuten. Aber den Kernpunkt der Geschichte haben Sie ja schon. Der bleibt. Durch seine Verwundung arbeitet bei ihm eine Gehirnpartie nicht richtig.«

»Frag' mich bloß, wie er überhaupt an den Job gekommen ist«, warf Llewellyn ein.

»Einwandfrei sicherer Mann. Britischer Soldat, ehrenvolle Entlassung – klassisch geeignet. Auf dem Papier die besten Voraussetzungen. Mir scheint, da hat sich ein Stabsarzt verhauen und einfach den Hinweis vergessen, welche speziellen Folgeerscheinungen seine Verwundung mit sich bringt. Auf was anderes werden wir wohl nicht stoßen. Einfach menschliches Versagen. Jedenfalls hat er den Job durch Verschleierung gekriegt, hat sich als was anderes ausgegeben, als er war.« Dannahay zog an seiner Zigarette und qualmte eine Rauchwolke vor sich hin, die aufstieg und sich über ihren Köpfen langsam schwebend verbreitete. »So kommt manch einer sogar in den Kongreß. Wenn's sein muß, auch auf den Präsidentenstuhl.«

Die ersten Regenspritzer waren wie dünne Fäden auf den Fensterscheiben, als Mary Kay mit ihrer Tochter in Philadelphia telefonierte.

»Hör mir doch mal zu, Kind, ich erzähl' dir ja alles. Keine Ahnung, was Ihr im Radio hört oder ob es schon Fernsehberichte gibt, aber im Hotel *Shelley*, um die Ecke von der Botschaft – vielleicht erinnerst du dich –, hier im fünften Stock, ich bin vielleicht nur zwanzig Türen weiter entfernt, wird Vater festgehalten . . . genau das . . . Um zehn Uhr hiesiger Zeit ist er dem Ultimatum nachgekommen und als Geisel hineingegangen. Und seither wurde entdeckt, daß der Bewaffnete ein ganz anderer ist, als sie vorher angenommen haben . . . Er heißt Grattan, Kleines, und bis vor etwa einem Monat war er hier Vaters Fahrer . . .«

Stundenlang hatte Mary Kay ihr Aufgewühltsein gedrosselt, doch jetzt, nachdem Renata Lander beim Zustandekommen des Gesprächs mit Philadelphia das Zimmer verlassen hatte, weinte sie.

»Augenblick bitte, Lois . . .«

Verzweifelt hielt sie den Hörer zu, wischte mit fliegender Hand die Tränen fort und versuchte sich mit einem Aufschluchzen zu fassen, um nur ja nicht die entsetzlich große Angst zu verraten, die sie fortriß.

»Vor vielleicht einer halben Stunde hat er Geld verlangt, eine Riesensumme . . . hörst du mich, Lois . . . kannst du mich verstehen? . . . Sieht so aus, als ob das, was schließlich geschehen soll und wird, erst nach Einbruch der Dunkelheit spruchreif wird und man dann mit ihm verhandelt. Bis dahin ist hier der reinste Nervenkrieg, Liebling . . . Ich weiß, o ja, ich weiß . . . Tu bitte was für deinen Vater, ja? Ich habe ihm versprochen, so nah wie möglich bei ihm zu bleiben, und da bleibe ich auch. Aber könntest du bitte zur Kirche 'runtergehen und für ihn beten? Machst du das, Lois? Mit mir für ihn beten? Daß er die Kraft aufbringt, die er sicher braucht, und daß alles gut ausgeht . . .«

»Sagen Sie ihm, daß er das Geld haben kann«, instruierte McConnell Helen Olivares.

Grattan erhielt die Nachricht ohne Zwischenschaltung; die Aufführung mit Ireland hatte ihm offensichtlich gereicht. Er gab keine Antwort, gab keinen Ton von sich, legte nur sofort wieder auf, als könnte er nicht glauben, was er gehört hatte. Oben allerdings, im Zimmer, sah die Sache etwas anders aus.

»Hab' Sie glatt unterschätzt, Mulholland. Ich hätte fünf Millionen verlangen sollen.«

»Wer hindert Sie daran?«

»Eben.«

»Aber je mehr Sie verlangen, desto größer auch Umfang und Gewicht. Und damit Ihr Problem.«

»Glauben Sie, das weiß ich nicht?« Er fingerte die ganze Zeit am Gewehrabzug herum. Plötzlich war wieder dieses Glotzen in seinen tiefliegenden Augen. »Was für einen Schwindel ziehen Sie denn da ab? Worauf wollen Sie damit hinaus?«

»Keine Ahnung, was Sie meinen.«

»Mit dem Gequatsche. Mir die Sache hier erklären wollen, ausgerechnet!«

Er stand auf, das Geräusch von fallendem Regen zog ihn ans Fenster. Ein Mann, den er vorher noch nicht da gesehen hatte, war jetzt fast genau gegenüber hinter einem Dachfirst postiert. »Verreck doch da oben!« murmelte er zu dem Schützen in unförmig kugelsicherer Montur hinüber. Durch den Vorhangschlitz lugte Grattan zur Wolkendecke hinauf und runzelte die Stirn.

Mulholland beobachtete ihn. »Das Geld ist Ihnen also

sicher.« Über ein bestimmtes Maß hinaus wollte er ihn nicht reizen. »Und jetzt?«

»Jetzt gar nichts. Sie reden mir verdammt zuviel. Klappe halten jetzt. Und zwar ein für allemal!«

Er war schweißgebadet, bemerkte Mulholland, flakkerte nervös mit den Augen und rieb sich den Schädel, als ob ihm ein Schmerz eingefahren wäre.

»Phil?«

»Wer denn sonst!«

»Noch keine zwei Sekunden, und ich klön' da mit einem über diesen Kerl, verstehst du, diesen Kent.«

»Und?«

»Jemand, der ihn 'n bißchen besser kennt und mir sagt, daß man sich vorsehen muß, wenn der den Raren spielt.«

Der dicke Kahlkopf in dem kleinen, aber feinen Büro über dem Piccadilly Circus zuckte zusammen, als hätte er in eine Zitrone gebissen. »Also raus damit«, sagte er nicht gerade begeistert.

»Jetzt spielt er gerade den Raren, Phil.«

»Nachdem du die Klette nicht mehr losgekriegt hast?«

»Genau. Komm' einfach nicht mehr an ihn ran.«

»Vielleicht hat ihn sein mieses Vorhaben doch auch angestunken!«

»Sieht nicht nach Howard Kent aus, der lebt ja von so was!«

»Was könnt's denn sonst sein?«

»Keinen Dunst! Aber irgendwie gefällt mir die Sache nicht.«

»Kalte Füße gekriegt?«

»Glaub' ich nicht recht. Wär' mir verdammt lieber,

wenn's so wär'. Das Mädchen ist jetzt draußen, verstehst du, die Biene, mit der er drin war. Und ich frag' mich die ganze Zeit, was die so rasend großartig Besonderes angeschleppt haben kann, daß er so voll drauf eingestiegen ist.«

»Was denn, was denn!« knurrte Irelands Agent gereizt. »Red' nicht so saublöd verquer daher!«

Die im Vierstundenrhythmus aktualisierte Wetterkarte in der Kommandozentrale von Scotland Yard wurde auf den jüngsten Stand gebracht und in wesentlichen Auszügen in den Einsatzkombi von McConnell weitergeleitet.

»Hier das Neueste von den Meteorologen: Von Westen her aufziehende Regenfront, Wind aus wechselnden Richtungen, später leicht auf Südwest drehend, Temperatur auf 15 Grad Celsius fallend ... Haben Sie's?«

»Danke«, bemerkte der Polizist, der mitschrieb und die Wetterlage in natura aus dem sanften Dumdum auf das Wagendach ablesen konnte. »Der Tip ist gar, nicht so falsch.«

»Hotel *Shelley.*« Wenn sie es jetzt noch ein einziges Mal sagen müßte, würde sie wahrscheinlich doch ins große Schreien verfallen. »Ja, hallo?«

»Verbinden Sie mich mit der Polizei.«

Sie stellte das Gespräch an den Sergeant durch, der für die Tonbandaufzeichnungen auf der Nebenleitung zuständig war, blieb aber selbst auch in der Leitung.

»Ja, bitte? Wer spricht da?«

»Mein Name tut nichts zur Sache.« Ein bärbeißige,

ärgerlich forsche Männerstimme. »Ich habe mich schon mit den Fernsehanstalten ins Benehmen gesetzt, aber keine zufriedenstellende Antwort bekommen. Scheint mir doch, daß da den Anfängen gewehrt werden muß und Sie davon Kenntnis haben sollten, weil es mal wieder zeigt, wie unverantwortlich . . .«

»Wollen Sie sich über etwas beschweren, Sir?«

»Ich beschwere mich nicht, ich protestiere! Und zwar im Namen des gesunden Menschenverstandes und der Sicherheit aller Betroffenen. Mindestens zweimal im Laufe des Nachmittags hat das Fernsehen seine Sendungen unterbrochen, um einen Bildbericht von der *Shelley*-Affäre einzublenden, exakte Dokumentierungen der Lage . . .«

»Richtig Sir.«

» . . . und es ist reichlich komisch, daß die Polizei es zuläßt, ihre taktischen Positionen im Bild zu zeigen und ihre Absichten und Pläne kundzutun, wenn der Bandit all diese Einzelheiten auf dem Bildschirm verfolgen kann. Ich habe früher mal das Vergnügen im *Shelley* gehabt und . . .«

»Verzeihung, Sir, aber es gibt in dem betreffenden Raum keinen Fernseher.«

»Was?«

»Das Gerät war reparaturbedürftig und wurde deshalb gestern entfernt.«

»So, ja . . . ich verstehe.«

»Sie können sich außerdem darauf verlassen, Sir, daß in solchen Fällen die Polizei stets mit den Massenmedien zusammenarbeitet.« Der Beamte kam ziemlich frisch von der Ausbildung. »Haben Sie trotzdem vielen Dank für Ihre Wachsamkeit.«

Und damit legte er auf. Alter Barraskopf, dachte er.
Blödmann.

15 Uhr 37
Grattan stieß ein paar Glasscherben aus dem Weg
und griff zum Telefon. Den Gewehrkolben hielt er in
die rechte Armbeuge geklemmt, mit dem Daumen
bearbeitete er andauernd die Entsicherung, klick,
klack, vor, zurück.
»Ich will mit demjenigen reden, der das Geld garan-
tiert hat.«
»Sowie er wieder da ist.«
»Besser 'n bißchen plötzlich.«
McConnell war gerade auf halbem Weg zwischen
Kombi und Hotel, als man ihn verständigte. Er rannte
den Rest der Strecke, inzwischen auch schon etwas
angeknackst und daher außer Atem, als er in die
Halle kam. Er ließ sich das Gespräch in die kleine
Nachtportierloge hinter der Reception legen, wo ihm
von der Wand herunter ein Plakat das Überwintern
auf den Bermudas vorgaukelte. »Hier McConnell.«
»Sind Sie hier der Kopf?«
»Ja.«
»Waren Sie auch der am Megafon?«
»Ja.«
»Ich will mehr als das Geld.«
Na also, langsam deckte er seine Karten schon auf.
»Und was?«
»Einen Hubschrauber. Und dann 'n Flugzeug. Den
Hubschrauber hier auf den Platz, die Maschine in
Heathrow.«

McConnell zögerte keine Sekunde. »Wann?«

»Den Hubschrauber spätestens um sieben hier auf dem Platz, und zwar gelandet und abgestellt.«

»Ich weiß nicht, ob hier auf dem Platz überhaupt ein Hubschrauber landen kann.«

»Kann er und wird er.«

»Von mir kriegen Sie keine Zusage, wenn was nicht geht, verstehen Sie?« McConnell sondierte das Terrain. »Was im Bereich des Möglichen ist – okay. Da legen wir uns nicht quer. Wenn aber . . .«

»Hier ist Platz genug. Und wenn nicht, dann schafft ihn! Müßt ihr euch eben von ein paar Bäumen trennen.«

»Ich brauche eine halbe Stunde, bevor ich Ihnen darauf antworten kann.«

»Da gibt's nur eine Antwort.«

McConnell konnte ihn sich inzwischen einigermaßen vorstellen. Vom Foto der Personalunterlagen der Botschaft und von Gabrielle Wildings Beschreibung, wenn sich die beiden Bilder auch nicht deckten. »Auf was würden Sie sich denn einlassen, wenn das mit dem Hubschrauber in der gesetzten Frist nicht realisierbar ist? – Ein Auto?« fragte er hinhaltend. Von Anfang an hatte er mit einem schnellen Wagen als Fluchtmittel gerechnet. »Würden Sie sich darauf einlassen?«

»Nein.«

»Wir könnten einen Hubschrauber in den Hyde Park dirigieren. Ihnen einen Wagen zum Hinüberfahren bereitstellen.«

»Sie verplempern nur Zeit. Es wird 'n Hubschrauber, und zwar hier auf dem Platz. Und Punkt sieben. Ich will was sehen, bevor ich mich von der Stelle rühre. Bis jetzt hab' ich nichts wie eure Versprechungen.«

McConnell holte tief Luft. »Nehmen wir also an, wir können da Übereinstimmung erzielen . . .«

»Bleibt euch auch gar nichts anderes übrig.«

»Wann lassen Sie die Geiseln frei?«

»Wann's mir paßt.«

»Warum nicht jetzt, und wir garantieren Ihnen freien Abzug.«

»Die Walze kenn' ich schon«, schnaubte er ärgerlich. »Hängt mir zum Hals raus.«

»Geben Sie mir Ihre Zusage, die Geiseln freizulassen.«

»Hängt ganz von Ihnen ab. Wenn Sie mich 'reinlegen, übers Ohr hauen wollen, können Sie sich's selber zuschreiben. Ich will einen vier- oder fünfsitzigen Hubschrauber hier auf dem Platz, spätestens um sieben. Und drin ist 'n Koffer mit der Million. Und die Maschine in Heathrow startklar mit Sprit für gut dreitausend Kilometer.«

»Etwa wann?«

»Von zehn Uhr an. Hab' Ihnen doch schon gesagt, daß ich mich vor der Dunkelheit nicht wegrühre.« Grattan hustete. »Und noch was.«

»Was?«

»Hab' noch 'n paar Sachen in petto.«

»Zum Beispiel?«

Doch da war schon eingehängt.

Dannahay pfiff durch die Zähne. »Wissen Sie, was ich denke?«

»Hm?«

»Der hat zuviel Kino gesehen!« meinte er in vollem Ernst.

»So lange ich ihn aus 'm *Shelley* 'rauslocken kann, ist mir völlig gleich«, erklärte McConnell, »was er gesehen hat. Ebenso was er wie und wann verlangt.«

»Ist der Platz eigentlich groß genug?«

»Vor dem Roosevelt-Denkmal kein Problem. Ich werde bei denen in Redhill einen Bell Jet Ranger anfordern. Damit müßte er doch zufrieden sein.«

Sie schwiegen, jeder hing seinen Gedanken nach. Schließlich fragte Dannahay: »Und wie geht das in Heathrow aus?«

»Hab' nicht vor, ihn so weit kommen zu lassen. Wir müssen der Geschichte irgendwie zwischen Hotel und Platzmitte einen Punkt setzen.«

»Dazu würden mir 'n paar Kleinigkeiten einfallen. Nur mal so Vorschläge.«

»Läßt sich hören.«

»Der Regen ist allerdings nicht gerade von Vorteil.«

»Wenn's so bleibt . . .«, überlegte McConnell einsilbig. Er kurbelte jetzt schon so lange auf Hochtouren, daß er die Anstrengung langsam körperlich schmerzhaft empfand.

Bloß keine Toten mehr. Einer, wenn's sein mußte, höchstens einer. Aber bitte nicht mehr. Da sei Gott vor . . . Das waren die einzigen Gedanken, die ihm derzeit im Kopf umgingen.

Lander setzte Noel zu Hause in der Bruton Mews ab, nachdem er ihn von der Schule abgeholt hatte.

»Schau mal«, setzte er ihm auseinander. »Ich muß unbedingt noch mal eine Zeitlang in die Botschaft.« Ungern ließ er ihn allein, besonders heute. »So lange ich weg bin, rührst du dich nicht von der Stelle, hm? Du bleibst im Haus, gehst nicht an die Tür, wenn's läutet, und auch nicht ans Telefon. Sind ja doch bloß wieder die Pressefritzen – und davon habt ihr jetzt mehr als genug abgekriegt, du und deine Mutter.«

»Ist recht, Dad.«

»Irgendwas zu tun? . . . Schularbeiten?«

»Ja, auch.«

»Gut.« Lander nickte ihm zu und war auch schon wieder am Gehen. »Bis nachher also.«

»Klar, Dad.« Und ganz unvermittelt schaltete er um auf Spiel, ihr ureigenstes Spiel, versank mit hochglänzenden Augen tief in die unergründlichen Schwingungen zwischen Vätern und Söhnen und tönte aus den Sphären dieser Übereinstimmung als James Stewart: »Noch mal so was Mieses soll uns aber nicht mehr unterkommen. War einfach die Hölle, Mister.«

Kinder konnten so verdammt schnell umschalten. »Tschüs«, sagte Lander aus dem Konzept gebracht und unfähig, darauf anzuspringen.

Das war jetzt schon eine ganze Stunde her. Inzwischen saß Noel am Schreibtisch in seinem Zimmer, über dem das Poster mit der Weltkugel hing, und schrieb seinem Freund Jimmy Baatz zu Hause in Columbus, im fernen Ohio, einen ausführlichen Brief. *Und wenn du dir hundert Jahre lang den Kopf zerbrichst, würdest du nie draufkommen, was heute hier passiert ist. Wie würde dir das schmecken, wenn die Polizei zu euch kommt und dir und deiner Mutter erklärt, daß dein alter Herr mit seinem Schießeisen Amok läuft und in einem Hotelzimmer mit dem amerikanischen Botschafter und zwei anderen Geiseln, die er erwischt hat, eingeigelt hockt? Stell dir vor, genau das ist uns heute hier in London passiert. Es war wie ein Alptraum, weil wir es einfach nicht glauben konnten, sogar als wir mitten drin waren. Ungefähr drei Stunden lang hat uns jeder erklärt, daß der Bandit mein Vater ist. Kannst du dir so was vorstellen? Du kannst mir glauben, daß mir die drei Stunden wie drei Jahre vorgekommen sind. Und obwohl wir doch genau gewußt haben, ganz genau gewußt, daß er so was Schlimmes gar nicht machen könnte, hat einfach alles auf ihn gedeutet . . .*

16 Uhr 42

An der Tür zur Botschaftspressestelle drang Jake Shawcross in Dannahay: »Die beharken mich, John. Was heißt hier Fallschirme?«

»Er hat Fallschirme verlangt.«

»Seit wann denn?«

»Paar Minuten.«

»Gleich mehrere? Das gibt's doch nicht.«

»Wenn's McConnell nicht erfunden hat.«

»Wie viele?«

»Sechs.«

»Sechs?!«

»So ähnlich hat's mich auch von den Socken gerissen«, gestand Dannahay.

»Ja, wieso denn sechs, in Gottes Namen?«

»Um ganz sicher zu gehen, vielleicht.«

»Versteh' ich nicht.«

»Beschwören möcht' ich's nicht, aber mir scheint, daß Grattan genau weiß, wie simpel es ist, so einen Fallschirm nicht funktionieren zu lassen.« Er pickte einen Tabakkrümel von der Unterlippe. »Brauchst nur die Arretierung der Reißleine zu verkeilen.«

»Kann er denn das wissen?«

»Warum denn nicht?«

»Ich denk', der is'n Irrer?«

»Er war Soldat, und die lernen bekanntlich alles mögliche.«

»Übers Fallschirmspringen?«

Dannahay zuckte die Achseln. »Er kann schlecht das Flugzeug landen lassen, aussteigen und schlicht und ergreifend davonwandern. Das ist kaum drin. Also springt er – bleibt ihm ja gar nichts anderes übrig. Ist nicht gerade neu, die Methode, aber darauf will er halt hinaus. Der sucht sich seinen Platz und springt – irgendwo in 3000 Kilometer Umkreis von Heathrow.«

»Mulholland etwa auch? Und der andere?«

»Wer weiß? Aber einem hat er den Riegel klar vorgeschoben und sich garantiert sechs tadellos intakte Fallschirme eingehandelt. Wer würde sich nach Lage der Dinge schon noch trauen, auch nur einen einzigen davon zu verbasteln?«

»Ja, ja«, murmelte Shawcross. »Genau.«

»Muß jetzt los«, sagte Dannahay schon im Gehen. »Zu McConnell hat er gesagt, daß er noch 'n paar andere Sachen in petto hat. Is' auch anzunehmen. Also werden wir's noch 'n paar Stunden durchstehen.

Däumchen drehen, abwarten – mehr läuft ohnehin nicht . . . *Ciao.*«

Grattan trieb die anderen mit sich ins Bad, und seine Wachsamkeit nahm um nichts ab, als er seinen Reißverschluß aufzog und Wasser ließ.

Ireland stand nahe der Tür. »Abspringen kann ich nicht!« gab er matt von sich.

Es war zwanzig Minuten her, daß sie diese letzte Forderung von Grattan erfahren hatten, und Mulholland war es schon die ganze Zeit aufgefallen, daß Ireland in totale Apathie versunken und offenbar überhaupt nicht mehr ansprechbar war.

»Kann ich unmöglich.«

Er redete, als gäbe es Grattan überhaupt nicht mehr. Mulholland musterte ihn durchdringend und sah, wie er seinen Kopf auf den Wandfliesen ständig hin und her rollte und dabei die Augen fest geschlossen hielt, als würde er schon fallen. Er hatte es anscheinend die ganze Zeit schon durchlitten.

»Unmöglich . . . Unmöglich!«

»Jetzt reicht's«, fuhr ihn Grattan an. »Hör auf damit!«

Ireland schlug die Augen auf, starrte auf Mulholland, und in diesen Augenblicken schien sich sein Entsetzen noch zu steigern, bis der ganze Angststau voll durchbrach.

»O Gott!« Die Stimme kippte ihm über. »Ich nicht!«

Und dann tat er etwas Unglaubliches. Er stemmte sich von der Wand ab und ging durch die Tür hinaus, als würde er schlafwandeln. Unwillkürlich folgte ihm Mulholland die sieben oder acht Schritte in das Chaos des Zimmers hinein, doch Ireland wurde schneller, floh.

»Sind Sie wahnsinnig?«

In äußerster Bestürzung warf sich Mulholland nach vorn und fürchtete jede Sekunde den Schuß von hinten. Doch sein Angriff saß: Er bekam Ireland mit einer Umklammerung an den Schenkeln zu fassen, wobei seine rechte Schulter mit der vollen Wucht des Aufpralls nachstieß. Ireland riß es in die Knie, und sie stürzten beide zu Boden, Mulholland obenauf, immer noch alarmiert, obwohl Ireland keine Anstalten machte, sich zu befreien.

»Aufstehen!« schnauzte Grattan.

Schwerfällig und ganz benommen vom Zusammenprall kam Mulholland auf die Beine.

»Du auch! Los, rühr dich!«

Ireland rappelte sich sitzend auf, sein Jochbein war aufgeschürft.

»Noch so 'n Versuch, und 's ist dein letzter!«

»Lassen Sie ihn gehen«, sagte Mulholland unvermittelt. Grattan kam aus dem Bad und machte den Hosenschlitz zu.

»Was kann er Ihnen denn schon nützen?« forschte Mulholland vorsichtig. »Sie wissen doch ganz genau . . .«

»Erzählen Sie mir nicht, was ich weiß.«

»Ich will Ihnen doch bloß sagen . . .«

»Nichts sagen Sie mir!« fuhr ihn Grattan an. »Es stinkt mich an, immer nur gesagt zu kriegen, am laufenden Meter. Wohin ich gehen soll, was ich machen soll –

hab' die Schnauze voll davon.« In seinen Augen stand flammender Haß. Sein Arm war drohend erhoben, um ein Haar hätte er Mulholland ins Gesicht geschlagen. »Damit ist's aus und vorbei, Mulholland. Sie können mich mal mit Ihrem ganzen arschigen Gequatsche!«

Mulholland kehrte ihm den Rücken und sprach nur noch auf Ireland ein. »Schauen Sie, er braucht uns, wenn er hier 'raus will. Quer über den Platz braucht er uns, auf dem Weg zum Flughafen und im Flugzeug braucht er uns auch noch. Aber damit hat sich's dann.«

Er sprach auf einen Mann ein, der die Fassung total verloren hatte. Er hielt ihn an den Schultern gepackt und gab ihm Wort für Wort ein, was er selbst sich überlegt hatte, kurz nachdem Grattan bei seinem letzten Gespräch mit McConnell den Hörer hingeknallt hatte.

»Niemand wird aus irgendeinem Flugzeug springen«, fuhr er ruhig fort, »außer ihm selbst.« Er versuchte, Ireland sanft aufzurütteln, und brachte sogar den Anflug eines Lächelns zustande. »Glauben Sie denn, er will uns ewig am Hals haben?«

Es kostete ihn einiges, diese Ruhe auszustrahlen. Sein Herz raste, und sein Mund war so trocken, daß ihm die Zunge am Gaumen klebte; aber er wollte nicht aufgeben. Noch einmal beschwor er diesen Grattan, der seine Militäruniform mit der eines Chauffeurs vertauscht und sich dann als unzulänglich erwiesen hatte, den er ebenso bedauerte wie er ihn fürchtete.

»Mich brauchen Sie, Grattan, und nur mich. Ihn nicht.«

»Quatsch.«

»Wenn wir hier abziehen, können Şie mich an sich pressen, als wären wir siamesische Zwillinge.« Er gab sich keinen Illusionen hin, an Befreiung war nicht zu denken. »Mich können Sie führen, aber nur mich. Zusammen schaffen Sie uns nicht.«

Sie hatten sich gegenseitig scharf ins Auge gefaßt.

»Sind wir da, Sir?... Ist das die Stelle, Sir?« – Die Erinnerung drängte sich Mulholland lebhaft auf, wie verloren, irritiert und erschöpft Grattan gewesen war und doch immer und immer wieder versucht hatte, seinen Makel zu kaschieren. Doch seine Haltung hatte sich vollständig geändert, sein Denkvermögen war plötzlich logisch.

»Da haben Sie sich aber ganz schön vertan, Mulholland. Je mehr, desto verflixt besser. Drei von euch wären mir lieber, mindestens drei.«

17 Uhr 16

Der Croupier mit dem überlangen, schmalen Gesicht und den beringten Fingern, dessen Blick so unendlich gelangweilt und unbeeindruckt war, hatte zwei Nummern, die er anrufen konnte. Bei der ersten meldete sich niemand, bei der zweiten kam er an Knollenberg.

»Wünschen Sie, daß ich heute abend wieder kontrolliere ... falls er sich blicken läßt?«

»Nein.«

»Nur das eine Mal noch, hat man mir gesagt.«

»Wird wahrscheinlich so sein.«

»Heute abend aber nicht?«

»Nein, heute abend nicht«, erwiderte Knollenberg.
»Rufen Sie doch bitte morgen einen von uns wieder
an. Wir hängen zur Zeit gerade in einer anderen
Sache drin.«

17 Uhr 29

»Ja, Sir«, gab McConnell dem Commissioner Auskunft. »Von Redhill haben wir die Zusage, daß die
um 18 Uhr 25 einen Helikopter aufsteigen lassen mit
Landeziel Grosvenor Square, punkt 18 Uhr 50. Die
Flughafenpolizei ist inzwischen mit der British Air-
ways am Verhandeln wegen einer entsprechenden
Mittelstreckenmaschine in Heathrow. Sollte es aus
irgendwelchen Gründen nicht möglich sein, werden
sie es bei einer der Chartergesellschaften versuchen,
obwohl ich eigentlich in der Richtung keine Schwierigkeiten erwarte ... Der Zivilpilot muß natürlich ein
Freiwilliger sein ... Ja, ja, das ist ja selbstverständlich ...«
Mit vor Anspannung geröteten Augen starrte er aus
dem Fenster seiner fahrbaren Kommandoleitstelle in
den Regen hinaus. Es hatte sich eingeregnet.
»Der Premier? ... Na, ich glaube, so besorgt wie wir
kann sonst gar keiner sein, Sir. Und so hart dahinter
her wohl auch nicht ...«
Gab schon genügend Druck, auch ohne den Daumen
von oben. Man hätte fast meinen können, es gäbe
eine ganze Stufenleiter unterschiedlicher Anstrengun-
gen, und die oberste Sprosse müßte einem erst
anempfohlen werden.

Roberto Olivares erwachte mit schlechtem Gewissen und griff zum Telefon, während er mit der Zunge das Loch in seinem Kiefer betastete.

»Helen?«

»Was ist?« Es klang müde und kam doch wie aus der Pistole geschossen. »Bist du wieder auf dem Damm?«

»Ich habe geschlafen, Helen.«

»Du Glücklicher.«

»Das hat vielleicht geblutet, sag' ich dir! Hätte ziemlich dumm ausgehen können, so schlimm war's.«

»Komm, komm!«

»Du machst dir kein Bild.«

Sie ging nicht weiter darauf ein. »Bist du soweit, dich nützlich zu machen?«

»Auf der Stelle.« Aber selbstverständlich, deutete sein Tonfall an. »Was ist denn inzwischen los? Wie stehen die Dinge?« Aber noch bevor sie antworten konnte, fuhr er im Zerknirschungston kleiner Jungen fort: »Tut mir so leid, Helen, wirklich.«

Auch darauf ging sie nicht ein. »Im Grunde genommen immer noch dasselbe. Aber langsam spitzt es sich zu, und je eher du hier aufkreuzen kannst, desto besser wäre es.«

»Natürlich.«

»Wahrscheinlich werden wir alles evakuieren müssen.«

»Das *Shelley* evakuieren? Um Himmels willen!«

»Wenn du heute etwas mehr vorhanden gewesen wärst, mein Lieber, dann wärst du jetzt nicht so dämlich theatralisch.« Diesmal geriet sie doch in Zorn. »Oder so maßlos unbedarft!«

»Aber du mit deinen Sternen«, hieb er zurück. »Sehr

bedarft waren die auch nicht, einen Dreck haben sie gewußt!«

»Komm jetzt 'runter«, drängte sie ihn. Unfaßbar, aber sie brachte ein Lächeln auf und verlieh ihrer Stimme Herzlichkeit. »Sei nicht albern. Komm endlich und hilf mir.«

17 Uhr 56

Der Lichteinfall vom Bad offenbarte die Unsicherheit, die sich auf Grattans Gesicht abzeichnete.

»McConnell?«

»Ja, hier McConnell.«

»Was ist jetzt mit dem Hubschrauber?«

»Wird um sieben auf dem Platz sein, vor sieben sogar.«

»Mit dem Geld?«

»Mit dem Geld. Und die Maschine in Heathrow . . .«

»Das kann warten. Schön eins nach dem andern. Wie spät haben Sie's?«

»Fast sechs.«

»Da gibt's noch 'n paar Sachen, die ich will.«

»Ja, welche?«

»Jetzt brauch' ich sie noch nicht, erst wenn der Hubschrauber 'runterkommt.«

»In Ordnung.« Ein wildes Rauschen war in der Leitung. »Also was?« fragte McConnell finster.

»Vier Revolver. Einen echten, voll durchgeladen, und drei Attrappen.«

McConnells Miene verdüsterte sich. »Vier?!«

»Haben Sie's?«

»Ja.« Ihm fiel das nicht abgeholte Serviertablett am Gang ein. »Wohin wollen Sie die haben?«

»Hierher.«

»Vor die Tür?« Zu Diensten, der Herr!

»Hier ins Zimmer.«

McConnells Züge verfinsterten sich noch um einige Grad. Die ganze Zeit über war er höllisch auf der Hut, keinen Fehler zu machen, der die Katastrophe wie einen Erdrutsch auslösen konnte. »Ins Zimmer?«

»Nach dem Mädchen kommt hier niemand mehr 'raus, bevor wir nicht vereint 'rausmarschieren.«

»Also direkt an die Tür liefern? Wollen Sie das? Exakt bis zur Tür hin?«

»Nicht an die Tür! Wie oft soll ich's noch sagen? Passen Sie auf! Noch mal also, damit Sie's kapieren.«

McConnell nickte vor sich hin. Er war allein, während Grattan sein Publikum hatte.

»Vier Revolver, drei Attrappen ... Muster, Spielzeugdinger ... einer echt, und zwar 'ne Polizeidienstwaffe mit 'm Schwung Munition.«

»Verstanden.«

»Die wird mir in 'ner Pappschachtel geliefert, oder in 'nem Beutel, Papierbeutel.«

»Gut.«

»Und der sie hier anbringt, muß ins Zimmer rein.«

»Gut.«

»Und bestimmte Bedingungen erfüllen.«

»Zum Beispiel?«

»Größe und Gewicht. Muß so zwischen siebenundsiebzig und achtzig wiegen und einsfünfundsiebzig bis einsachtzig groß sein.«

»Warum das, um Himmels willen?«

»Weil er dableibt, deswegen.«

»Na, überlegen Sie mal . . .«

»Wer hier 'reinkommt, bleibt hier auch drin. Bis ich soweit bin. Wenn's dunkel ist.«

»Das wird nichts, Grattan. Noch jemand schick' ich Ihnen nicht 'rein!«

»Sie werden, und das wissen Sie.«

McConnell konnte ihn scharf einatmen hören.

»Wissen Sie ganz genau«, erklärte Grattan knallhart. »Weil sonst der Schauspieler hier dranglauben muß.« Er ließ es wirken und wartete.

»Ich schaff's auch mit Mulholland, wenn's sein muß, mit ihm und nur ihm allein. Aber mit drei geht's einfacher. Entscheiden Sie sich also.«

DÄMMERUNG

Dannahay besorgte das Geld wie vereinbart aus einem Sonderfonds. Er fand lediglich die Menge frappierend und warf noch einmal einen prüfenden Blick darauf, bevor er die Verschlüsse zuschnappen ließ. Die eine Million Pfund paßte wie maßgeschneidert exakt in den Koffer.

»Hüten Sie's«, legte er Osborne nahe, »als würde uns der ganze Schwindel höchstpersönlich gehören.«

»Wo soll es bereitstehen?«

»Hier bei Ihnen.« Osbornes Büro war das nächstgelegene im Erdgeschoß der Botschaft. »Auf Abruf in Windeseile, sobald McConnell es will.«

»Wie will McConnell ihn eigentlich packen?«

»Gibt wohl nur eine Möglichkeit, aber irgendwie möchte er seine Scharfschützen gern draußen lassen, wenn's geht. Als ich zuletzt bei ihm war, hatte er vor, den Kerl noch einmal zum Aufgeben zu überreden.«

»Ist das denn drin?«

»Nein«, sagte Dannahay entschieden. »Völlig unwahrscheinlich. Trotzdem wird er's versuchen, und an seiner Stelle würde ich's genauso machen. Aber Grattan wird sich's in diesem Stadium wohl kaum anders überlegen. Wenn überhaupt irgendwas, dann schätze ich eher, daß er seine Forderungen noch hinauftreibt. Wissen Sie noch den Fall in Dallas, vor so ein, zwei Monaten? Am Schluß wird das dann der Griff zu den Sternen. Das gibt's. Schlichter Größenwahn, scheint mir, erwischt sie dann.«

»Soweit ich von diesem Grattan überhaupt irgend etwas in Erinnerung habe, war er doch recht umgänglich, ein eher leiser Typ. Höchst sonderbar. Und irgendwie schwerfällig, so gar kein Pulverfaß.«

»Jetzt hat er ein Gewehr«, machte Dannahay deutlich.

»Genau das ist der Unterschied. Wird keine ruhige Kugel für McConnell, wie immer er das Ding auch schaukeln will – bei dem Regen, in der Finsternis und mit allem Drumherum.«

18 Uhr 11

»Wenn das hier ausgestanden ist«, erklärte Mary Kay Mulholland mit kurzem, total überreiztem Auflachen, »will ich nie mehr eine Uhr im Haus sehen. Nie mehr. Oder auch nur eine Armbanduhr tragen.«

Renata Lander konnte sie gut verstehen. Genauso hatte sie in ihrer eigenen Alptraumphase empfunden – die Minutenzeiger hatten sich kaum von der Stelle bewegt, die Stundenzeiger schienen überhaupt in bleiernem Stillstand fixiert. Den ganzen Nachmittag hatte sie nun mit Mary Kay verbracht und gesehen, wie die Anspannung nach und nach ihre Spuren hinterließ. Es war ein Kommen und Gehen gewesen, und manch einer war nicht nur einmal gekommen – der Außenminister mit einer Grußbotschaft der Queen, Sam und Margaret O'Hare, Robbie Ryder, Botschaftssekretäre, ihre Hausangestellten, und dazwischen immer wieder McConnell. Aber keiner konnte schließlich mehr, als Mary Kay in ihrer Verlassenheit nur ganz am Rande zu berühren, keiner die unendliche Anspannung und Ungewißheit wirklich mit ihr teilen. Sie und nur sie allein mußte es ertragen.

Renata Lander blickte in den Regen hinaus und auf

die North Audley Street und den Grosvenor Square hinunter. Von dieser Hotelecke aus war fast der halbe Platz einzusehen, gespenstisch ausgestorben, nichts und niemand war da, die Stille dicht und drohend wie seit dem frühen Morgen, die Pflasterwege durch die Grünanlagen vom Regen beglänzt, das Licht so matt, als wollte die Dämmerung schon jetzt hereinbrechen.

»Noch einen Kaffee?« fragte sie zum x-ten Mal.

»Nein.«

»Zigarette?«

»Nein.« Mary Kay schüttelte den Kopf. »Nein, danke.« Aber kaum eine Minute später rauchte sie doch wieder.

»Es wird düster draußen.« Renata Lander kam vom Fenster wieder zu ihr herüber. Vor der drohenden Stille gab es kein Entrinnen: Sie lastete auf den Straßen ebenso wie auf dem ganzen Flur; nirgendwo gab es ein Ausspannen von dieser zehrenden Bedrückkung.

»Drei Stunden noch, dann ist's dunkel. Nur noch drei Stunden, und . . .«

»Nicht von Zeit reden, bitte!« unterbrach sie Mary Kay. Ihre Zuversicht hatte sie noch nicht verlassen, aber ihre Jahre waren ihr langsam anzusehen. »Zeit ist so trügerisch, so täuschend.«

18 Uhr 15

Grattan peilte die Lage durch den schmalen Vorhangschlitz, aber von hier aus war nur ein äußerster Winkel des Square zu sehen. Die Sicht auf den geplanten Landeplatz des Hubschraubers war durch das Navy-Gebäude verstellt.

Seit seinem letzten Gespräch mit McConnell hatte sich seine Erregung gesteigert, Unruhe hielt ihn jetzt gepackt, er ging im Zimmer auf und ab, hin und her, und murmelte vor sich hin. Dann schnappte er wieder das Telefon. »McConnell?«

»Der ist nicht hier«, sagte ihm Helen Olivares, »aber ich . . .«

»Richten Sie ihm was aus.«

»Ja, bitte?«

»Sagen Sie ihm, ich will noch mehr haben. Weiteres Zeug. Die Revolver obendrein.«

»Und was?«

»Mäntel, lang und dunkel . . . und zwar vier von der Sorte.«

Sie wiederholte, während sie es notierte.

»Und Perücken. Vier gleiche Perücken.«

»Vier Perücken?« entfuhr es ihr staunend.

»Männerperücken.«

»Ich geb's weiter.«

Grattan legte auf und packte das Gewehr wieder mit beiden Händen. Ein paar Sekunden lang schien er völlig gedankenverloren, dann wandte er sich aggressiv an Mulholland. In seinen bösen Augen flackerte das Vorgefühl von Triumph.

»Wenn wir hier abziehen«, gab er höhnisch von sich, »wird keiner von diesen Ärschen 'rausfinden, wer da wer ist.«

McConnell kam gerade aus dem Einsatzkombi, als Dannahay auf ihn traf.

»Wie ich sehe, haben Sie ja schon einen Landepunkt für unseren Windmixer markiert.«

»Mhm.«

»Da ist ja mehr Platz als erwartet. Das tut noch nicht mal den Rosen was.«

Sie gingen nebeneinander her, beide mit hochgestellten Mantelkragen. Der Regen fiel leicht und senkrecht, es ging kein Wind. Sie überquerten die Upper Brook Street, von wo aus man die Stelle sehen konnte, an der Eddie Raven den Tod gefunden hatte, und dahinter, von den Bäumen verschattet, das Roosevelt-Denkmal.

»Für Ihre Scharfschützen hätte ich 'n paar gute Stellen ausfindig gemacht. Haben Sie 'n paar Minuten Zeit?« fragte Dannahay.

»Da hätt' ich für Sie zuerst noch was.«

»Nur zu.«

»Er will noch einen 'reingeschickt.«

»Noch einen?«

McConnell nickte. »Langsam, da kommt noch mehr. Er nimmt uns nämlich gar nicht jeden. Der muß schon von besonderer Statur sein.«

»Wozu, verdammt noch mal?«

»Vielleicht Absicherung im Quadrat. Sucht sich einen Mann, der ihm und Ireland nach Größe und Gewicht ähnlich ist. Schätze ich wenigstens. Soll zwischen siebenundsiebzig und achtzig wiegen und einsfünfundsiebzig bis einsachtzig groß sein.«

»Gerissener Typ, dieser Grattan.«

»Einen anderen Grund dafür kann ich mir jedenfalls nicht denken.«

»Alle Achtung! Gerissener, als ich ihm zugetraut hätte«, mußte Dannahay einräumen. »Was machen Sie jetzt?«

»Was soll ich schon machen? Es muß einer rein.«

»Und wer?«

»Einer von meinen Leuten.«

»Wann?«

»Wie der Hubschrauber am Boden ist. In einer Stunde ungefähr. Von vorher hat Grattan nichts gesagt.« Dann berichtete er ihm von den Revolvern, den echten und den Attrappen, und Dannahay pfiff anerkennend. »Der läßt Sie ja ganz schön 'rumtanzen.«

»Aber nicht mehr lange. Dann tanzt *er*!«

Dannahay maß ihn mit einem Seitenblick. Ein undurchschaubarer Mensch, dieser McConnell. Ziemlich unergründlich und nicht zu unterschätzen.

»Kann ich Ihnen zeigen, wo ich die Scharfschützen postieren würde?«

»Bitte.«

Sie gingen auf den Grosvenor Square hinaus. Das Navy-Gebäude gab ihnen Deckung bei ihren Erkundungen, lediglich beim Überqueren der North Audley Street hätten sie gesehen werden können. Der Platz selbst war wie eine Arena, rundherum hinter den Bäumen von rotweißen Ziegelfassaden begrenzt. Dannahay setzte die Gründe für seine Positionswahl auseinander – maximale Chance bei minimalem Kreuzfeuerrisiko, ein Schütze seitlich am Denkmalsockel, zwei weitere im rechten Winkel dazu, unter einer Ulme und der blütenverstreuenden Kastanie.

»Nur mal so vorgeschlagen«, meinte Dannahay.

»Danke.«

»Wenn's überhaupt soweit kommt.«

»Ja, danke.«

Jenseits der Absperrungen war das normale Leben. Straßenlärm drang als gedämpftes Gemurmel von der Park Lane, der Oxford Street und vom Berkeley Square herüber; die Berufspendler fuhren nach Hause, die Stadt stellte um auf Abendschwärmer und Nachtlichter. Quer durch Regenpfützen gingen die beiden zurück.

»Er wird sich doch niemals einen von Ihren Leuten als Statisten andrehen lassen«, kam Dannahay noch einmal auf ihr vorheriges Thema zurück.

»Wir werden's ihm nicht auf die Nase binden.«

»Aber manchmal merkt man's ihnen an. Leute wie Grattan sind dafür hoch empfänglich. Die riechen so was doch. Ich will Ihnen da bestimmt nicht ins Handwerk pfuschen, aber nichts, was Mulholland möglicherweise noch mehr gefährdet, kann gut sein.«

»Und das könnte es, meinen Sie?«

»Könnte wohl. Es ist anzunehmen, daß Grattan Ihren Leuten nicht gerade grün ist. Und wenn er auch nur irgendwie Wind davon bekommt, daß man ihm einen in den Pelz gesetzt hat...« Dannahay machte eine lakonische Geste, um seine Augen war etwas Listiges. »Verstehen Sie?«

»Ja, ja, da ist was dran.«

»Ich will daraus ja gar nicht schließen...«

»Wen schlagen Sie dann vor? Wer soll da 'reingehen?«

»Kann ich darauf zurückkommen?«

»Wenn's bald ist.«

An der Steintreppe vor der Botschaft trennten sie sich. Dannahay nahm je zwei Stufen auf einmal, McConnell eilte zu seinem Einsatzwagen. Dabei fiel ihm plötzlich ein, daß er den ganzen Tag über seine Frau noch nicht verständigt hatte.

Im Kombi ging es zu wie in einem Bienenstock – die Telefonapparate standen nie still, es war ein ewiges Kommen und Gehen, ein Gewirr von Stimmen, Fragen und Zweifeln, vor allem Zweifeln.

»Was? Perücken?« McConnell überkam das starke Gefühl, daß sich Grattans Griff allmählich auswegloser zusammenzog. »Perücken und Regenmäntel? Woher, verdammt noch mal, um diese Zeit?«

»Die Perücken kommen vom Maison Georges in der Buckingham Palace Road.« Dieser Llewellyn wußte aber auch alles.

»So spät noch?«

»Die überschlagen sich. Außerdem sind sie einfach konkurrenzlos.«

»Und die Mäntel?«

»Sind leicht zu beschaffen«, sagte Llewellyn und rief einen der Sergeants heran.

Gleichzeitig wurde das allgemeine Durcheinander von einer Stimme übertönt: »Redhill-Hubschrauber ist gestartet und unterwegs . . .«

18 Uhr 30

»Hier ist Radio London mit seinem Mittelwellensender. Sie hören Nachrichten. Zunächst zur Grosvenor-

Square-Affäre: Die Lage scheint unverändert. Der bewaffnete Bandit fordert für sich und die beiden Geiseln Transfer per Hubschrauber zum Flughafen Heathrow, wo auf sein Verlangen eine Maschine startbereit zu sein hat. Wie aus gut unterrichteten Kreisen verlautet, soll er zusätzlich zu dem in seiner Gewalt befindlichen Botschafter Ralph Mulholland und dem gleichfalls festgehaltenen Schauspieler Richard Ireland eine dritte Geisel gefordert haben. Von der Polizei ist diese Meldung zwar bisher nicht bestätigt, doch wie von David McConnell, dem Leiter des Scotland-Yard-Einsatzes erneut zu vernehmen war, will man den Forderungen entsprechen, um die akute Gefahr für das Leben der Geiseln abzuwenden . . .«

18 Uhr 32

»'n Augenblick Zeit für mich?« Dannahay streckte seinen Kopf in Landers Büro auf dem Flur der Stabsabteilung des Militärattachés.

»Klar doch.«

»War 'n böser Tag für dich, hm? Spitzenleistung von Scheißtag?«

»Einmal und nicht wieder, kann ich dir flüstern. Mir langt's!«

»Kann ich mir denken.«

Dannahay kam jetzt ins Zimmer geschlendert. Lander stand von seinem Schreibtisch auf und ging mit unsteten, großen Schritten zum Schrank.

»Kannst du 'n Scotch vertragen?«

»So in etwa.« Dannahay nickte. »Aber nur 'n kleinen, ziemlich kleinen.«

»Eis gibt's leider nicht.«

»Ich werd's überleben.«

Sein Blick schweifte umher, während Lander den Aktenschrank öffnete. Durch das Fenster sah man direkt auf den breiten Nord-Süd-Weg, der genau am Roosevelt-Denkmal vorbeiführte, und auf die weiße Schmiermarkierung für den Hubschrauber hinter dem kerzenbesteckten Kastanienbaum.

»Geht einem schon wirklich schwer in den Kopf«, sagte Lander. »Jetzt nicht nur das, was mir passiert ist. Aber daß Mulholland zum Beispiel da in diese Folter eingespannt ist, jetzt gerade, und das Ganze bloß 'n paar hundert Meter entfernt – kaum zu glauben, trotz Augenschein« – er wies mit dem Kopf auf den gähnend leeren Square –, »trotz der ganzen Aufführung mit Noel und Renata und der Tatsache, daß Renata da bei Mary Kay drüben sitzt, trotz des ganzen Funk- und Fernsehgeprassels und trotz Polizei und sonstigem Kladderadatsch ... mir kommt das Ganze irgendwie nicht wirklich vor.«

»Wie gut hast du eigentlich Grattan gekannt?«

Lander zuckte die Achseln. »Bin mit ihm ein paarmal gefahren. Sonst bin ich ihm wie alle anderen hier auch nur im Haus begegnet.«

»Was glaubst du denn, wie er spitz gekriegt hat, daß du in einem Schützenclub bist?«

»Das hab' ich ihm gesagt.« Lander nahm einen Schluck. »Manchmal erzählt man eben so Sachen, wenn man miteinander fährt. Und ihn hat's interessiert, was bei seiner Vorgeschichte ... Da fällt mir ein, daß er gewußt hat, ich hab' mein Gewehr im Haus, und sogar wo. Er hat's nämlich gesehen. Jetzt erinnere ich mich. Er hat mich mal zu Hause abgesetzt, als ich es bei mir hatte, und er kam mit rein, weil er telefonieren wollte. Deshalb hat dieser Schweinehund ...«

»Ihr habt euch also einigermaßen verstanden – darauf will ich nämlich hinaus.«

»Er schien ganz in Ordnung. Zwar 'n miserabler Fahrer, ewig verfranzt ...« Lander unterbrach sich und schaute Dannahay skeptisch an. »Sag mal, worauf läuft denn das hinaus?«

Dannahay befeuchtete erst seine Lippen. »Möchte dich um einen Gefallen bitten.«

»Welchen?«

»Ziemlich ausgefallen.«

»Ja?«

»Wird dir nicht zur Nase stehen.«

»Ja, was denn nun endlich?« fragte Lander ungehalten.

Dannahays Augen wichen nicht aus. »Grattan will noch einen Mann.«

»Das habe ich ge ...« Mitten im Wort verstummte Lander. »He, Moment mal ...« Ungläubigkeit zeichnete sich auf seinem Gesicht ab. »Du willst mir doch nicht ... doch nicht im Ernst nahelegen, daß ich da 'reingehen soll?«

»Doch.« Ohne lange Umschweife. »Genau das.«

»Himmelfahrtskommando, was?« Lander gab ein scharfes Lachen von sich. »Wie lang hätschelst du denn schon diesen grandiosen Einfall?«

»So etwa fünf Minuten.«

»Ausgerechnet ich?«

»Ich bin da unten« – Dannahay zeigte aus dem Fenster – »mit McConnell herumgegangen, und da hat er mir entwickelt, wie er dafür einen von seinen eigenen Leuten einsetzen will.«

»Ja und?« kam es beinahe barsch.

»Ich meine, es sollte einer von uns sein. Das ist alles.«

»Und dann ich?« fragte Lander wieder, als könnte er es noch immer nicht glauben.

»Liegt an dir. Du kannst nein sagen.«

»Wäre ja schön blöd, wenn ich's nicht auch tun würde.«

»Dem könnte ich entgegenhalten, daß du fast 'ne Art Verpflichtung hast, ja zu sagen.«

Empörung, Unruhe und Zweifel wechselten in seinem Gesicht. »Nach allem, was schon war?«

»Wegen allem, was schon war.«

»Das mußt du mir erst erklären. Von mir aus gesehen . . .«

»Ich rede von Mulholland«, stellte Dannahay fest.

»Im Gegenteil«, widersprach Lander ungeheuer gereizt. »Du redest von mir. Und erwartest, daß ich irgend so eine Augenblickseingebung besser schlucke, wenn man sie mir mit Pflichtappellen serviert.«

»Wenn du's so sehen willst, Harry!«

»Wie soll ich's denn sonst sehen, Herrgott noch mal?« Dannahay schaute ihm klar und offen ins Auge. »Mulholland ist immerhin deinetwegen da hineingegangen.«

»Der wäre auf jeden Fall 'rein.«

»Das behauptest du.«

»Jetzt machst du aber besser 'n Punkt«, fuhr Lander

auf. »Schieb mir bloß nicht an allem die Schuld zu. Mit mir ist man heute schon genug umgesprungen.«
»Hab' nicht vor, mit irgend jemand umzuspringen«, entgegnete Dannahay ruhig. »War nur eine Frage, die ich aufgeworfen habe – und begründet.«

»Nein«, sagte McConnell. »Keine Erklärung. Später vielleicht, jetzt nicht. Im Augenblick keine Erklärung.«

»Außerdem gibt's noch 'n paar Gründe«, führte Dannahay Lander vor Augen, »abgesehen von der Einstellung, die du Mulholland in der Sache gegenüber hast oder nicht hast.«
»Zum Beispiel?«
»Mich packt einfach der große Schauder bei der Vorstellung, wie sich Grattan aufführen wird, wenn er sich plötzlich einem eingeschleusten Bullen gegenübersieht. Deshalb liegt es mir am Herzen, daß er den dritten Mann kennt. Wir müssen mit allen Mitteln verhindern, daß er uns fahrig und argwöhnisch wird, mehr als er's sowieso schon ist, gerade dann, wenn er sich endlich ans 'Rauskommen macht.«
Lander schwieg, sein Glas war bereits leer.
»McConnell startet im letzten Durchgang noch einen Versuch, ihn zum Aufgeben zu bewegen; aber das wird nichts bringen. Grattan kommt da nicht eher 'raus, bis seine Forderungen erfüllt sind, unter anderem muß eben auch einer zu ihm 'rein. Wie gesagt, am besten einer, den er kennt. Und da auch nicht jeder. Er muß etwa deine Größe haben, Harry, und deine Statur.« Dannahay nippte an seinem Whisky.

»Seine eigenen Maße also – und die sind schon über den feineren Daumen gepeilt ziemlich die deinen, Harry. Wie auch die des Schauspielers . . . Verstehst du? Zwischen dem *Shelley* und dem Standplatz seines Drehflüglers plant Grattan ein Verwirrmanöver.«

»Versteh' kein Wort.«

»Komm mal her.« Lander folgte gegen seinen Willen ans Fenster. »Wie weit dürfte das sein«, fragte Dannahay, »zwischen dem Hotel und der Markierung da? Zweihundertfünfzig, dreihundert Meter?«

»In etwa.«

»Der Weg da hinüber ist seine schwache Stelle. Das weiß auch er. Also schafft er sich soviel Deckung, wie er nur kann.«

»Gabrielle Wilding schläft leider«, gab ein Mädchen am Telefon Auskunft. »Die hat heute was Schreckliches durchgemacht, sicher haben Sie's erfahren. Und der Arzt hat ihr eine Beruhigungsspritze gegeben. Was kann ich ihr ausrichten, wer angerufen hat? Ihre Mutter? Hallo, ich verstehe Sie so schlecht . . . Ihre Mutter, ist das richtig?«

»Hör mal«, sagte Dannahay, »Ich habe schon noch einen triftigen Grund, wieso ich auf dich verfallen bin.«

»Bin ganz Ohr.«

»Deine Stimmimitationen.«

»Da komm' ich schon wieder nicht mit«, erwiderte Lander mit einem Stirnrunzeln.

»McConnell muß sicher sein können, daß einer der Scharfschützen Grattan innerhalb der zweihundertfünfzig Meter 'rausfeuert. Aber ja doch – darauf läuft es hinaus, gar kein Zweifel. Und da liegt die Problematik. Die Sekunden werden sich nur so verflüchtigen, und am Ende damit auch er. Wird nämlich stockfinster sein, kein Mond, kein Stern, dafür aber 'n paar gleichaussehende Männer zuviel.«

»Und?«

»Am besten würden wir ihm da 'ne kleine Konfusion liefern. Grattan hat seinen Sprung im optischen Memorieren, hm? Wenn man ihn also auf halbem Weg über den Square mit einer unerwarteten Stimme überrumpelt, muß ihn seine Reaktion genauso bloßstellen, als würde ihn ein Suchlicht 'rauspicken.«

Dannahay schaute ihn schräg an.

»Ich kenne sonst niemand, der das könnte, Harry. Du bist der einzige. Also einfach der richtige.«

»Du versuchst es doch mit allen Mitteln, mich zu ködern!« Lander schaute ihn leicht sarkastisch an.

»Nach Lage der Dinge, Harry, würde ich eher meinen, daß es einfach deine Pflicht und Schuldigkeit ist.«

In seiner tief geduckten Stellung hinter dem Dachfirst des gegenüberliegenden Hauses glaubte der eingeregnete Polizist eine leichte Bewegung der Vorhänge von 501 festzustellen. Mit einem Warnpfiff an den nächstpostierten Schützen duckte er sich schußbereit noch tiefer. Aber dann tat sich nichts mehr. Er nahm sein Sprechfunkgerät und gab seine Meldung durch.

Daß so verdammt gar nichts von der Stelle ging!

Lander starrte auf den moosgrünen Teppichboden und überlegte, welchen Vorteil er aus der Sache ziehen konnte. Grattan hatte ihn ins Rampenlicht der Öffentlichkeit gezwungen, es waren ihm bedenkenlos perfide Dinge unterstellt worden, die trotz aller Dementis irgendwie hängenbleiben und auch noch in seine Zukunft hereinspielen konnten. Kein Rauch ohne Feuer, hieß es doch immer. Was Dannahay da vorschlug, konnte den Schaden wieder einrenken, hier winkten Verdienst und Ehre.

»Ich muß schon auch an Renata denken und . . .«

»Das ist mir völlig klar.«

»Ich brauche Zeit.« Lander zögerte.

»Natürlich.« Dannahay musterte ihn. »Aber besser weise ich noch mal darauf hin: viel davon bleibt nicht mehr.« Er trank aus und stellte das Glas bedachtsam auf den Schreibtisch. »Noch was, das ich dazu sagen möchte, für den Fall, daß du glaubst, es wäre nur so eine aus der Luft gegriffene Schnapsidee von mir.«

»Und das wäre?«

»Die Risiken lassen sich auf ein Minimum reduzieren. Ich würde McConnell kaum mit diesem Vorschlag kommen, wenn's nicht so wäre. Und dir schon gleich gar nicht.«

18 Uhr 47

Grattan hörte den Hubschrauber eine Sekunde früher als alle anderen. Zunächst war das Heranbrummen nicht lauter als von jener Fliege, die gegen die Scheibe gesurrt war. Er gab einen befriedigten Knurrton von sich und blieb wie angewurzelt in dem eingedunkelten, schweißerfüllten Raum stehen, um angestrengt zu horchen und die Anflugrichtung auszumachen.

Die Mulhollands waren durch den ganzen langen Gang voneinander getrennt, aber sie hörten ihn in derselben Sekunde – ebenso wie Renata Lander, die zum Fenster lief, den Himmel vergeblich absuchte und vor Erregung auf ihrer Unterlippe kaute.

Dannahay, Llewellyn, McConnell, Lander, Savage – alle hörten ihn innerhalb weniger Sekunden. Das Brummen kam näher, wurde lauter und schließlich so dominierend, daß sich alles nach Süd-Südwest die Köpfe verdrehte.

Auf seiner Fahrt durch die Park Lane hörte auch der Commissioner das dröhnende Heranmahlen und versuchte mit Verrenkungen festzustellen, aus welcher Entfernung es kam. Dem Geräusch nach anscheinend ziemlich tief; und als der Fahrer beim Hotel *Grosvenor House* abbog, war der Hubschrauber genau über ihnen.

Als erste bekamen ihn Lander und Dannahay zu sehen. Mit ohrenbetäubendem Grollen tuckerte er über der rechten Ecke der indonesischen Botschaft herein. POLIZEI leuchtete es weiß auf dunkelblauem Grund. Die großen Schwirrblätter pflügten durch den grauen Regen. Lander schätzte seine Höhe auf hundert Meter, als er jetzt abstoppte und über der Platzmitte stehend rotierte, Schnauze vornüber, einschwenkendes Heck, während der Pilot zum Landemanöver ansetzte.

Unten tauchten jetzt einige Polizisten aus ihren Deckungsstellungen auf und postierten sich in der Nähe der Landemarkierung, um den Hubschrauber einzuweisen. Von ihrem Fenster aus konnten ihn Renata Lander und Mary Kay hinter der Baumabschirmung niedergehen und in einem Sprühnebel verschwinden sehen. Für Grattan war das allerdings nicht möglich, er bekam ihn kein einziges Mal vor Augen. Nur das wild aufknurrende Gedröhn sagte ihm, daß der Helikopter seinen Landepunkt anpeilte, wie ein Insekt seine Saugstelle anschwirrt; die folgende Stille konnte nur bedeuten, daß der Pilot die Motoren abgestellt hatte.

Aber das reichte ihm vollauf. Er gab ein widerlich triumphierendes Auflachen von sich, als ob ihm erst jetzt das volle Ausmaß seiner Gewalt aufgegangen wäre.

18 Uhr 49

Der Commissioner strich sich nachdenklich immer wieder über den glänzend kahlen Schädel, während er McConnells Ausführungen über die weitere Geisel, die Grattan verlangte, über die Kollektion echter und falscher Waffen und über die vier Mäntel und Perükken zuhörte. Er war ein großer, bulliger Typ, dem aus seinen Amateurboxertagen ein verknautschtes Ohr als Vermächtnis geblieben war. Er hatte noch immer etwas von einem Boxer an sich, in seiner ganzen Haltung war er stets angriffsbereit. Daß man diesen Grattan jetzt auch noch mit einem Revolver ausstatten würde, entzog sich zwar seiner Kritik, so lange McConnell unter derart extremem Zugzwang stand, aber es gefiel ihm ganz entschieden nicht, ebensowenig wie die Sache mit dem dritten Mann. Vor ihm auf dem Tisch lag eine Skizze, die Llewellyn angefertigt hatte und die mit einem kreisrund markierten H den

Hubschrauber und mit drei kleinen Kreuzen etwa die Stellen kennzeichnete, die Dannahay für die Scharfschützen vorgeschlagen hatte.

»Sie werden ihn ja noch einmal angehen?« Es war mehr Feststellung als Frage. »Ein letzter Appell?«

»Ein allerletzter.«

»Und wenn Sie Pech haben?«

»Wenn ich das habe, Sir«, gab McConnell lakonisch zurück, »dann nur noch volle Kraft voraus.«

Der Commissioner hielt nichts von Einmischungen, aber letztlich hatte er seinen Kopf hinzuhalten, wenn es zur Katastrophe kam – und die wollte er ebenso vermieden wissen wie jede Art von Rügen und Zigarren, die man ihm andernfalls verpassen würde. Jetzt gab es keine Halbheiten mehr. Für langes Herumfackeln auf höchster Ebene stand einfach zu viel auf dem Spiel.

McConnell wußte schon, was er tat, und zwar besser als jeder andere. Dabei war ihm die richtige Güterabwägung offensichtlich eine ganz natürliche Erwägung.

»Bin Ihrer Ansicht«, ließ der Commissioner das Ergebnis seiner Überlegungen leicht knurrig verlauten. »Wenn es soweit kommt, haben Sie keine andere Wahl, als mit Grattan aufzuräumen.« Es klang, als würde er von einer Notschlachtung reden. »Wer hat sich denn zum 'Reingehen gemeldet?«

McConnell zuckte die Achseln. »Da haben die Amerikaner Ihre Mitwirkung zugesagt.«

»Ah ja?«

»Finde ich nicht schlecht. Solange mir der Auserwählte nicht dazwischenfunkt mit irgendwelchen cleveren Extratouren.«

Lander goß sich nach und trank den Whisky in einem Zug. Die Zukunft würde ihn für die Aufregungen des heutigen Tages entschädigen.

Er blickte aus seinem Bürofenster auf den Hubschrauber, der vor dem Roosevelt-Denkmal bereitstand, und fühlte sich bedrängt von der kurzen Entscheidungsfrist, die ihm blieb, und von Dannahays unausweichlich überzeugenden Argumenten.

In der letzten halben Stunde hatte sich allerhand getan. Zwar sollte Grattan noch immer von einer unbekannten Stimme plötzlich in Verwirrung gestürzt werden; dabei blieb es. Inzwischen stand jedoch die Frage im Raum, ob Lander nicht auch selbst eine Waffe tragen sollte, anstatt sich ausschließlich auf die Kunst von McConnells Scharfschützen zu verlassen. Und erstaunlich war daran, daß er selbst diese Ausfeilung des Plans angeregt hatte, weil er sich am Schauplatz verständlicherweise bewaffnet besser fühlen würde. Auf seine entsprechende Äußerung hin hatte Dannahay auch prompt mit einem Plan nachgezogen, wie das arrangiert werden konnte.

»Möchte fast meinen«, wandte er sich jetzt nachdenklich an Dannahay, »daß ich jetzt dran bin, um einen Gefallen zu bitten.«

»Und welchen?«

»Daß du Renata alles genauso gut verkaufst wie mir.«

»Sicher«, sagte Dannahay mit unergründlicher Miene.

»Wenn du damit nicht fertig wirst, klar.« Er faßte Lander am Arm, als wären sie Verbündete, Mitverschworene. »Grattan hat bisher einfach Oberwasser, was McConnell in dem Ausmaß gar nicht zu erken-

nen scheint – und dabei hat er noch nicht einmal unbedingt alle Trümpfe ausgespielt. Also darf der dritte Mann einfach kein Statist sein – begreifst du, Harry? Wenn wir ihm irgend so 'ne Schattenfigur schicken, spielen wir ihm genau in die Hände.«
Lander sah angestrengt aus, in die Enge getrieben.
»Du bist der einzige, der McConnell da zuspielen kann, gar keine Frage«, bekräftigte Dannahay. »Aber jetzt muß ich erst mal mit ihm reden. Daumen halten inzwischen.«

Flughafenpolizei bestätigt BAC One-Eleven 22 Uhr ab Heathrow startklar . . .
Llewellyn blickte von dem notierten Funkspruch auf und versuchte angestrengt, aus dem beschlagenen Wagenfenster zu schauen. »Wann ist denn Sonnenuntergang?«
»20 Uhr 36«, gab der Kriminalmeister neben ihm Auskunft. »Ganz genau.«
»Dann ist es wann dunkel?«
»Etwa eine halbe Stunde später. Zwischen neun Uhr zehn und fünfzehn, so um die Dreh.«

19 Uhr 04
Savages Augen waren vor lauter Müdigkeit ganz verquollen, und sein Lippenbärtchen sah in diesem überanstrengten Gesicht tatsächlich wie aufgeklebt aus.
»Noch mal her mit dem Megafon«, knurrte McConnell.
Der Commissioner war mit ihm im Aufzug herauf-

gekommen. Zusammen mit Savage standen sie in der Wandnische am Treppenaufgang. McConnell straffte sich innerlich. Diesmal kein Telefon, und er würde nicht plötzlich in der toten Leitung hängen. Jetzt mußte er sich jedes Wort anhören, das er ihm zu sagen hatte.

»Hören Sie, Grattan. Hören Sie mir genau zu. Es ist zu Ihrem Besten.«

Es hing ganz davon ab, was gesagt wurde und in welchem Ton, um eventuell noch eine Wende zu erreichen. Eine vage Chance. McConnell hatte zwar nicht die geringste Zuversicht, aber die Chance *mußte* versucht werden.

»Zunächst sage ich Ihnen, was in Ihrem Sinn geschehen ist und noch geschieht . . . Der Hubschrauber ist am Platz gelandet, Sie werden es ja gehört haben. Innerhalb der nächsten Viertelstunde wird ein Koffer mit der gewünschten einen Million Pfund an Bord deponiert. Außerdem habe ich soeben die Zusage, daß eine Maschine in Heathrow bereitgehalten wird und gemäß Ihren Anweisungen startklar ist. Halten Sie sich das alles vor Augen, Grattan. Die Mäntel und Perücken werden beschafft, und wir sorgen dafür, daß Sie die geforderten Waffen erhalten . . .«

McConnell sprach die eine Gangseite hinunter. Die hohl dröhnende Vibration seiner Stimme brachte auf der anderen Seite Renata Lander und Mary Kay Mulholland auf den Plan.

»Ich zähle Ihnen das alles auf, um Ihnen deutlich zu machen, bis zu welchem Ausmaß wir bereit sind, Ihren Forderungen zu entsprechen. Aber ebenso deutlich muß ich Ihnen machen, daß Ihr Vorhaben mißlingen wird. Keiner kommt mit solchen Aktionen durch. Nirgendwo. Unsere Überlegenheit ist zu groß. Hören Sie mich, Grattan? Sie kämpfen gegen eine zu große Übermacht.«

Beim letzten Mal hatte er durch die Tür geschossen, um ihn zum Schweigen zu bringen. Diesmal nichts dergleichen. Jetzt war nur das metallische Hallen seiner eigenen Stimme zu hören, die den Gang hinunterdonnerte, und er hatte das alte Gefühl von Sinnlosigkeit. Es würde nichts bringen, er kämpfte mit Worten gegen Wahnsinn und die Gewalt eines Gewehrs.

»Sie sind doch kein Verbrecher, Grattan. Was glauben Sie, wie weit Sie kommen? An Bord der Maschine in Heathrow werden zwar Fallschirme sein. Aber wohin Sie den Flug auch dirigieren und wo immer Sie aussteigen, ist Ihre Position geortet ... Begreifen Sie das nicht? Sie entkommen nicht. Sie sind und bleiben in der Falle. Das muß Ihnen doch einleuchten.

McConnell setzte ab. Vor Anspannung zitterten seine Hände.

»Grattan, ich fordere Sie auf, einzig und allein dazu auf, herauszukommen. Vergessen Sie das Gewehr und kommen Sie auf den Gang. Wir werden nicht schießen. Ich gebe Ihnen mein Ehrenwort, daß Ihre Sicherheit gewährleistet ist, wenn Sie jetzt aufgeben. Wenn durch Sie niemand zu Schaden kommt, werden Sie es auch nicht ...«

Mit einem Seitenblick sah er den Commissioner, der mit skeptisch vorgeschobenem Mund dastand. Da bot er noch einmal alles auf für einen letzten Anlauf.

»Ich gebe Ihnen eine Minute Zeit, Grattan. Sie haben

mein Angebot gehört, ich erwarte Sie hier draußen auf dem Gang. Menschenskind, seien Sie doch vernünftig, Mann! Tun Sie, was ich sage! Kommen Sie jetzt heraus . . . Sie haben eine Minute Zeit dazu. Eine volle Minute von jetzt an.«

Ohne große Hoffnung waren seine Augen auf die geschlossene Tür fixiert. Einschließlich der Scharfschützen waren acht Männer auf dem Flur, keiner rührte sich, sie waren unter Hochspannung, alle starrten sie wie gebannt auf die Tür, und die Zeit stand mit ihnen still. Aber sie warteten vergeblich. Keine Antwort, nichts tat sich, die Lautlosigkeit selbst war wie eine spöttische Herausforderung.

McConnell schaute zum Commissioner hinüber, der seinen Blick auffing und den Kopf schüttelte. Trotzdem wartete er noch eine Weile, zwanzig Sekunden, vielleicht länger, es waren eher zwei als eine Minute, bevor er sich endgültig das Scheitern dieses letzten Versuches eingestand.

»Ich brauche Ihre drei besten Schützen«, wandte er sich an Savage.

»Wie schnell?«

»Bis acht Uhr.« In seiner ganzen Dienstzeit hatte er noch keinen solchen Befehl gegeben. »Und alle drei Gewehre mit Nachtzielgerät.«

19 Uhr 08

Was Ireland empfand, war nicht zu erkennen; er war schon einige Zeit völlig apathisch und unansprechbar. Mulholland jedoch verfiel nicht in Verzweiflung, als Grattan McConnells Appell unbeachtet ließ. Er hatte nichts anderes erwartet. Von Anfang an hatte er gesehen, daß Grattan in seinem Wahn den Weg konsequenter Zerstörung gehen und seine Absichten satanisch durchziehen würde. Das Mädchen mußte McConnell schließlich erzählt haben, wie es in 501 aussah, mußte ihn über alle möglichen Aspekte ins Bild gesetzt haben, so daß er durch ihre Flucht zu einer Vielzahl von authentischen Informationen gekommen war, rundum zu einer Einschätzung Grattans – offensichtlich bis auf die unverrückbare Gewißheit, daß er vor dem Äußersten nicht zurückschreckte, daß man ihn nicht davon abbringen konnte.

Grattan stand an die Wand gelehnt und streckte den Arm zum Telefon.

»Ja, bitte?« Helen Olivares hatte ihren Posten den ganzen Tag ohne Unterbrechung gehalten.

»Richten Sie McConnell was aus.«

»Ja?«

»Wenn der Neue kommt, hat er eine Stablampe dabei.«

»Wird bestellt.«

»Und noch was. Er wird halb neun hier sein, spätestens.«

»Halb neun, gut.«

»Mäntel, Perücken, Revolver, Stablampe – haben Sie's?«

»Ja«, bestätigte sie.

»So, und dazu jetzt noch zwei Sachen. Jedes einzelne Licht hier im ganzen Hotel und jedes Straßenlicht in fünfhundert Meter Umkreis wird abgestellt.« Er wiederholte es, diesmal langsamer und jedes Wort betonend, und suchte im Halbdämmer des Zimmers mit wachsam aufdringlichem Blick die Wirkung auf Ireland, auf Mulholland. »Jedes einzelne Licht – aus! Verstanden?«

McConnell kam gerade mit dem Lift in die Halle, als man ihm den Zettel mit den neuen Forderungen übergab. Der Commissioner hatte den Eindruck, er müßte mindestens zweimal lesen, bevor er die Notiz weiterreichte.

»Was?« regte sich der Commissioner auf.

»Der spielt Schach mit uns, Sir. Genau das. Ein teuflischer Zug nach dem anderen.«

19 Uhr 12

»Hat man Töne! Der wird ja immer gerissener!« Dannahay konnte sich nur noch wundern.

McConnells Miene war finster. Er hatte genug Sorgen, sollten andere Grattans Gewieftheit würdigen. Ihm war denkbar unbehaglich, wenn er an die Schlagzeilen von morgen dachte, die jetzt schon in der Mache waren.

»Möchte Ihnen ja nicht im Weg sein« – Dannahay zeigte äußerstes Taktgefühl –, »aber hätten Sie eine Minute Zeit?«

»Sicher.«

»Wegen unserem dritten Mann.«

»Ah ja.«

»Sie wissen doch noch, daß ich meinte, es sollte einer von unseren Leuten da 'reingehen.«

»Weiß ich.«

»Jetzt kann ich konkreter werden. Es wird Lander sein.«

»Lander?«

»Aus gutem Grund.« Dannahay machte nie Umschweife. »Sie werden gleich sehen.«

»Lander?« McConnell konnte sich von seiner Überraschung nicht so schnell erholen. »Moment mal. Wie kommen Sie überhaupt auf die Idee, daß er einverstanden wäre? Nach allem, was er und seine Familie hinter sich . . .«

»Das ist schon besprochen.«

»Und er hat ja gesagt?«

»Richtig. Er hat sich's genau überlegt.«

»Mein Gott!«

»Glauben Sie ja nicht, ich wäre übergeschnappt. Hab' auch nicht blindlings mit 'm Pendel über unserem Haustelefonverzeichnis gesessen, ganz und gar nicht. Ich wollte Lander ganz gezielt, von Anfang an; ich hab' mir einfach gedacht, daß Sie ihn brauchen, genau ihn.«

»Wieso ausgerechnet ihn?«

Sie standen bei den wuchtigen Glasschwungtüren, die zur North Audley Street führten, deren Anblick öd, verlassen und verregnet war. In zwei Stunden würde es da draußen pechrabenschwarz sein.

McConnell hakte noch einmal nach. »Wie meinen Sie das: ihn brauchen?«

Dannahay zählte ihm an seinen nicht gerade schlanken Fingern zwei der Voraussetzungen ab, die für Landers Eignung sprachen. »Erstens paßt Landers Statur. Zweitens kennt ihn Grattan . . .« Beides beeindruckte McConnell nicht sonderlich, was er auch aussprach. Der Zeitdruck ließ ihn gereizt werden.

»Schauen Sie, wenn Sie glauben, es gibt eine Motivation, daß es einer der Ihren sein soll – gut. Nichts dagegen, gar nichts. Aber ich kann beim besten Willen nicht begreifen, warum Sie Lander herausgepickt haben. Dem armen Schwein reicht es doch wohl für einen einzigen Tag, und es gibt sicher noch 'ne ganze Menge anderer, die von gleichem Maß sind und Grattan kennen.«

»Daran gibt's keinen Zweifel«, stimmte Dannahay zu.

»Aber Lander kann etwas, was andere nicht können: Stimmen nachmachen.«

»Und das ist so wichtig?«

»Unbedingt. So wie andere einen mit Kartentricks hereinlegen, foppt einen Lander mit Stimmen. Ein perfekter Stimmenimitator.«

»Da komme ich einfach nicht mit«, resignierte McConnell. In manchen Augenblicken schien sein Denkvermögen vor Müdigkeit auszusetzen. Er rieb sich das Kinn, das inzwischen zum mittleren Reibeisen geworden war, und spulte das Ganze noch einmal zurück. »Grattan hat es auf ein weiteres Double für seinen Auftritt abgesehen. Ein lupenreines Double, sonst nichts!«

»Aber eines, mit dem Sie bei Gott auch irgendwas anfangen können!« Dannahay klopfte seine Taschen nach Zigaretten ab. »Ich sag's Ihnen rundheraus, David, mir ist himmelangst, daß was schiefgeht. Alles läuft hier wie am Schnürchen für Grattan. Er hat uns mehr und mehr Dampf gemacht und wird ihn noch weiter aufdrehen – siehe die Geschichte mit dem Lichterausmachen. Schauen Sie, wenn die vier hier 'rauskommen, ist doch der einzige, den wir absolut sicher unterscheiden können, Mulholland. Er ist dikker und kleiner. Wenn wir überhaupt was sehen, nicht zu vergessen.«

»Die Nachtzielgeräte finden ihn schon 'raus.«

»Okay, okay. Aber was ist mit den anderen? Im Stockdunkeln und bei dem Regen? Die reinsten Kohlenpausen, einer finsterer als der andere.« Gekonnt schnippte er sich eine Zigarette aus der Pakkung und kniff beim Anzünden die Augen zusammen, um keinen Rauch abzubekommen. »Wenn Sie wirklich gut aus der Sache und mit heiler Haut vom Platz kommen wollen, brauchen Sie alle erdenkliche Hilfe. Landers Hilfe.«

McConnell hatte Dannahay noch nie so in Sorge gesehen, noch nie so drängend erlebt. Er schaute ihn tief nachdenklich an. Ein Nachtzielgerät war bei nahezu totaler Finsternis noch präzis; der Zielverstärker konnte geringste Spuren natürlichen Lichtes bündeln und um das achtzigtausendfache intensivieren. Allerdings würde sich diese Leistung bei den gegebenen Bedingungen um einiges vermindern. Da machte er sich nichts vor. Er kannte den Risikofaktor und übernahm die Verantwortung dafür. Aber Dannahay hatte recht: Grattans letzte Forderung hatte die Eröffnung um eine weitere Nuance zu seinen eigenen Gunsten verschoben.

»Erklären Sie mir, was Sie meinen«, forderte ihn McConnell auf und kombinierte bereits selbst, erwog in Gedanken die Argumente. »Klamüsern Sie mir das mal auseinander.« Dannahays Vorschläge für die Scharfschützenpositionen hatten wirklich Hand und

Fuß gehabt, das mußte er zugeben. »Dreht es sich darum, Grattan irgendwie zu verwirren – reden Sie davon?«

»Zum Teil.«

»Lander soll ihn also mit verstellter Stimme ins Schleudern bringen?«

»Der kann das so frappierend echt, Sie haben keine Vorstellung! Richtige Marotte von ihm. Sein Sohn und er betreiben's um die Wette.« Dannahay zog den Rauch ein, als würde er ohne ihn ersticken. »Meiner Meinung nach reicht der Schock einer fremden Stimme, um Grattan zumindest so weit aus der Fassung zu bringen, daß Lander ihn schafft.«

»Wie denn?«

»Mit einer Pistole«, erklärte Dannahay. »Er ist ein fabelhafter Schütze, was noch mehr für ihn spricht. Ein As an jeder Waffe.«

»Das kann er doch nicht schaffen!«

»Er will's versuchen. Mit den Scharfschützen als Rückendeckung –«

»Nein, ausgeschlossen ... Grattan wird ihn doch durchsuchen, sowie er seinen Fuß auch nur ins Zimmer setzt. Das ist sicher wie 's Amen in der Kirche.«

»Aber er nimmt die Pistole doch gar nicht mit rein, David. Er holt sie sich auf dem Weg hinaus.«

»Von wo denn?«

»Hier.« Dannahay ging auf die Schwungtüren zu und zeigte auf die scheibenförmigen Türgriffe aus schwerer Bronze. »Auf der Rückseite eine Pistole angeklebt ... sehen Sie? Hier ... Nur so eben gerade fest genug. Wenn einer davon weiß, kann er sie im

270

Vorübergehen abstreifen. Kleinigkeit. Absolutes Kinderspiel.«

McConnell ließ sich Zeit. »Lander weiß schon davon?«

»Hab's ihm anheimgestellt.«

»Und er ist einverstanden?«

»Im wesentlichen. Wie gesagt, er hat sich schließlich Ihren Problemen nicht verschließen können.«

McConnell schien noch nicht befriedigt, weshalb Dannahay fortfuhr: »Den Hauptausschlag hat wahrscheinlich die Erkenntnis gegeben, daß Mulholland unter völlig falschen Vorzeichen da hinaufgegangen ist. Man könnte so 'ne Art fairen Zugzwang drin sehen. Dazu kommt eben noch sein kolossales Talent, sowohl mit den Stimmbändern als auch mit der Waffe. Und er ist auf Draht, absolut auf Draht.« Mit einer ruckartigen Handbewegung schnippte er die Asche von der Zigarette. Er war in ungeheurer Sorge um Mulholland und machte auch kein Hehl daraus. »Auf Lander können wir meines Erachtens bedeutend zuverlässiger setzen, als auf jeden Ihrer Scharfschützen, wenn's darum geht, den richtigen Mann möglicherweise im wahrsten Sinne des Wortes todsicher 'rauszupicken. Zwar ganz gut, sie da draußen zu haben, ohne Zweifel. So für den Fall aller Fälle. Aber auch die Frage ihrer Verantwortung wird unter den gegebenen Umständen und der knappen Entscheidungsfrist 'n glatter Horrortrip für sie. Die brauchen den richtigen Fingerzeig, und es geht einfach nichts über den unmittelbaren Augenschein.«

Roberto Olivares ging systematisch Etage für Etage und Zimmer für Zimmer ab. Unglaublich, aber das *Shelley* funktionierte noch. Und noch unglaublicher, daß da Gäste waren, die das für angemessen hielten. Inzwischen hatte er sich ganze Beschwerdelitaneien eingehandelt, und es graute ihm langsam davor, sich als Zielscheibe weiterer Reklamationen zu präsentieren.

Er klopfte und hielt abwartend seinen Bund Hauptschlüssel parat für den Fall, daß niemand antwortete. Er war bei Zimmer 229 angekommen.

»Guten Abend«, sagte er in seiner gewohnt ausgesuchten Höflichkeit, als die Tür von einer älteren Dame geöffnet wurde. »Mein Name ist Roberto Olivares, ich bin der Direktor dieses Hotels. Ich bedaure außerordentlich, Sie bitten zu müssen, dieses Zimmer zu Ihrer eigenen Sicherheit bis spätestens acht Uhr zu verlassen. Bitte begeben Sie sich ins Restaurant.«

»Verstehe.«

»Gezwungenermaßen müssen wir das gesamte Hotel verdunkeln, bis der Geiselnehmer hier im Haus abgezogen ist. Aus diesem Grund müssen wir jeden unserer verehrten Gäste bitten, sich im Restaurant einzufinden, das entsprechend vorbereitet ist.« Seine ganze Gestik unterstrich, wie peinlich ihm das alles war. »Glauben Sie mir, wir bedauern außerordentlich. Aber die Polizei hat strikte Anweisung gegeben. Bitte haben Sie Verständnis.«

»Aber natürlich.« Kein grobes Wort, keine Beschwerde! Dafür viele kleine Lächelfältchen in einem freundlichen Gesicht. »Sie werden sich nicht an mich erinnern, Mr. Olivares. Aber meine Aufenthalte im *Shelley* waren bisher immer außerordentlich glücklich. Es ist mir direkt ein Anliegen, Ihnen das Kompliment zu machen, wie großartig Sie mit dieser ungewöhnlich schwierigen und gefährlichen Situation fertig werden.«

»Oh, nicht der Rede wert«. Roberto Olivares erstrahlte in seinem gekonntesten Servicelächeln. »Ist doch selbstverständlich«, sagte er und war selig, daß Helen nicht in der Nähe war.

19 Uhr 36

»Renata?«

Der verdammt schwierigste Part stand ihm jetzt hier mit ihr bevor. Sie war allein mit Mary Kay. Sam O'Hare war zum viertenmal hiergewesen und soeben gegangen, als er kam. Die Strapazen des Tages waren den beiden anzusehen. Die Luft im Zimmer war stickig vom Rauch der vielen Zigaretten, jeder verfügbare Aschenbecher quoll über.

»Hallo, Harry.« Sie lächelte ihm entgegen, als er auf sie zuging. Wenigstens war ihr eigener Alptraum vorbei und vergessen.

»Da ist was, das ich dir zu sagen hätte.« Er hatte sich dieses Kreuz selbst aufgeladen, und doch graute es ihm vor ihrer Reaktion; sie war so gefühlsbetont. »Man hat mich da um was gebeten.«

»Und was?«

Vielleicht hätte er es etwas geschickter angehen können. »Na ja, . . . man hat mir nahegelegt, daß ich derjenige sein soll, der da zu Ralph Mulholland hineingeht.«

Sie starrte ihn völlig begriffsstutzig an. »Du?«

»Genau.«

»Ja, wieso denn du?«

»Die halten mich einfach für den geeignetsten.«

»Was soll das heißen? Wozu geeignet?«

Sie hatte ihn nicht mehr aus den Augen gelassen. Ihr Blick wurde angstvoll, Panik dämmerte herauf. Wie wenig man sich doch zu sagen brauchte, ging es ihm durch den Kopf. Er umfaßte ihre Schultern.

»Grattan pocht darauf, daß noch einer zu ihm 'reingeht, und das spätestens um halb neun.«

Sie nickte. »Aber warum du?« Sie konnte es einfach nicht fassen. »Wieso denn?«

»Einer muß es ja sein.«

»Mein Gott!« brach es aus ihr heraus, und ihre Miene wurde einen Augenblick fast feindselig. Sie fuhr spontan zu Mary Kay herum. »Haben Sie gehört? Haben Sie gehört, was Harry da gesagt hat?«

Er war froh, daß Mary Kay da war; weiß Gott besser, als wenn Dannahay dabeigewesen wäre. »Reg' dich doch nicht auf!« setzte er wieder an. »Hör' mir zu . . . Da ist eine Sache zu deichseln . . .«

»Welche Sache denn?«

»Grattan hat noch 'n paar Dinge verlangt, die einfach hineingebracht werden müssen.«

»Ich weiß.«

»Na ja, das soll ich eben machen.« Mehr brachte er nicht über die Lippen. Sie würde die Wände hochgehen, wenn sie es wüßte. »McConnell und Dannahay haben sich vereint die Köpfe zerbrochen und meinen eben, daß ich für Grattan annehmbar wäre, jedenfalls wird er mit mir weniger nervös als zum Beispiel mit einem völlig Fremden. Außerdem habe ich so ziemlich die Statur, die er sich ausbedungen hat.«

Wie lahm sich das alles anhörte. Renata weinte, und ihre Tränen erregten sein Mitleid. »Harry, Harry ... war das denn noch nicht genug?«

»Renata, Liebes ...«, sagte Mary Kay voll Mitgefühl und wandte sich ihr zu. »Herzchen ...«

»Geht doch alles gut aus«, beruhigte Harry sie.

»Und Noel? Denkst du denn gar nicht an Noel?«

»Geht ja gut aus!« Nur keine Szene jetzt, das hätte er nicht ertragen. »Dafür sorgen die schon.«

»O mein Gott!« schluchzte sie auf. Sein Whiskyatem erreichte sie. »Im schlimmsten Traum wär' mir nicht eingefallen –«

»Sei doch still!« sagte er leise. Er fühlte sich irgendwie in der Klemme und von Dingen bedrängt, mit denen er nicht fertig werden konnte. »Um mich geht's doch gar nicht. Sorgen muß man sich hier um einen anderen.« Er schaute zu Mary Kay hinüber und ließ offen, wen er meinte. »Ich hab' mich ja nicht vorgedrängelt, Renata. Die haben mir auseinandergesetzt, daß es so am besten ist, und da bin ich eben bereit, mitzuziehen. Wär's dir denn lieber, wenn ich kneife?« Und dabei schaute er wieder lieber zu Mary Kay hinüber und war schon dabei, seine Zukunftschancen anzupeilen. »Schätze, daß ich es Ralph Mulholland auch irgendwie schuldig bin. Er ist meinetwegen 'rein, ich gehe seinetwegen 'rein. Verstehst du das nicht?«

Er sah, wie es draußen schon langsam dämmrig wurde.

Die Stationsschwester kam mit einer Zeitung an Yorkes Bett und hielt ihm die Aufmacherstory der letzten Seite hin.

»Wissen Sie, daß Sie inzwischen berühmt sind?«

Yorke schaute auf das Foto, das ihn auf der Tragbahre zeigte, die gerade in den Notarztwagen geschoben wurde. Er rettete sich in ein befangenes Grinsen.

»Wo ist denn überhaupt meine Dienstmütze abgeblieben?«

»'ne neue werden Sie wohl nicht kriegen können, was?«

Sie schmunzelte ihn schon ohne Schwesternroutine an, ihre Dienstzeit war wieder einmal fast vorüber, gleich war Feierabend für sie. Mit sorgfältig gepflegtem Fingernagel deutete sie auf eine kleinere Meldung. »Was schließen Sie denn daraus? Sieht eigentlich eher nach Selbstmordversuch als nur nach Gasexplosion aus . . . eine Janet Ireland aus Pool in Hamshire. Da ist doch auch Richard Ireland zu Hause, das weiß ich genau . . . Halten Sie das vielleicht nur für eine zufällige Namensgleichheit?«

Der Hubschrauberpilot war weit jünger, als McConnell erwartet hatte. Er gab sich betont gelassen, war aber voller Fragen.

»Werf' ich schon an, bevor die Gruppe direkt hier ist, oder danach?«

»Danach.« McConnell wollte die Szene so ruhig wie

möglich. »Sobald wir das Zeichen kriegen, daß sie jetzt im Anmarsch sind, blinken wir Ihnen.«

»Von woher?«

»Vom Navy-Gebäude. Wir blenden zweimal hintereinander auf.«

Das Kommandoprovisorium im Einsatzwagen war nicht gerade der ideale Ort für Lagebesprechungen, schon gleich gar nicht bei dem herrschenden Gedränge; aber es ging zur Not. O'Hare, Ryder, Dannahay, Lander, der Commissioner, Llewellyn, der Hubschrauberpilot, die Spitzenscharfschützen von Savage – alles mußte hier Platz finden und dazu noch die reguläre Besatzung. Der Regen trommelte ununterbrochen auf das Wagendach, und fast genauso ununterbrochen gingen die Telefone und tickte der Fernschreiber.

McConnell zeigte auf Llewellyns Lageskizze vom Platz. »Wenn sie aus dem Hotel 'rauskommen, werden sie höchstwahrscheinlich die kürzeste Strecke gehen.« Er entwickelte seine Prognose so abstrakt und neutral, als wäre Lander gar nicht anwesend. »Das bedeutet, Grattan wird sie direkt zur Platzmitte dirigieren – hier vom Nordwestwinkel aus, genau an der Stelle vorbei, wo heute morgen der Tote lag.« Das schien schon eine mittlere Ewigkeit her. McConnell fuhr mit dem Finger die angenommene Route nach. »Es wird ihm auf jeden Schritt ankommen, der macht uns keinen Umweg. Ich wüßte auch gar nicht, wo.«

»Und wenn doch?« warf der Commissioner ein.

»Selbst dann haben wir ihn noch im kritischsten Augenblick in den Schußlinien. Welchen Weg er auch nimmt, sein Ziel ist immer das gleiche.« McConnell demonstrierte auf der Skizze die mögliche Feuerabdeckung der beiden Schützen von Ulme und Kastanie aus. »Der kann uns jeden Haken schlagen, den er will. Aber ich gehe jede Wette ein, daß er die Direttissima geht.«

»Da wett' ich mit«, stimmte ihm Dannahay zu.

»Und sie werden im Schrittempo ankommen, das möchte ich doch eigentlich völlig sicher annehmen. Wir werden sie also wenigstens hören.« McConnell warf Lander einen Blick zu. »Gehen Sie 'n bißchen schleppend, ja? Unauffällig, aber so ab und zu 'n Schlürfschritt dazwischen.« Mit dem Daumen deutete er über die Schulter auf die hinter ihm stehenden Scharfschützen. »Die Jungs da müssen Sie so früh wie möglich ausmachen können.«

»Okay.« Lander fuhr sich mit der Zunge über die Lippen.

»Und treten Sie nicht in Aktion, bevor Sie hier in der strategischen Zone sind.« McConnell markierte in groben Zügen einen Kreis auf der Skizze. »Das sind fünfundsiebzig Schritte nach Überqueren des Fahrdamms. Sie haben dann bereits die Baumreihe passiert und sind auf freiem Gelände – Rasen, Blumenanlagen und die Wege.«

Damit sprach er jetzt Lander persönlich an und ließ die unverbindlich neutrale Vortragsweise über das hypothetische Tun und Lassen der Gruppe beiseite.

Dann wandte er sich wieder an diejenigen, die mehr im Aktionsschatten des Geschehens standen. »Grattan ist viel zu clever, seine Vorteile leichtfertig aufzugeben. Er wird sich also unauffällig einreihen und weder als Schlußlicht ankommen, noch direkt hinter dem

Botschafter hergehen. Er hat es auf Verwirrung abgesehen, und die konsequente Art, mit der er vollkommen identisches Aussehen erreichen will, läßt präzis auf die Gegenmaßnahmen schließen, mit denen er rechnet. Aber es wäre völlig sinnlos, wenn wir Scheinwerfer rund um den Platz montieren oder uns was ähnlich Konventionelles einfallen lassen. Selbst ein plötzliches Flutlicht kann uns keine Gewißheit vermitteln, wer nun wer ist.«

Er drehte sich halb zu den Scharfschützen um. »Mr. Lander hingegen hat den Vorteil, genau zu wissen, wo sich Grattan eingereiht hat. Der Erfolg unserer ganzen Operation steht und fällt mit Ihrer Präzision in den ein, zwei Sekunden, die er uns mit Grattans Stimmüberrumpelung verschaffen wird. Und Grattan ist für so etwas weit anfälliger als jeder andere, so daß seine Reaktion ihn zweifellos irgendwie verraten wird, ihn jedenfalls deutlich genug ausweisen, damit Sie Mr. Lander sofort Schützenhilfe geben können.«

»Sollten sie nicht schon wissen, welche Stimme Harry nachmachen wird?« warf Dannahay ein.

McConnell nickte zustimmend. »Wie steht's damit?« fragte er Lander.

»Am besten Bogart.«

»Und was?«

»Jetzt hör' mir mal gut zu, Sweetheart!« Und ein zweites Mal lauter: »Jetzt hör mir mal gut zu, Sweetheart!« Unheimlich einfach. Keiner lachte oder amüsierte sich. Hier ging es nicht um Kunststücke und Kindereien, sondern um Leben und Tod.

»Mehr nicht?« fragte Dannahay. »Jetzt hör' mir mal gut zu, Sweetheart! . . . Schon alles?«

»Mehr Zeit bleibt mir gar nicht.«

»Ihre Schützendeckung muß Sie noch in knapp vierzig Meter Entfernung hören. Sie müssen also ziemlich laut werden.«

»Okay«, meinte Lander.

»Was passiert eigentlich«, wollte einer der Scharfschützen wissen, »wenn Sie beim Verlassen vom *Shelley* nicht an die Waffe kommen?«

»Darauf wollte ich gerade kommen«, erwiderte McConnell. »Es ist immerhin möglich. Das müssen wir einkalkulieren.«

»Markiert Mr. Lander trotzdem die Stimme?«

»Daran ändert sich nichts.«

»Dieselbe Bogart-Passage?«

»Genau.«

»Womit die Verantwortung dann voll auf uns liegt?«

»Voll und ganz.« McConnell machte eine Pause. »Dazu möchte ich noch sagen, daß Mister Lander selbst größten Wert darauf legt, bewaffnet zu sein. Sollte sich das als nicht realisierbar herausstellen, ist er trotzdem bereit, die Aktion einzuleiten und Sie in die Lage zu versetzen, Grattan auszusondern und aufs Korn zu nehmen.«

Rundum ernste Mienen. Alles stand wie zu einer Gruppenaufnahme dicht um ihn gedrängt. Und in diesem Augenblick beklommener Erwartung fiel ihm plötzlich ein, wieviel Mut dieser Lander heute noch brauchte.

»Also dann«, sagte er, »noch irgendwelche Fragen?«

»Achtung, Achtung ... dies ist eine Durchsage der
Polizei. Infolge der Ausnahmesituation ist die Strom-
zufuhr in diesem Teil von Mayfair vorübergehend
unterbrochen. Betroffen ist das gesamte Gebiet im
Umkreis des Grosvenor Square, bis zur Green Street,
Mount Street, Carlos Place und Duke Street ... Die
Anwohner werden dringend ersucht, Ruhe zu bewah-
ren. Die Stromversorgung wird zum frühestmöglichen
Zeitpunkt wieder aufgenommen.«

Der Regen hatte etwas nachgelassen, und der bleierne
Himmel zeigte einen Hauch von Abendrotfärbung.
Noel Lander sah den Streifenwagen zum Carlos Place
abbiegen und horchte der langsam entschwindenden
Lautsprecherstimme nach. In diesem Raum war er
noch nie vorher gewesen, in des Botschafters höchst-
persönlichem Refugium mit dem Sternenbanner in
der Ecke neben dem wuchtigen Schreibtisch, den
farbenfrohen Stoffmalereien an den Wänden und
dem Panoramablick auf den Grosvenor Square.
»Willst du was trinken, Noel?« forschte Mary Kay.
»Nein, danke.«
Ihm war nicht direkt übel, nur mulmig. Dieses
Gemisch von Stolz und Furcht machte ein so sonderbares Ziehen über dem Magen. Es war alles so schnell
gegangen. Vor kaum fünf Minuten war seine Mutter
mit Mary Kay Mulholland in die Bruton Mews
gekommen, und sie waren sofort wieder zurückgefah-
ren, für Erklärungen blieb nur im Wagen Zeit.
Er schaute auf den Hubschrauber hinunter. Eine
ganze Menge Polizisten standen in Deckung hinter

den Bäumen rundherum. Zwei Marinewachposten waren eben von der Botschaft aus hinübergegangen; einer trug einen Koffer.

»Weißt du, Noel« – Mary Kay kam zu ihm ans Fenster –, »ich habe es deinem Vater nicht mehr sagen können, bevor er wegging. Aber er ist ein fabelhafter Mann, ein mächtig tapferer und großartiger Mann.« Aus der Nähe sah sie furchtbar erschöpft aus. »Und wenn das hier vorbei ist, dann sagen wir's ihm, hm? Alle drei sagen wir's ihm.«

»Ganz sicher.« Er legte seiner Mutter den Arm um die Hüfte, starrte zum Fenster hinaus und überspielte seine Erregung, so gut es eben ging.

20 Uhr 17

»Grattan?« McConnell sprach von der Nachtportierloge aus. »Nur damit es keine Mißverständnisse gibt . . .«

»Ja, was?«

»Ihr dritter Mann ist in genau dreizehn Minuten vor Ihrer Tür. Punkt halb neun. Klopfzeichen wie gehabt, genau wie der Botschafter.« Er hörte, wie Grattan scharf den Atem einzog. »Folgendes hat er bei sich: Perücken, Mäntel, eine geladene Walther Polizeidienstwaffe im Karton, drei Revolverattrappen, eine Stablampe.«

»Gut. Weiter?«

»Der Hubschrauber ist startklar, das Geld an Bord. Die Straßendurchsage wegen der Verdunkelung haben Sie selbst hören können . . . Wenn das nicht

Entgegenkommen ist, Grattan, dann weiß ich wirklich nicht! Aber ich habe nur Ihrer Geiseln wegen so weit mitgespielt. Es darf ihnen kein Haar gekrümmt werden, ist das klar? Sie können mit ihnen nicht unbegrenzt umspringen, damit es da keinen Zweifel gibt! Und als Gegenleistung brauche ich auch etwas von Ihnen.«

»Und was?«

»Eine ungefähre Vorstellung, wann Sie abmarschieren.« McConnell wartete sekundenlang ohne große Hoffnung, er ließ es nur darauf ankommen. »Es geht nur um die Leute bei Ihnen. Eine Cirka-Angabe reicht mir vollauf. Dunkel wird's etwa um neun, und die beiden sind erschöpft und hungergeschwächt.«

»Ich komm' raus, wenn's mir komplett in den Kram paßt«, gab Grattan drohend von sich. »Und keinen Furz eher.«

20 Uhr 26

»Hals- und Beinbruch«, wünschte McConnell mit Wärme in der Stimme.

»Danke.«

Dannahay brachte ein undefinierbares Grinsen zustande. »Das nämliche, Harry!« Und dann fügte er noch hinzu: »Na, das wird 'ne Feder an deinem Hut.« So sicher war er, daß nichts schiefgehen konnte.

Er drückte Lander die Hand und bepackte ihn dann mit dem Zeug, das er mitzubringen hatte. Sämtliche Hotelgäste waren inzwischen im Restaurant versammelt und damit in Sicherheit. In der Halle herrschte schon ziemliches Zwielicht, an den Gesichtern war nichts mehr mit Bestimmtheit abzulesen.

»Noch was wegen der Pistole.«

»Ja?«

Sechsmal hatte Lander im Vorbeigehen das Abstreifen von der Innenseite des Türgriffs mit der linken Hand geprobt, während er die Attrappe in der rechten hatte. Wirklich nichts dabei. Mit verbundenen Augen hätte er es gekonnt.

»Schau, daß du das Ding sofort im Ärmel verschwinden läßt, wenn du es zu fassen kriegst.« Und ob er das würde! »Schlagartig, ja? Und schön drin lassen, bis es so weit ist, ihn zu packen.«

»Ganz klar.«

Lander schwitzte, es war selbst im herrschenden Dämmerlicht zu sehen. Er hatte noch immer eine Whiskyfahne, wenn auch inzwischen mit einstündiger Abschwächung. Aber er machte einen völlig klaren, energischen und entschlossenen Eindruck.

»Pauk uns Mulholland da 'raus, Harry«, ermunterte ihn Dannahay.

»Alles klar.«

Es gab auch nichts mehr zu sagen. McConnell folgte Lander in den Aufzug. Dannahay sah ihnen noch nach, als sich die Türautomatik langsam schloß.

NACHT

Sein inneres Leitsystem schaltete in dem Augenblick von Logik auf Instinkt, als er McConnell und Savage verließ und allein den langen Flur im fünften Stock hinunterging. Wegen des Aufbaus, den er vor sich hertrug, sah er weder die vorwarnende Cornflakesstreu noch das Serviertablett, das Gabrielle Wilding stehengelassen hatte. Kalter Schweiß brach ihm im Nacken aus, als er im fahlen Halbdämmer stolperte. Eine Schrecksekunde lang hatte ihn die Versuchung durchzuckt, einfach kehrtzumachen und davonzulaufen; in die Magengegend war ihm ein Schwächegefühl gefahren, aber schließlich fing er sich wieder und hatte den Krisenaugenblick überwunden. Nur sein Puls jagte noch.

Er klopfte wie angewiesen, ein dreimaliges deutliches Pochen. Sie wußten drinnen ja ohnehin, daß er jetzt da war, aber trotzdem mußte er warten. Der Papierpfropfen aus dem ausgesplitterten Loch in der Türfüllung wurde entfernt, und Lander fühlte sich sekundenlang beobachtet. Erst nach dieser Visitation wurde die Tür entriegelt und aufgerissen.

Der üble Geruch, der ihm entgegenschlug, traf ihn völlig unvorbereitet. In ihm lag der Terror dieses unendlich langen Tages, der Schweiß von heimlich ausgestandenen Todesängsten und von verzweifelten Hoffnungen zu überleben, davonzukommen, gerettet zu werden. Es stieg Lander ätzend in die Nase, als er hineinging. Die Tür wurde hinter ihm zugeworfen, er konnte nur schattenhafte Umrisse und dunkle Silhouetten erkennen. Jemand saß, ein anderer stand. Die Vorhänge waren zugezogen. Er bekam etwas hart in die Rippen gestoßen, dann wurde er von oben bis unten sachkundig und geübt in Sekundenschnelle abgetastet.

»Her mit der Stablampe!« verlangte Grattan erst jetzt.

Sie wurde ihm aus der Hand geschnappt. Einen Augenblick später richtete sich ihr Strahl voll auf sein Gesicht.

»Wahnsinn!« entfuhr es Mulholland.

Doch Grattan schien überhaupt nicht beeindruckt.

»Wie groß?« schnarrte er ihn an.

»Einsachtundsiebzig.«

Von Kopf bis Fuß wurde er argwöhnisch abgeleuchtet.

»Das Zeug da auf den Boden, bloß her mit dem Karton!«

Lander gehorchte. Er hatte nichts anderes im Sinn, als gefügig zu sein, bis sein Augenblick gekommen war. Der Lichtstrahl blieb ihm voll ins Gesicht geblendet, während Grattan ihn immer noch musterte.

»Wie viele sind da draußen im Gang?«

»Keiner.« McConnell und Savage mußten sich inzwischen zurückgezogen haben.

»Eine Lüge, und Sie werden's bereuen! Haben Sie 'n Hubschrauber gesehen?«

»Ja.«

»Ich kenn' Sie doch ... ich kenn' Ihre Stimme!« Grattans Ton klang fast vorwurfsvoll.

Gehör, Geruch, Geschmack und Tastsinn – die verbliebenen vier Sinne, auf die er sich in seinem defekten Wahrnehmungssystem verließ. Lander nickte und atmete auf; das aufgekeimte blinde Panikgefühl flaute ab. Der Hauptreiz, von dem sich Grattan leiten ließ, war also immer noch das Gehör.

»Ich bin Harry Lander.«

Ein aufschnaubender Ton, ein konzentriertes Mustern hinter dem grell blendenden Lichtkegel. »Sie haben vielleicht 'nen Nerv!« staunte Grattan laut. »'n ganz schön irren Nerv.«

Er gab ein kurzes, kehliges Auflachen von sich. Lander registrierte nur schweigend und zog seine Schlüsse. Das Licht blendete ihm nun nicht mehr ins Gesicht, er konnte die beiden anderen sehen. Ireland saß da und hatte die Hände vor das Gesicht geschlagen, aber Mulholland suchte den Augenkontakt mit ihm, seine Überraschung war ihm noch immer anzusehen. Alle waren hemdsärmelig, das Zimmer war ein einziges Schlachtfeld, der Boden von Glasscherben und zerbrochenem Zierkram übersät.

»Mary Kay gesehen?« Schnell und schlicht kam die Frage, als wäre Mulholland hinter Gittern und die Sprechzeit schon zu Ende.

»Geht ihr gut . . . recht gut.«

Grattan richtete die Stablampe auf den Karton und griff sich die Walther. Er kontrollierte das Magazin, prüfte den Mechanismus und hielt dabei das Gewehr in der Armbeuge aufgestützt. Offenbar zufrieden mit dem Ergebnis, ging er rückwärts und in unvermindert wachsamer Drohhaltung ins Bad, wo er sämtliche Gewehrpatronen inklusive Bolzen die Toilette hinunterspülte. Das Gewehr ließ er fallen. Dann kam er wieder heraus, sperrte ab und steckte den Schlüssel ein.

»Auf's Bett!« befahl er Lander. »Mulhollands Seite.«

Er ging hinüber zu seinem Stuhl, von dem aus er sie schon den ganzen Tag bewacht hatte, und hockte sich wieder rittlings darauf, in der einen Hand nun die Stablampe, in der anderen den Revolver. Der Strahl wurde wieder voll in Landers Gesicht geblendet.

»Lander . . . verflucht noch mal!«

Er starrte ihn anscheinend noch nicht restlos überzeugt an, die angestrengte Suche nach Erinnerungsfetzen war ihm deutlich anzusehen. Landers Zuversicht wuchs damit entsprechend, und er begann die plötzlich panischen Zweifel über seine besondere Waffe gegen diesen Mann zu vergessen. Jetzt eine veränderte Stimme, und Grattan wäre glatt aus den Schuhen, genau wie Dannahay gesagt hatte.

Und ob. Ganz genau.

20 Uhr 46

Mit dem Klebestreifen drückte McConnell Landers Waffe auf die vorgesehene Stelle an der Innenseite des schweren Türgriffs. Dannahay schaute zu und leuchtete ihm mit einem Feuerzeug, dessen Flamme er mit der Hand abschirmte. Die Dunkelheit brach jetzt ziemlich schnell herein, Konturen begannen zu verschwimmen, die Stille nahm zu.

Abschätzend trat McConnell zurück, der hochflorige Teppich schluckte den Klang seines Schrittes. Ein Klebestreifen reichte vollauf. »Was meinen Sie?«

»Würde sagen, prima.« Dannahay spielte die Bewegung des Abstreifens mit angewinkeltem Arm durch. »Ja, ja.« Er nickte. »Haut genau hin.«

»Zigarette?«

»Mhm, danke.«

Achtzig Personen, Gäste und Personal, waren zusammen mit Helen und Roberto Olivares im vorsorglich verschlossenen Restaurant gut und sicher aufgehoben. Das ganze *Shelley* war ansonsten menschenleer, auch die Telefonvermittlung verwaist, und Dannahay und er waren am Gehen. Ihm tat nicht nur jeder einzelne Muskel weh, der Schmerz saß ihm in den Knochen.

»Ob er's schaffen wird?« Unwillkürlich kamen jetzt die Zweifel; Erschöpfung und Überanstrengung ließen für Skepsis großen Raum.

»Warum eigentlich nicht?«

»Irgendwo mußten wir ja das Risiko eingehen. Und da ist mir's hier schon lieber als in Heathrow. Aber schon ganz gewaltig lieber.« Es war wie ein Selbstgespräch. »Und auch wenn man ihn in der ersten Runde abschwirren läßt, handelt man sich doch nur die nächste dafür ein.«

»Genau.«

»Je mehr man außerdem so 'ne Situation zum Gummiband werden läßt, desto größer die Zerreißprobe.«

»Genau«, gab Dannahay seinen Refrain dazu. Er bückte sich über den Türgriff und verrückte die Klebestelle der Pistole geringfügig. »Mir völlig aus der Seele gesprochen.«

Die mächtigen gläsernen Schwingtüren waren weit geöffnet und in den Anschlägen fest eingehakt. Sechs Stufen führten auf Gehsteighöhe der North Audley Street. McConnell und Dannahay gingen in der einsetzenden Dunkelheit schon vorsichtig hinunter, dann nach rechts und eine Weile schweigend nebeneinander her. Das war der Weg, den auch Grattan nehmen würde.

»Mir ist Töten ein Greuel«, gestand McConnell und schnippte die halbgeraucht Zigarette in den Rinnstein. »Auch dann, wenn's nötig ist. Ist mir einfach ein Greuel.«

»Weiß schon, wie Ihnen zumute ist.« Dannahay, der im gleichen Schrittrhythmus mit ihm ging, empfand anscheinend ähnlich. »Aber manchmal geht's einfach nicht anders.«

Der Regen hatte während der letzten Stunde ziemlich nachgelassen, zwang sie aber immer noch, mit gesenkten Köpfen zu gehen.

20 Uhr 52

Die vier Perücken waren fein säuberlich in Cellophanbeutel verpackt. Grattan schmiß drei einfach ziellos ins Zimmer. »Stülpt sie euch über!« wies er sie an. »Und sehen lassen damit.«

Es waren dunkelbraune Vollperücken von dichtem, leicht gewelltem Haar. Sogar aus unmittelbarer Nähe war die Wirkung gleicher Haarschöpfe einfach erstaunlich. Mulhollands graue Schläfen waren jetzt das einzige, was noch aus dem uniformierten Rahmen fiel, aber er paßte ohnehin ja schon nicht ganz in das Vexierspiel, weil er kleiner und stämmiger als die anderen war.

Grattan blickte selbstgefällig vor sich hin, während er sie musterte. »Und jetzt die Mäntel.«

Der Teufel mochte wissen, wie er darauf gekommen war, aber er erreichte wahrhaftig haarscharf, was er wollte. Sogar im vollen Licht der Stablampe waren sich Lander und Ireland jetzt umwerfend ähnlich, und mit hochgestelltem Mantelkragen wurde der Verlust der persönlichen Identität noch markanter, sowohl vom Profil wie von vorne. Im Dunkeln und aus der Ferne war die Wirkung sicher perfekt.

»Und jetzt eure Revolver.«

Mulholland verteilte die Attrappen, nachgemachte Smith and Wessons, von einer echten kaum zu unterscheiden, es sei denn, man hatte sie in der Hand.

»Die werden so gehalten, wie wenn man jemanden damit in Schach hält.«

Als wären sie zum Exerzieren angetreten, hielten sie die schwarzen Läufe nach vorn gerichtet, Lander ebenso wie die anderen. Die Mantelärmel gingen gut über das Handgelenk, bei Mulholland allerdings weit darüber; er schwamm in der Übergröße, was aber völlig unerheblich war.

»Gut«, brummte Grattan. »Sehr gut.« Er fuhr sich mit dem Ärmel über die Stirn. »Und wieder hinsetzen.«

Die drei völlig verfremdeten Figuren gehorchten, jeder streifte die anderen mit einem Seitenblick, fühlte sich unbehaglich und machtlos. Grattan hielt das Licht auf sie gerichtet, wenn auch wenigstens nicht dauernd voll ins Gesicht. Nach einer Weile stand er auf, ging zum Fenster, starrte hinaus und kam wieder zurück. Die vierte Garnitur Perücke und Mantel war unberührt an der Stelle, wo Lander sie nach dem Hereinkommen abgelegt hatte.

»Wann werden wir denn gehen?« fragte Mulholland.

Grattan nahm es überhaupt nicht zur Kenntnis.

»Bald?«

Keine Antwort. Ireland würde erneut derart von

Angst geschüttelt, daß sich Lander durch das Bett, auf dem sie gemeinsam saßen, die Vibration mitteilte. Es überraschte ihn, das hatte er nicht erwartet, nicht mitbekommen. Er wollte es auch gar nicht wissen, jedenfalls nicht jetzt und nicht hier. Er mußte alles aufbieten, um Ruhe zu bewahren. Zwischen Ireland und Mulholland versuchte er, völlig abzuschalten, sich nur auf das zu konzentrieren, was er unten an der Tür und draußen auf dem Platz vorhatte.

Und weswegen er gekommen war.

21 Uhr 03

Helen Olivares sprach das allgemeine Gemurmel im Restaurant an.

»Leider, meine Damen und Herren . . . leider kann ich Ihnen nicht sagen, wie lange Sie hier ausharren müssen. Mit dem Ausdruck tiefsten Bedauerns bittet die Hoteldirektion nochmals um Verständnis für diese ziemlich einmalige und schreckliche Situation, die jetzt, während ich hier zu Ihnen spreche, ihren Höhepunkt erreichen dürfte. Manche unserer Gäste haben es – vielleicht verständlicherweise – vorgezogen, abzureisen. Ihnen jedoch, die sich zum Bleiben entschieden haben, möchte ich danken und unsere aufrichtige Hoffnung aussprechen, daß die heute in unserem Haus erlittene Beeinträchtigung Ihrer Ruhe und Bequemlichkeit nicht Ihr Urteil über das *Shelley* beeinflussen wird. Bleiben Sie uns auch in Zukunft wohlgesonnen . . . Wann nun diese Ausnahmesituation vorüber ist, wird uns die Polizei mitteilen.

Inzwischen darf ich die Bitte an Sie weiterleiten, sich
ruhig zu verhalten und unbesorgt zu sein.«
Unglaubliche Frau, dachte Roberto Olivares. Fabel-
haftes Weib.

»Ich werde mich Ihrem Schützen am Denkmal an-
schließen«, murmelte Dannahay hinter seinem Man-
telkragen. »Was dagegen?«
McConnell schüttelte den Kopf.
»Und wo werden Sie selber sein?«
»Bei dem an der Kastanie.«
Von den Schützenpostierungen schien ihm diese die
nächstgelegene in Landers geplantem Aktionsradius.
Und Nähe war schließlich unerläßlich, ausschlagge-
bend. Je näher, desto besser. Das Ganze war eine
Frage von Sekunden, wenn es einmal soweit war, und
Lander mußte soviel Unterstützung bekommen, wie
überhaupt irgend möglich.
»Hoffentlich verträgt Ihr Geduldsfaden einiges.«
McConnell schien sich auf eine längere Lauer einzu-
stellen.
»Das zentrale Thema meines Lebens . . . hab' schon
ganze Spulen davon verbraucht«, bekannte Dannahay. »Aber mit zunehmendem Alter wird er auch
nicht länger . . . Ciao.«
Das Dunkel löschte ihn fast im selben Augenblick, in
dem sie sich trennten.

Ein farbiger Polizist drückte sich in den Eingang des
total verwaisten Restaurants *Sin Nombre* und gab seine
Meldung per Sprechfunk durch.
»Noch nichts.« Er stand in kaum vierzig Meter

Entfernung vom *Shelley* und schärfte seine Sinne Richtung Grosvenor Square; er konnte sich fast nur noch auf sein Gehör verlassen. »Absolut nichts.«

20 Uhr 16
Das Regengeräusch am Fenster hatte aufgehört.
»Wie war's vorher draußen mit 'm Regen? Kommt was nach oder wird's besser?« wollte Grattan plötzlich wissen.
»Wird besser«, gab ihm Lander Auskunft. »Hat nachgelassen.«
Grattan reckte seinen Hals beim Hinausschauen. Außer einem fortschwebend rauchrosa Glimmen am Wolkenhorizont war nichts zu sehen. Er zerrte die Vorhänge übereinander und ließ die Stablampe wieder aufflammen; dann stellte er sie hochkant auf einen Nachttisch, so daß ihr Lichtkegel breit zur Decke aufstrahlte.
Perücke und Mantel lagen noch immer unberührt, aber langsam sprach alles dafür, daß er nicht mehr lange Zeit verlieren würde. Er stand unter ungeheurer Spannung, die sich den anderen fühlbar mitteilte. Der Anblick seiner verkleideten Marionetten schien ihn geradezu zum Handeln zu drängen. Jede seiner Forderungen und Bedingungen war jetzt erfüllt; draußen war alles in Stille und wartendes Dunkel gehüllt. Und doch hatte ihn trotz aller Bereitschaft zum Handeln jenes letzte Zögern hochreizender Spieler erfaßt. Wenn er sie schließlich aus diesem Zimmer treiben und mit ihnen den Weg die fünf Stockwerke hinunter zur Straße und dann zum Hubschrauber inmitten des

nahegelegenen Platzes antreten würde, gab es ebenso unwiderruflich kein Zurück, wie bei einem Sprung ins Wasser über die Reling. Dreihundertsoundsoviel Schritte würden zur endlos langen Strecke, scharf bewacht von tausend Augen, von der Übermacht seines Gegners.

»Aufstehen!« befahl er plötzlich in Kasernenhofmanier. »Los, auf die Beine.«

Sie waren sich zum Verwechseln ähnlich, sogar Mulholland, der sich von den anderen nur durch ein paar Zentimeter unterschied.

»He«, schnauzte er einen an. »Welcher sind Sie?«

»Lander.«

»Vor Mulholland aufbauen, ganz vorn dran!«

Lander war betroffen, in ihm raste es. Vorne?!

»Und Sie da« – es war Ireland –, »neben Mulholland, rechts von ihm . . . da, genau.« Er selbst reihte sich als letzter ein, die Walther auf Mulhollands Rücken gerichtet. »Jetzt seitwärts drehen«, wurde Ireland befohlen. »Blickrichtung auf Mulholland.« Sie waren fast auf Tuchfühlung gruppiert. »Und Sie da vorne . . .«

»Ja, was?«

»Ganz rumdrehen!«

Lander wandte sich um und hatte jetzt Mulholland direkt vor sich. Grattan hatte also genau die Position gewählt, die McConnell als unwahrscheinlich ausgeschlossen hatte.

»Und jetzt Revolver in Anschlag, Ellbogen abwinkeln – los, alle!«

Er ging ein paar Schritte zurück und musterte sie. Offensichtlich war er mit dem Ergebnis zufrieden, sein Mund verzog sich anerkennend. Irgend jemand hatte Magenknurren.

»Und so marschieren wir hier ab. Drei in der Reihe, einer auf der Seite. Die Aufstellung wird bis zum Schluß eingehalten, der rechts bleibt Mulholland zugedreht, der vorne auch, und es wird schön beieinander geblieben.«

»Ich gehe rückwärts?« fragte Lander noch einmal nach.

»Wie denn sonst?« Grattan betrachtete sie inzwischen von einem anderen Blickwinkel aus, musterte sie kritisch und verließ sich auf seine akustische Ortung. »Mulholland – Sie übernehmen die Lampe, den Lichtkegel richten Sie auf Ihre eigenen Füße bis wir über die Treppe sind. Schön auf die eigenen Füße, nirgends sonst. Und fallen lassen, wenn ich's sage. Verstanden?«

Mulholland nickte. Grattan direkt hinter sich, war er jetzt drauf und dran, ihm mit einem mächtigen Hieb nach hinten die Waffe aus der Hand zu schlagen, gleichzeitig herumzuwirbeln und mit Fäusten und Füßen nachzuhelfen. Um ein Haar war er soweit. Den Bruchteil einer Sekunde lang hatte er sich schon dabei gesehen, und erst jetzt in der Nachwirkung lief es ihm kalt den Rücken hinunter. Wie ein Blitz durchzuckte ihn die Erinnerung an die Nagelfeile, die er am Morgen schwankend in der Hand gehabt hatte, bevor er sich diesem Geisteskranken auslieferte, und die wilde Phantasie stieg in ihm hoch, wie er sie jetzt hätte einsetzen können – in die Augen, am Hals. Aber der Augenblick verging und die bedenkenlos riskante Aufwallung erstarb mit ihm.

Das hier mußten andere für sie zu Ende bringen. Es war zwar völlig schleierhaft, wie, aber einer von denen da draußen mußte es zuwege bringen. Dafür waren sie da.

»Wir gehen langsam vor«, instruierte Grattan sie wie Komplicen. »Jeder mit seinem Revolver auf den in der Mitte, auf Mulholland. Die ganze Zeit, klar?«

Jetzt griff er sich den Mantel und zog ihn an; dann stülpte er sich die Perücke auf. Trotz seiner tiefliegenden, flackernden Augen sah er plötzlich jünger aus; für die Schützen mit den Nachtzielen würde er aber durch nichts zu unterscheiden sein.

»Jetzt hör mir mal gut zu, Sweetheart!...« Der Bogartausspruch ging Lander unaufhörlich im Kopf um; dabei fielen ihm nacheinander Noel, Renata und schließlich Dannahay ein. »Jetzt hör mir mal gut zu, Sweetheart...« Aus reinem Spaß trieb er das sonst, aus spielerischem Zeitvertreib – diesmal war es bitterernst. Es wurde ihm zur Pflicht und Ehre.

Sein Gedankenkreis schloß sich damit wieder bei der eigenen Person, und er geriet in einen ungeheuren Schweißausbruch. Urplötzlich erschien dieses Zimmer beinahe als Hort der Sicherheit.

21 Uhr 23

»Hätten wir uns doch bloß vor zwölf Stunden auf die Hinterbeine gestellt!« knurrte O'Hare. »Schwäche zahlt sich eben nie aus.« Er war äußerst gereizt und in seiner Schwarzseherei streitsüchtig. »Wenn man auf mich gehört hätte, heute morgen, dann hätte sich Ralph nie auf diese grausige Situation eingelassen.«

»Was die Geiseln ziemlich sicher mit dem Leben bezahlt hätten«, dämpfte Ryder seine Besserwisserei. »Ralph hat ganz genau gewußt, auf was er sich da einläßt – ebenso wie Lander. Alle zwei haben sie es verdammt genau gewußt.«

»Und ich behaupte noch immer, daß Grattan einen Bluff abzieht.«

»Was regen Sie sich dann eigentlich auf?« Ryder wurde ungehalten. »Die Auffassung vertritt sich maßlos einfach, wenn man schön außerhalb der Schußlinien ist.«

»Also, das ist doch . . .«

»Ach, Schwamm drüber, Sam. So war's auch wieder nicht gemeint. Lassen wir das überhaupt jetzt besser. Aber wenn der ganze Aufmarsch da draußen auf dem Platz sogenannte Schwäche sein soll, dann bin ich wohl mit Verblödung geschlagen.«

Sie waren im Empfangszimmer neben dem persönlichen Arbeitsraum des Botschafters, nur sie beide, und die Anspannung zehrte an ihnen. Nirgendwo war Licht. Sie tasteten sich blindlings an Schreibtischen und Stühlen entlang zur Verbindungstür.

»Mary Kay?«

»Ja?«

Sie hätten genausogut Binden vor den Augen haben können.

»Mrs. Lander auch da?«

»Und Noel«, kam die Antwort aus dem stockdunklen Raum.

Sie stießen dazu, jetzt waren sie zu fünft und mußten die Scheibe erst ertasten, um sicher zu sein, daß sie am Fenster waren. Sie starrten angestrengt in derart dichte Dunkelheit, daß sie sich beinahe selbst unsichtbar wurden.

»Schon ein Zeichen vom Navy-Gebäude?« fragte O'Hare.

»Noch nicht.«

Jedes einzelne der Fenster, das auf den Grosvenor Square hinausging, war wohl ähnlich belebt, Hunderte von Menschen starrten in den letzten Regenniesel hinaus, drängten sich in Scharen an den zentralen Ausblicken und waren dem Drama vor der eigenen Haustür so erregend nah wie die Presse. Aber hier, hinter diesem einen Fenster, gab es keine Sensationslust und kein Geplauder vor dem Unterhaltungsprogramm. Der Junge und die beiden Frauen waren meilenweit von jeder Neigung zur Mitteilung entfernt; ausgehöhlt wie sie waren, empfanden sie die Sinnlosigkeit ausgesprochener Hoffnungen. Sie waren in ihrem inneren Flehen äußerlich stumm. Lieber Gott, stieg es in Noel auf, laß meinem Dad nichts passieren. Und Mr. Mulholland . . .

»Kommt doch schon!« murmelte O'Hare in einem Stoßseufzer vor sich hin. »Um Himmels willen!«

21 Uhr 28

»Richtig«, entschied Grattan. »Jetzt gehen wir.«

Warum gerade in diesem Augenblick, blieb rätselhaft. Möglicherweise wegen des Regens; je mehr der nachließ, desto ungünstiger für ihn. Schon viermal seit er sie aufgestellt hatte, war er kontrollierend zum Fenster gegangen, und jedesmal war Lander sicher, daß er sich jetzt entschließen würde.

»Noch was«, fuhr sie Grattan plötzlich schneidend

eisig an. »Ich kann nur gewinnen, zu verlieren hab'
ich nichts. Macht euch das klar! Mulholland ist in
dem Moment 'n toter Mann, in dem sich einer von
euch einbildet, daß er mich 'reinlegen kann.«
Er faßte jeden einzeln mit seinem starren Blick ins
Auge; Ireland wich ihm aus, er war kaputt, eine
ausgehöhlte Figur, Nick Sudden hatte sich aufgelöst.
»Immer schön zusammenbleiben. Mantelkragen oben
lassen, Revolver in Anschlag. Ja, noch was – vorne
der, Lander . . . kürzesten Weg nehmen, ja? Erst 'raus
und auf die Straßenmitte, dann stur geradeaus. Mulholland wird Sie weisen.«
Ihm drückte er die Stablampe in die Hand; der
Lichtkegel wanderte auf den Boden. Grattan ging
rückwärts an ihnen vorbei zur Tür und riegelte auf.
Dann stellte er sich seitlich und riß sie mit einem
Schwung auf. Von draußen kam nur Schweigen und
dichte Schwärze, es gähnte sie wie etwas grauenvoll
Lauerndes an. Sie hatten noch keinen Fuß vor die Tür
gesetzt und waren doch schon der Unheimlichkeit
preisgegeben.
»Vorwärts!« zischte Grattan leise.
Als Mulholland an ihm vorbeiging, schloß er sich an.
Die Cornflakes knirschten unter ihren Füßen, die
Kaffeetassen schepperten klirrend durcheinander, als
Lander rückwärts hineinstieg, diesmal ohne zu strau-
cheln. Der Lichtschein wanderte in seinem begrenzten
Rund mit Mulhollands Füßen, der dunkel gespren-
kelte Teppich gab wenig Widerschein; fast nur Beine
waren zu sehen, hüftaufwärts bewegten sich Sche-
men. Das reibende Knistern ihrer Mäntel und das
leise Aufknarzen von Schuhen waren die einzig zu

vernehmenden Geräusche. Es war kühler hier draußen und die Luft nicht mehr stinkend stickig. Lander
schaute sich in einem fort um und wurde langsamer,
als er glaubte, allmählich an der Treppe zu sein. Es
mußte eine volle Minute vergangen sein, bis er sie
endlich erreicht hatte, zweimal lief Mulholland an
ihm auf, einmal Ireland. Alle waren sie steif und
plump und schreckensstarr.
Treppabwärts wurde es noch weit schwieriger. Einer
stolperte dem anderen nach, klammerte sich ans
Geländer, nahm mit der Schulter die Wand mit. Neun
Stolperstufen abwärts, halbe Kehre, wieder neun
Stufen, nächste Kehre und wieder neun. Lander zählte
in seinem Abwärtsgestrauchel vor Mulholland mit,
Ireland war seitwärts dicht auf, alle drei wurden sie
zusammengedrängt von hinten, wo Grattan mit der
Walther vorwärtsschob, die Mulholland bei jeder
Stufe voll ins Genick fuhr.
Keiner von ihnen wußte, was Lander wußte, ihre
Ängste waren deshalb ganz andere als seine – mit
jeder Kehre, mit jeder Stufe, jedem vorwärts getaste-
ten Schritt. Wenn sie auf dem Treppenabsatz des
nächsttieferen Stockwerks anlangten und sich vor den
Lifttüren wieder eng zusammengruppierten, erwarte-
ten sie jedesmal unwillkürlich irgendwelche Gegenmaßnahmen, ganz gezielt an dieser Stelle, wo unein-
sehbare Gangfluchten zu beiden Seiten offenlagen.
Mit allen jagend alarmierten Sinnen war Mulholland
jeweils nur noch auf die Revolvermündung in seinem
Genick konzentriert; halb wahnsinnig vor Angst biß
Ireland die Zähne zusammen, innerlich in einem
einzigen Aufschrei versunken.

»Weiter, los!«

Sein durchdringender Flüsterton ließ keinen genauen Rückschluß auf seine Position zu: schulteraufwärts waren kaum noch Umrisse zu erkennen, die Dunkelheit verwischte ihre Gesichter, nivellierte sie zu ein und demselben Eindruck. Wandernde Zerrbilder ihrer selbst tanzten und hüpften als fahrige Schatten umher und voraus; nur ihr Atmen und das beinahe rhythmische Aufknarzen von Leder hielt genau Schritt mit ihnen.

Lander zählte die Stockwerke ebenso wie die Stufen. Noch eins. Nur noch eins, dann die Halle, die Eingangstüren – die Pistole!

Sie kamen Stufe für Stufe nach unten, jeder der vier hatte die Waffe auf einen der anderen gerichtet, Grattan als Drohung auf den Fersen. Der letzte Absatz schwang weit aus, der mithüpfende Lichtfleck schnitt bei jedem Schritt in die Rundung. Halbkrank vor Nervosität kam Lander endlich unten an, ließ das Knäuel aufschließen, und die riesenhöhlenartige Halle des *Shelley* wölbte sich vor ihnen, während sie im Lichtkegel der Stablampe gedrängt standen.

»Ausmachen!« zischte Grattan. Sie versanken augenblicklich in totaler Finsternis. »Fallen lassen!« Man hörte einen teppichgedämpften Aufschlag. »Vorwärts!« kam der nächste Befehl, und sie setzten sich wie zum gegenseitigen Schutz zusammengedrängt in Bewegung.

»Nichts«, gab der Polizist vom *Sin Nombre* aus durch. »Noch immer nichts.«

Lander hatte Angst, es zu verpatzen. In der Sekunde, bevor Mulholland das Licht endgültig gelöscht hatte, war ihm zwar noch ein flüchtiges Anpeilen seiner Türseite gelungen, aber die Orientierung war unmöglich lange durchzuhalten, und die Halle dehnte sich endlos. Als sich die Augen ans Dunkel gewöhnt hatten, schien sich ein bestimmter Bereich um einen kaum merklichen Grad zu lichten; angestrengt versuchte er, das Dunkel hinter sich zu durchdringen, und konnte das Rechteck der Eingangstür äußerst schemenhaft ausmachen. Er erschrak und änderte seine Richtung; dabei rumpelte Mulholland wieder an ihm auf. Seinen massigen Umfang konnte er unbestimmt erkennen, von Grattan jedoch sah er nichts.

Der Schweiß lief ihm in Strömen vom Perückenansatz über die Stirn, er versuchte ihn verzweifelt von den Augen fortzuzwinkern. »Jetzt hör mir mal gut zu, Sweetheart!« – das auszusprechen, ohne selbst bewaffnet zu sein, würde ein beinahe übermenschliches Maß an Vertrauen verlangen. Die Pistole zu erwischen, war entscheidend, einfach lebenswichtig.

Ständig sah er sich jetzt um und machte kürzere Schritte; die Dunkelheit schien sich um ihn wieder um einen Hauch zu verdichten. Er wich noch eine Spur weiter von der geraden Linie ab; den linken Arm streckte er über die angewinkelte rechte Armbeuge aus, bis er tatsächlich Glas berührte. Jetzt tastete er zuversichtlich die Fläche entlang, verlangsamte dabei seinen Schritt noch mehr, blieb aber nicht ganz stehen. Das Zupacken hatte er zwar vorwärtsgehend geprobt, aber schließlich und endlich war das ja nicht so grundverschieden.

Es mußte jetzt kommen . . . *jetzt!*
Und da traf er auf das, wonach er tastend suchte: den mächtigen Bronzediskus und auf seiner Innenseite den Pistolengriff. Er packte zu. Es gab einen kleinen Reißlaut, als der Klebestreifen abging, aber das war auch schon alles und so unspezifisch, daß es alles mögliche sein konnte. Fast im selben Augenblick war auch schon sein Mantelärmel darüber. Lander fühlte sich von siedendheißer Erleichterung durchströmt.

»Wie heißen Sie eigentlich?« fragte Dannahay den Scharfschützen am Sockel des Roosevelt-Denkmals.
»Booker.«
Sie waren gar nicht so weit vom Hubschrauber entfernt, aber er konnte ihn nicht sehen, konnte überhaupt nichts sehen. Der Regen war jetzt kaum noch ein Nieseln.

Als sie zur North Audley Street hinauskamen, stellte sich dieses Gefühl von Belauertwerden wieder ein. Grattan schob sie von hinten, Lander tappte vorsichtig im Schlurfschritt hinaus in die Finsternis; aneinandergedrängt ertasteten sie die Stufen mit den Füßen. Blind wie sie waren, kamen sie polternd hinunter und schubsten sich gegenseitig, den stetig drohend schiebenden Grattan hinter sich, auf den Gehsteig.
»Sie sind draußen . . . Sie kommen!« – vom *Sin Nombre* an den Kommandowagen gefunkt, von da zum Navy-Gebäude durchgegeben und von dort mit zwei kurz aufblendenden Lichtzeichen auf den Platz signalisiert.

Das alles ging so schnell, daß die vier in der Zwischenzeit kaum das Dutzend Schritte bis zur Mitte des Fahrdamms vorwärtskamen und dort einschwenken konnten. Ein schmaler Lichtstreif dämmerte von jenseits des verdunkelten Gebietes herauf; dort weit drüben herrschte Leben, ganz alltägliches Leben – hier herrschten Wahnsinn und Terror. Sie verfielen allmählich in ein gleichmäßiges, langsames Schlurfen; der Himmel war gerade jene Spur lichter als die flankierenden Fassaden, so daß sie ihre ungefähre Richtung einhalten konnten.

Unter dem überstehenden linken Ärmel seines Mantels entsicherte Lander die Pistole. Mit einem einzigen, unverhofften Schritt zur Seite hätte er Grattan jetzt wahrscheinlich packen können. Kein Bogart, keine Scharfschützen, nichts wäre notwendig. Er war vollkommen besessen von diesem Gedanken, der zur derart starken Verlockung wurde, daß ihn Furcht befiel, er könnte nicht mehr an sich halten. Grattan war höchstens drei Meter entfernt, aber einfach nicht zu sehen; ein winziger Irrtum – und es gab eine Katastrophe. Warten war besser, sicherer; Lander wußte es. Niemand brächte jemals Verständnis dafür auf, wenn er jetzt auf eigene Faust etwas zusammenstümperte und Mulholland dafür bezahlen mußte. Also genau nach Plan. Nur immer weiter, bis die Scharfschützen sie in ihren Nachtzielen hatten und Bogart ihnen den entscheidenden Anhaltspunkt lieferte.

Er ließ sich die ganze Zeit von Mulhollands schattenhaft erkennbarem Umriß rückwärts leiten und hielt auf ihn die Revolverattrappe gerichtet, während Mulholland seinerseits auf ihn zielte, Ireland wiederum Mulholland in Schach hielt, und Grattan hinten die echte Drohung war. Zweimal machte Lander absichtlich scharrende Fußbewegungen und war dabei von Zweifeln und Panik befallen, ob denn überhaupt jemand wußte, daß sie schon im Freien und auf die North Audley Street herausgekommen waren.

Übelkeit packte ihn. Um Gottes willen, durchfieberte es ihn heftig, tu doch, was ausgemacht ist, genau so, genau dort, genau dann!

»Hier spricht Robert Armitage für die BBC-Rundfunk- und Fernsehanstalten. Soeben erreicht mich die Nachricht, daß sie das Hotel *Shelley* verlassen haben und sich dem Grosvenor Square nähern. Genau in diesem Augenblick, in dem ich zu Ihnen spreche, befinden sie sich in der totalen Finsternis irgendwo unterhalb meines Beobachterstandortes hier im zweiten Stock des Navy-Gebäudes . . . Sie sind also noch etwa zweihundert Meter von dem bereitstehenden Hubschrauber entfernt, jenem Bereich, der von den Scharfschützen abgedeckt ist. Selbst für uns, in unmittelbarer Nähe, aber eben doch völlig am Rande des Dramas, scheint die herrschende Spannung beinahe unerträglich. Für Botschafter Ralph Mulholland, für Richard Ireland und für die dritte Geisel Harry Lander jedoch muß die Realität ihrer grauenvollen Zwangslage schon seit unvorstellbar langer Zeit ein unermeßlich entsetzliches Ausmaß haben . . .«

Unten in den Straßen blieb die Finsternis beinahe
undurchdringlich, die Nacht konturlos. Aber nach
und nach weitete sich der um einen Schimmer hellere
offene Himmel, und aus dieser Weitung konnte
Lander schließen, daß sie jetzt endlich die North
Audley Street hinter sich gelassen hatten und nun auf
den nordwestlichen Winkel des Platzes herausgekommen waren.

Ihren bisherigen Weg hatten sie in mehr oder weniger
geordnetem Zusammenhalt zurückgelegt, doch jetzt
gerieten sie zunächst wieder ins Stolpern; Ireland
rammte es zweimal wie besoffen in Mulholland, der
wiederum umherfiel, als würde er gerade das Gehen
lernen. Die Upper Brook Street gab ganz fern einen
winzigen Ausschnitt der beleuchteten Park Lane frei,
wo verwirrend unwirklich ein grellroter Bus querte,
als wäre er ein Spielzeugrequisit im Hintergrund.
Über seine Schulter hinweg begann Lander die hoch-
aufragenden Baumsilhouetten zu ahnen und konnte
das sanft durchrieselnde Regengeräusch auf Laub
hören. Im selben Augenblick stieß er auch schon
mit dem Absatz an einen Randstein und wußte damit,
daß er nun am Gehsteig angelangt war; an der einen
Seite standen Parkuhren, auf der anderen war die
Heckenumfassung der Grünanlage.

Noch einmal sechzig oder siebzig Schritte, und sie
würden in jenem Bereich sein, den McConnell auf der
Skizze kreisrund markiert hatte. So nah waren sie
jetzt schon.

»Ich höre sie«, flüsterte McConnell plötzlich.

Der Schütze neben ihm lehnte sich zurück an den nassen Stamm der Kastanie, nahm das Gewehr in Anschlag und peilte mit dem Sucher des Nachtzielgerätes in die entsprechende Richtung.

»Was ist?« drängte McConnell.

»Ich sehe sie.«

Lander hatte sich außen an der Heckenumfassung entlanggetastet, bis hin zu einem der asphaltierten Wege, die wie Radspeichen zum Hubschrauberstandplatz in der Mitte führten. Noch einmal kam er McConnells Anweisung nach und lahmte mit einem Bein etwas; dann verlangsamte er den Schritt, damit die anderen in geordneter Aufstellung aufholten.

Von den Bäumen fielen dicke, schwere Regentropfen, die Haare der Perücke klebten sich ihm auf die Stirn. Jetzt bog Lander in den Weg ein, zählte jeden Schritt mit und hielt die Pistole noch immer im Mantelärmel versteckt. Ein herabhängender Zweig wischte ihm mit seinen nassen Blättern über das Gesicht, und der Schreck darüber fuhr ihm wie ein Peitschenhieb in alle Glieder. Die Scharfschützen mußten sie inzwischen ausgemacht und die Finger bereits um den Abzug gekrümmt haben. McConnell lauerte, Dannahay lauerte: die Vorstellung jagte ihm Schauer den Rücken hinunter.

Noch dreißig, vielleicht fünfunddreißig Meter. In seinen Ohren dröhnte es wie von einer Brandung, als würde er in tosendem Wasser untergehen, Panik schnellte in ihm empor, sein inneres Auge gaukelte ihm plötzlich andere Bilder aus seinem Angstbereich vor, der Libyer tauchte klar herauf, die Szene gestern abend im *Vagabond* überfiel ihn mit jedem gefährlichen Detail, andere Abende, andere Kontakte.

»Jetzt hör mir mal gut zu, Sweetheart . . .« Bald, sehr bald jetzt.

Angestrengt, aber vergeblich versuchte er, hinter Mulhollands dicht aufgerückter, stämmiger Figur noch etwas zu erspähen; es war einfach zu dunkel. Im selben Augenblick kam er von dem schmalen Pfad ab, glitt aus und stolperte, und eine wahnsinnige Angst krampfte ihm Magen und Bauch zusammen, einer der Schützen könnte es falsch auslegen und feuern.

Sie waren noch immer unter den Bäumen, aber er bekam schon den Geruch von nassem Pferdedung von den Rosenbeeten her in die Nase, also war er schon ganz knapp an der offenen Fläche.

Inzwischen hatte ihn ein sonderbares Fremdheitsgefühl erfaßt, irgendwie stand er außerhalb seiner selbst — alles, was er jemals war und wieder sein würde, war fortgeschwemmt von dem, was jetzt geschehen würde. Zehn Schritte . . . In der Schnelligkeit, die nur Gedanken zueigen ist, tauchten Renata und Noel in ihm auf und die flüchtige Überlegung, wo sie jetzt wohl waren. Zehn Schritte, neun, acht . . . Jetzt war er langsam nahe genug an den Scharfschützen, um ihnen zu vertrauen. Sieben, sechs, fünf . . . plötzlich waren sie aus der Baumgruppe heraus, gingen im Schlurfschritt auf freiem Gelände — wie gleichaussehende Marionetten. Vier, drei, zwei . . .

Er atmete tief durch, sein Mund war wie ausgedörrt; endlich konnte er handeln — mit drei schnellen Schritten war er rechts im Rasen, blitzartig zog er die Pistole aus dem Ärmel.

»Jetzt hör mir mal gut zu, Sweetheart!«

Es kam laut und deutlich, trotz aller Angst und allem Zweifel, und es war unverwechselbar Bogarts Stimme. Mulholland ging weiter an ihm vorbei, und zum erstenmal, seit sie das *Shelley* verlassen hatten, sah er Grattan wirklich – wie angewurzelt, völlig konsterniert, eindeutig in Schach gehalten.

Ausgesondert und bloßgestellt.

Er zielte und drückte ab, und ein Mündungsfeuer zischte in Grattans Richtung. Aus unmittelbarer Nähe hörte er ein grausiges Aufstöhnen, einen durch Mark und Bein gehenden Laut, und gleichzeitig sah er die Finsternis etwas zurückweichen, sich lichten.

Lander registrierte diese Eindrücke der Reihe nach in einer Art Schockverzögerung – dann erreichte sein gedämpftes Gehirn die Feststellung, daß seine Pistole eine winzige Leuchtmarkierung am Lauf hatte, nur einen Tupfen, einen Punkt.

»Knallen Sie ihn ab, Booker!« fuhr Dannahay blitzschnell zu dem Schützen am Denkmalfundament herum. »Den mit dem Lichtpunkt.« Im Nachtzielgerät erschien er hellstrahlend wie ein Leitstern. »Den, ja, ja! Los, nehmen Sie ihn!«

Lander hörte es nicht. Rund um ihn herrschte Chaos, es wurde gerufen und gerannt. Und er stand einfach da, und nur ganz allmählich drang die bestürzende Frage in sein Bewußtsein, warum seine Pistole überhaupt markiert war. Aber da riß ihn Bookers Schuß bereits um und ließ den Augenblick heraufdämmernden Begreifens und einsetzender Todesangst unvollendet.

McConnell war als erster am Platz. Gleich hinter ihm kam Savage; Sie spurteten los, ließen aber noch nicht alle Vorsicht außer acht. Grattan lebte noch, bedeutete jetzt jedoch keine Gefahr mehr; McConnell entwaffnete ihn.

»Mr. Lander hat's erwischt, Sir«, stellte Savage fest.

»Allmächtiger!«

»Er ist tot, Sir!« Es klang verständnis- und fassungslos. Vor wenigen entscheidenden Augenblicken war es doch nur Grattan gewesen, der im Brennpunkt gestanden hatte.

McConnell nahm die Waffe von der Stelle auf, wo sie in den Rasen gefallen war. Bestürzt und erschüttert wandte er sich von Lander ab und hielt nach Dannahay Ausschau. Jemand hatte jetzt eine Taschenlampe aufgeblendet; ein allgemein betroffenes und erschrockenes Gemurmel kam auf. Dannahay lief über den regendurchweichten Rasen herbei, doch McConnell rief es ihm schon entgegen.

»Lander ist getroffen . . . *erschossen!*«

»*Lander?*«

»Aus Ihrer Ecke.«

»Das ist doch ausgeschlossen!«

»Schauen Sie sich seine Waffe an. Schauen Sie sich das bloß an!« Sogar aus unmittelbarer Nähe war der winzige Leuchtpunkt am Pistolenlauf für das bloße Auge nur ganz schwach erkennbar. »Mein Schütze behauptet, es war wie'n Leuchtfeuer!«

In plötzlich tief bekümmertem Ton sagte Dannahay: »Scheiße, o Scheiße!«

»Wie ist das bloß drauf gekommen, um Gottes willen?«

»Hab' ich aufgepinselt, um Lander zu helfen, wenn er an der Tür vorbei mußte.«

»*Sie?*«

»War als reine Hilfsmaßnahme gedacht.«

»Wer hat Ihnen das Recht für diese Eigenmächtigkeit . . .«

»Aber es konnte doch nur einer sehen, der schon gezielt Ausschau hielt. Nur Lander . . . Das war die ganze Idee davon.«

»*Ihre* Idee!«

»Ja, aber . . .«

»Und wie konnte es zu dem hier kommen?«

»Ich hab' mich vertan, deswegen. Das war alles.«

»Alles?«

»Ich hab' Booker völlig durcheinandergebracht, daher.«

»Meinen Sie vielleicht, ich schluck' das?« fragte McConnell eisig.

Eine Minute später hörte Mulholland, wie Dannahay noch einmal zu McConnell sagte: »Booker trifft kein Verschulden, absolut keins. Es ist meine Schuld, David, einzig und allein meine Schuld.«

Er schien völlig erschüttert. Die Szenerie war gespenstisch mit all den wandernden, grellen Lichtpfützen auf dem Boden, die aus den Stablampen aufblendeten. Gespenstisch war auch, wie ähnlich die simple Verkleidung Lander und Grattan immer noch aussehen ließ. Grattan stöhnte, und Savage kniete sich zu ihm nieder. Lander jedoch war reglos, ein für allemal. Von allen Seiten der umliegenden Häuser war jetzt das Geräusch sich öffnender Fenster zu hören, kleine

Lichter flammten auf. Allgemeines Gemurmel über-
tönte langsam das fast schon verebbte Regenrauschen.
Am Eingang der Botschaft wurde jetzt auch eine
Taschenlampe aufgeblendet, Menschen kamen auf
den Platz herausgelaufen, Noel und Renata Lander
und Mary Kay Mulholland unter ihnen. Sie riefen im
Laufen, schrien ihre Hoffnungen herüber und waren
vor Erleichterung dem Lachen und Weinen nahe.
Grattan aber hatte seinen Zweck erfüllt. Was jetzt
noch geschah, machte den Grosvenor Square unauslöschlich entsetzlich und schmerzlich für alle, die sich
je daran erinnerten.

22 Uhr 52

Dannahay ging mit Knollenberg im entgegengesetzten
Uhrzeigersinn immer wieder rund um die Grünanlage. Ihre Köpfe waren gesenkt, die Hände tief in den
Taschen vergraben. Endlich hatte der Regen aufge-
hört, die Straßenbeleuchtung strahlte in gewohnter
Weise und ließ Fahrbahn und Gehsteige in ihrer
Regennässe aufglänzen. Jetzt war kein Hubschrauber
mehr vor dem Roosevelt-Denkmal, auf dem Rasen
vor den Rosenbeeten lag niemand mehr, es gab kein
Schluchzen und erbärmliches Weinen mehr. Jetzt
herrschte eine Ruhe, als wäre alles nur ein Spuk
gewesen, als hätte es nie einen Lander, nie einen
Grattan gegeben.
»Wann hast du dich denn dazu durchgerungen?«
fragte Knollenberg.
»In dem Augenblick, als ich erfuhr, daß Grattan einen

dritten Mann will.« Dannahay schnalzte mit den Fingern. »Genau dann. Da drüben war's.«

»Da hast du aber 'n ganz schönes Risiko in Kauf genommen.«

»Risiko gehört zu dem Spiel hier, das Typen wie Lander und wir betreiben, nur eben auf der jeweils anderen Tischseite. Wir haben ihn ja eigentlich sowieso schon gehabt. Heute nacht hätten wir ihn ohnehin geschnappt. So hat er seinem Land noch einen Dienst erwiesen.«

Und er redete von erfolgreich abgeschlossener Operation, von schmutziger Geschichte, und brauchte doch dem Jüngeren an seiner Seite wahrhaftig nicht erst auseinanderzusetzen, was Lander da getan hatte; es war auch völlig überflüssig, die Art und das Ausmaß seines Hochverrates zu bemühen und die Methoden der Nachrichtenübermittlung an seine arabischen Auftraggeber. Das wußte Knollenberg alles genausogut. Aber noch immer hatte er nicht ganz erfaßt, wie weit Dannahays Handlungsbefugnisse gingen.

»Hätten wir denn nicht warten können?« wollte er wissen. »Und die Schlinge wie geplant zuziehen?«

»Sicher«, bestätigte Dannahay. »Aber es gibt so was wie 'ne Grenze der harten Wahrheiten bei uns drüben. Die haben doch schon ihr gerüttelt Maß an Skandalen und Betrugsaffären, meinst du nicht?«

Sie gingen ein Stück weiter. Hier und da kam ein Stern heraus und erstrahlte in der regenklaren Luft wie blankgeputzt. Die Polizeiabsperrungen waren inzwischen abgebaut; jetzt zog es Neugierige herbei, die Ausschau hielten, ob es nicht noch irgendwas zu sehen gab von dem, was hier andere erlitten hatten.

»Pannen sind was für die Öffentlichkeit«, faßte Dannahay zusammen. »Ist dir das neu? Siege dafür reine Privatsache.«

»Wie privat?«

»Du und ich – so für den Anfang.«

»Und was ist mit McConnell?«

»Mit ihm wird's noch 'n paar knifflige Ballwechsel geben.«

»Schätze, nicht nur mit ihm.«

»Genau.«

»Möglich, daß es mit den Ballwechseln allein gar nicht abgeht«, hielt ihm Knollenberg entgegen, der langsam mitkam.

»Auch richtig.«

»Also?«

»Fällig für neue Weidegründe«, meinte Dannahay lakonisch. »Ab durch die Mitte.«

»Und wann?«

»Ziemlich plötzlich, Charles.« Er warf Knollenberg einen prüfenden Blick zu. »Möcht' dir noch was sagen, damit du's nicht in die falsche Kehle kriegst.«

»Ja?«

»Das war nicht bloß auf eigene Faust. Hab' mir's absegnen lassen. Die waren voll informiert.«

Dann sagte Knollenberg: »Was willst du eigentlich für deinen Mustang haben?«

Der neue Roman

Alice Penkala

Gespenst auf Urlaub

Roman. 252 Seiten. Leinen DM 12,80

Dies ist die Geschichte eines Mannes, der auszog, überaus erfolgreich zu werden. Und dann kehrt er eines Tages zurück — nur um zu Hause alles ganz anders vorzufinden, als er es in Erinnerung hat. Seinen einstigen Freunden, auch seinen Feinden, kommt er wie ein Gespenst aus alten Tagen vor. Ein Gespenst auf Urlaub sozusagen — für manchen eine Heimsuchung, für andere aber ein guter Geist.
Ein turbulenter heiter-besinnlicher Roman mit dem ganzen Flair eines Sommers in der Provençe.

Als die Juristin, Journalistin und Schriftstellerin Alice Penkala nach fünfundzwanzig Jahren zum erstenmal wieder ihre Heimatstadt Wien besuchte, kam sie sich selbst wie ein Gespenst auf Urlaub vor. Dieses Gefühl teilt sich auch dem Helden ihres neuen Romans mit — die Handlung indes ist frei erfunden. Denn: »Ein Schriftsteller ist kein Fotograf. Eindrücke, Gefühle und Geschehnisse müssen innerlich verarbeitet, Persönliches muß ausgeschaltet werden, damit ein Buch entstehen kann.«

Preisänderung vorbehalten

Schneekluth

Der neue Roman

Eva Maria Sartori

Karriere ist silber — Heiraten gold

Roman. 288 Seiten. Leinen DM 12,80

Was tut eine junge Frau, die durch einen tragischen Unfall ihren Mann verliert und nun mit ihrem Kind allein dasteht? Nun, sie heiratet noch einmal — oder sie versucht, sich auf eigene Faust durchs Leben zu schlagen. Johanna Sophie Bach macht sich die Sache noch schwerer: Nach mehreren enttäuschenden Erlebnissen mit möglichen Heiratskandidaten hat sie plötzlich Erfolg als Schriftstellerin. Doch sie lernt einen Mann kennen und lieben — und nun beginnt die Qual der Wahl.

Eva Maria Sartori ist als Kind deutscher Eltern nahe der Grenze zwischen Ungarn und Jugoslawien geboren, in der Tschechoslowakei aufgewachsen, hat dreizehn Jahre lang in England gelebt und als Korrespondentin für BBC London den Nahen und Fernen Osten bereist. Kein Wunder also, daß ihre zahlreichen Romane auch an all den Orten spielen, die sie aus eigener Anschauung kennt.

Preisänderung vorbehalten

Schneekluth